Scrittori italiani e stranieri

Daria Bignardi

L'amore che ti meriti

ROMANZO

MONDADORI

Dello stesso autore in edizione Mondadori

Non vi lascerò orfani
Un karma pesante
L'acustica perfetta

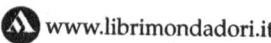 www.librimondadori.it

L'amore che ti meriti
di Daria Bignardi
Collezione Scrittori italiani e stranieri

ISBN 978-88-04-63479-9

© 2014 Arnoldo Mondadori Editore S.p.A., Milano
I edizione ottobre 2014
Anno 2014 - Ristampa   3 4 5 6 7

L'amore che ti meriti

A Severino. E a Toni.

L'esistenza di un male è sempre fondata sulla colpevole mancanza d'amore di tutti per il portatore del male. Ne risulta il principio della solidarietà di tutti gli esseri morali.

MAX SCHELER

Alma

Aal-maa-Maa-ioo, Aal-maa-Maa-ioo.

Da quando ho confessato a Toni quel che accadde trent'anni fa, sogno mia madre che ci chiama con la sua voce fonda, modulando la ripetizione musicale del "ma". *Almamaio* è il suono della mia prima vita, quella felice.

Lo vidi, sillabai "Ma-io", Maio fu per sempre: quando i giornali scrissero il suo vero nome pochi capirono che quel Marco era mio fratello.

Era una sera di giugno profumata di tiglio.

Maio mi portava sulla canna della bici pedalando rasente i muri tiepidi di sole; gli sfioravo le labbra con le dita e lui cercava di afferrarle a morsi. Più ridevo e mi agitavo e più fingeva di sbandare per farmi urlare.

La mia bicicletta aveva una gomma bucata e avevamo preso la sua: guidava con una mano sola e con l'altra teneva una sigaretta di scadente marijuana coltivata sull'argine del Po.

Quel pomeriggio eravamo stati a vedere un film di Antonioni e tornando a casa avevamo ripetuto all'infinito la scena in cui lei chiede a lui da cosa sta scappando. Lui risponde: *Gira le spalle a quel che hai davanti a te.*

Prima di cena, mentre la pizza cuoceva nel forno e io fumavo sul balcone osservando il traffico delle rondini, Maio era uscito dalla doccia con l'accappatoio blu di nostro padre, si era affacciato alla finestra con gli occhi chiusi, i capelli gocciolanti e il mento alzato e aveva declamato, spalancando le braccia: «Da cosa stai scappando, Alma?».

Quando un film ci piaceva ripetevamo a sproposito le frasi più memorabili per giorni.

Sopra l'acciottolato, la canna della bicicletta mi segava il sedere e Maio faceva apposta a prendere tutte le buche.

«Ho messo i jeans durissimi, mi fanno da cuscino» canticchiavo.

«Culone, culino, te lo do io il cuscino» rispondeva sullo stesso ritmo.

Era magrissimo, alto come me. Fino a tre anni prima ci scambiavamo i vestiti, poi a me era spuntato il seno e si erano allargati i fianchi. Mio padre era contento che mi fossi sviluppata, nel mio ritardo ormonale aveva presagito gravi disfunzioni. Prefigurava nei dettagli malattie, incidenti, dissesti finanziari, bocciature e sconfitte, fino ai minimi contrattempi quotidiani: ristoranti chiusi, biglietti esauriti, parcheggi occupati. La sua vita fremeva nell'imminenza del disastro. Aveva previsto ogni possibile accidente, lutto e dolore tranne quello che ci distrusse.

I nostri genitori erano già in campagna, noi aspettavamo le pagelle prima di raggiungerli, anche se i risultati li sapevamo: io promossa e Maio rimandato.

Nostro padre non si era arrabbiato, lui temeva solo l'incombere dei guai. La mamma si era stretta nelle spalle: lo aveva detto subito che il mio liceo non faceva per Maio. Avevo insistito io.

Maio era divertente, accomodante, pigro. Non come me.

Saremmo rimasti in campagna per le ripetizioni prima del viaggio in treno a Bucarest. Agosto l'avremmo passato come sempre al mare.

Eravamo contenti di quelle ultime serate senza genitori, eccitati dall'inizio delle vacanze. Andava tutto bene.

In piazza, davanti al grifone di marmo, il nostro punto di ritrovo, c'era solo Benetti. Era domenica, qualcuno era andato al mare e non era ancora tornato. Di lì a poco sarebbe arrivata Michela, cotta dal sole e lucida di crema, e saremmo andati a bere una birra dal Mago. Quella sera il tramonto non finiva mai.

Avevo diciassette anni, non lo sapevo che eravamo felici.

Antonia

Mi giro sulla schiena. Fianco sinistro, schiena, fianco destro, da due mesi dormo solo così. La pancia è sferica come un pallone, cinque chili ho preso. Giusti, dice la ginecologa. Pochi, secondo Leo.

Leo dorme sul ventre, beato lui, con un braccio che penzola dal letto. Mi rigiro sul fianco e lo fisso intensamente per vedere se si sveglia: parto lunedì e non gli ho ancora detto niente, devo parlargli adesso. Gli soffio sulla guancia.

«Mm... Cosa c'è?»

«Ciao, buongiorno.»

«'Giorno a te... ore?» farfuglia.

«Nove suonate.»

«Presto! Stai brava, Toni» si lamenta, voltandosi e coprendosi la testa col lenzuolo. Dorme solo il sabato perché la domenica c'è sempre qualche emergenza: rapine del sabato notte, tifosi in trasferta, persino gli omicidi sono più frequenti, all'alba di domenica. Gli altri giorni si alza alle sette, molto prima di me.

«Devo parlarti» dico.

Lo vedo sbucare dal lenzuolo lentamente, come una tartaruga dal carapace. Solleva una palpebra. Il suo occhio sporgente mi fissa, già limpido.

«Cosa c'è?»

«Lunedì vado a Ferrara per qualche giorno.»

«A Ferrara? Perché?» Ha aperto entrambi gli occhi, adesso. Li tiene strizzati come se la luce gli desse fastidio e mi fissa dal basso del cuscino. Sono appoggiata su un gomito, i capelli gli sfiorano il naso. Ma non si muove, sembra un gatto inchiodato dalla luce dei fari, il pelo ritto, le orecchie abbassate.

«Devo indagare su una cosa di famiglia.»

Lentamente si tira a sedere con la schiena appoggiata alla testata del letto. Ora ha spalancato gli occhi. Mi guarda con aria perplessa.

«Cosa devi fare?»

«Te l'ho appena detto.»

«Incinta di sei mesi?»

È abituato alle mie partenze, ai sopralluoghi. Ho pubblicato con un piccolo editore di Bologna tre polizieschi e ogni tanto vado a documentarmi sul luogo del delitto. Ci siamo conosciuti così. Ma non mi sono più mossa da quando aspetto Ada.

«Proprio per questo, devo andare finché posso.»

«Dove andresti?»

«Stai ancora dormendo? A Ferrara, la città di mia madre. Vicinissimo.»

«E perché non torni a dormire a casa?»

Ferrara è a meno di un'ora di treno da Bologna ma per me è come se fosse sulla luna. Quando ero piccola ogni tanto ci andavamo, al cimitero, ma sono vent'anni che non lo facciamo più.

Fino a tre giorni fa, mia madre non parlava mai di Ferrara e della sua famiglia, sapevo solo che erano tutti morti. Pensavo che i ricordi la rattristassero e a un certo punto avevo smesso di chiedere.

«Avrò bisogno di tempo, meglio se dormo là.»

Ora è completamente sveglio. Butta fuori le gambe dal letto dicendo: «Torno subito, adesso mi spieghi».

Mentre è in bagno, tiro le tende e apro le imposte. La nostra camera dà su un balcone ed è piena di luce. È l'inizio di marzo, fa ancora freddo e le piante nei vasi sono intirizzite. Infilo un golfino sulla camicia da notte e sento Ada che si muove. La ginecologa ieri ha detto che ha le dimensioni di una grossa banana. «Come una banana gigante» ha specificato.

Mi rimetto sotto le coperte, sto gelando. Mi piace parlare a letto, è come stare sospesi su una nuvola, o in barca, è una zona franca. Mi viene in mente la poesia di Stevenson che dice: *Il mio letto è una bella navicella...* Chissà se Ada amerà leggere. Da bambina io leggevo un libro al giorno, tanto che Alma mi diceva di smetterla, di andare fuori a giocare, di non essere compulsiva. Io non sapevo cosa significasse "compulsiva", non c'era nei miei libri.

Ora che mi ha raccontato di suo fratello ho capito l'origine di quel terrore per le dipendenze: non mi ero mai spiegata perché fossi l'unica della mia classe a essere sgridata perché leggeva troppo.

Ecco Leo. Ha il suo pigiama azzurro di popeline, da nonno. Mio padre, che ha trent'anni più di lui, non ha un pigiama così.

Leo è più grande di me, è già stato sposato ma non ha avuto figli, quando ci siamo conosciuti si stava separando da sua moglie Cristina.

«Per fortuna te lo sei preso tu, mi sarebbe dispiaciuto se fosse rimasto solo» aveva detto lei la prima volta che ci eravamo incontrate. Cristina fa il magistrato, è una donna sbrigativa, impegnata, intelligente. Mi è piaciuta subito.

«A lei importa solo del suo lavoro» mi aveva raccontato Leo. «Non le interessava avere una famiglia, non so perché mi abbia sposato.»

«E tu perché l'hai sposata?» avevo domandato.

«Io non so niente di quel che ho fatto prima di incontrarti, non me lo chiedere. Facevo le cose tanto per farle, come tutti. Sei tu che sei speciale.»

Amo Leo anche se non ha letto Stevenson. È per quello che non capiva, gli avevo detto, se non leggi non capisci. «Non se lavori in Polizia» aveva risposto. «In Polizia vedi da vicino tutto quello che leggi nei romanzi: amore, tradimenti, morte.»

«Cos'è questa storia di Ferrara?» chiede tornando a letto, girandosi su un fianco e appoggiando una delle sue manone sulla pancia.

«È una storia che riguarda mia madre. Te la racconto?» rispondo, mettendo la mano sopra la sua.

«Vai» dice Leo. Si è infilato gli occhiali e mi osserva con l'aria curiosa e attenta che aveva la prima volta che sono entrata nel suo ufficio, al Commissariato, quattro anni fa. Quella volta pensai che non avevo mai incontrato un uomo con un'espressione curiosa come la sua. Di solito sono le donne a guardarti così.

Alma

Benetti portava stivali senza tacco e aveva un odore acido. Sembrava sapere qualcosa che ignoravo, mi attraeva e respingeva. Compariva di rado, negli orari più strani, quando in giro non c'era nessuno. Una domenica aveva suonato al citofono alle due del pomeriggio domandando una fetta di limone e mia madre, farmacista, aveva capito a cosa gli serviva. Aveva scosso la testa con aria dispiaciuta. «Poverino» aveva commentato. Non ci aveva detto di non frequentarlo, aveva fiducia in noi.

Non so cosa mi abbia attraversato la mente quella sera. Erano le nove ma ricordo che c'era ancora luce e il marmo della Cattedrale splendeva bianco tra i muri dei palazzi arrossati dal sole. Michela ormai non sarebbe più arrivata, forse aveva dovuto aiutare i suoi genitori al bar.

«Se provassimo anche noi, solo una volta?» proposi a Maio, improvvisamente, indicando Benetti col capo.

Non ci avevo mai pensato prima.

Di sicuro nemmeno lui.

Ma capì al volo cosa intendevo. Spalancò le braccia, alzò il mento, fece gli occhi strabici e rispose: «Da cosa stai scappando?».

Ci mettemmo a ridere.

Ho sempre pensato che ci siano segreti che non si possono rivelare. Non ne avevo mai parlato ad Antonia per non contaminarla col mio dolore.

Nemmeno Franco, mio marito, conosce i dettagli di quello che accadde. Sa che mio padre si uccise ma non sa in che modo. Che mia madre si ammalò e la nostra famiglia andò in pezzi, e che fu colpa mia.

Lui mi ha curata, ma a salvarmi è stata Antonia: avevo vent'anni quando è nata. Ora che anche lei aspetta un figlio era il momento di raccontarle tutto.

Non le ho mai detto come è scomparso suo zio anche perché non lo so.

Era gennaio. Una domenica mattina nostra madre era entrata nella mia stanza. Si era seduta sul letto e mi aveva appoggiato una mano sulla spalla.

La sera prima ero stata a una festa e non mi ero divertita: ero rientrata all'una, in bicicletta, attraverso una nebbia fitta e bagnata. Prima di dormire avevo finito di leggere *Il grande Gatsby* per consolarmi di quella inutile serata. Da quando non uscivo più con Maio mi sembravano tutti noiosi.

Avevo spento la luce alle due del mattino, dopo aver letto e riletto l'ultima frase del libro: *Così continuiamo a remare, barche contro corrente, risospinti senza posa nel passato.* Poi lo avevo appoggiato sul pavimento, accanto al letto, esaltata e infelice. Non potevo immaginare che dal giorno dopo anche la mia vita sarebbe stata così.

La domenica Maio e io dormivamo fino a tardi. Quell'anno avevo l'esame di maturità, uscivo solo al sabato, lui invece aveva iniziato ad andar fuori ogni sera e a tornare dopo mezzanotte. Mio padre, che si preoccupava per tutto, sembrava non accorgersene. Forse pensava fosse normale per un maschio, in una piccola città. Mia madre sospettava, ma taceva. Lei si preoccupava soprattutto di mio padre.

I suoi alti e bassi finanziari l'avevano indotta a conservare l'impiego in farmacia trovato ai tempi dell'Università, quando ancora non era laureata, e se in uno dei nostri viaggi qualcuno le domandava cosa facesse rispondeva: «La commessa».

«Francesca, dillo che sei farmacista!» la incoraggiava mio padre.

«Che differenza c'è?» commentava lei. «Vendo caramelle, assorbenti, cerotti. Quando va bene, misuro la pressione.»

Non lo diceva in modo recriminatorio. Aveva scelto quella grande farmacia, la più importante della città, perché le consentiva di lavorare solo mezza giornata: aveva due figli e un marito che era più di un terzo figlio. Lo amava. Ai tempi di mia madre se ti sposavi poi non passavi la vita a chiederti se avevi fatto la scelta giusta.

Io non credo l'avesse fatta.

Mio padre era un uomo impegnativo: apprensivo, incostante. Imprevedibile in tutto tranne che nel pessimismo. Ora so che era un uomo depresso, anche se ai tempi non me ne rendevo conto. Lento, passivo e silenzioso d'inverno, euforico d'estate. Si spegneva agli inizi di novembre e si riaccendeva a maggio. Suo padre gli aveva lasciato in eredità un podere in campagna che amministrava malamente, anche se passava molto tempo in quella casa sotto l'argine del Po. Pescava, camminava col cane, cercava di occuparsi dei terreni, anche se era il fattore a decidere tutto.

Se era di buon umore diceva che erano state le coltivazioni di canapa a farlo impazzire. Che nella sua famiglia erano tutti matti. Quando lo raccontai alla psicologa da cui mi mandarono dopo che Maio sparì, lei provò a farmi credere che la propensione di Maio alla dipendenza era ereditaria e veniva da mio padre.

Nessuno potrà mai convincermi che, se quella sera di giugno io non gli avessi proposto di provare l'eroina, lui avrebbe cominciato lo stesso.

Se non fosse stato per la mia idea insensata, mio fratello sarebbe vivo e probabilmente anche i miei genitori. Mio padre rimbambito e mia madre acciaccata, ma vivi. Si sarebbero trasferiti in campagna e qualche volta li andremmo a trovare. Pranzeremmo al sole e cammineremmo sull'argine coi cani. Antonia avrebbe avuto dei nonni e dei cugini, io una vita diversa.

Maio non avrebbe mai trovato il coraggio di bucarsi se non lo avessi proposto io, ne sono certa: non è una fissazione, è una consapevolezza. Lui non decideva niente, mi seguiva in ogni cosa, si fidava di me. Tutti si fidavano di me.

Ho rovinato tutto, e mi merito l'inferno che ho vissuto istante per istante.

Mi ero girata verso di lei. Le avevo toccato la mano che mi sfiorava la guancia. Avevo riconosciuto al tatto l'anello che portava sopra la fede, un piccolo zaffiro circondato di brillanti, quello che ho regalato ad Antonia.

La mano gelata e la pietra mi avevano messo in allarme. Non era mio padre. Di solito ci svegliava lui. Stava succedendo qualcosa.

«Cosa c'è?»

«Hai visto Maio ieri sera? Non è ancora tornato e sono le nove del mattino.»

«Ero a casa di Laura Trentini, lo sai che non esce più con noi.»

Facevamo vite diverse, ormai. Dopo i suoi interminabili riti di compravendita, di solito lui concludeva la serata in una birreria squallida che si chiamava pretenziosamente Paul Verlaine.

«Si sarà addormentato da qualche parte, a casa di qualcuno» dissi.

Immaginavo la scena. Drogato marcio, poteva essersi accasciato ovunque: in una macchina, in un bagno pubblico. Sarebbe tornato a casa puzzolente, stravolto, oppure indifferente e conciliante, a seconda di quanta roba fosse riuscito a farsi.

«Sì, credo anch'io. Ma ho detto al papà che dormiva fuori, per non farlo agitare.»

«Allora perché mi hai svegliata?»

Era inconsueto che mia madre facesse qualcosa senza un motivo, non era una persona impulsiva.

«Ho appena sentito una cosa alla radio. Stanotte...» aveva cominciato. Poi si era interrotta e mi aveva preso una mano.

«Dimmi.»

Mi ero seduta sul letto e avevo acceso l'abat-jour sul comodino. La mamma aveva infilato sopra la camicia da notte un golfino di lana bianca coi bottoni di perla. Era sempre elegante, anche appena alzata. Mi piaceva quel golfino: lo aveva lavorato lei all'uncinetto.

Mi vergognai dei miei vestiti della sera prima buttati sulla sedia, con le mutande ancora infilate nei pantaloni, i calzini per terra, il libro che avevo letto prima di dormire sul pavimento, l'aria viziata della stanza. Volevo aprire le finestre, riordinare, mettere tutto a posto. Non volevo sapere cosa aveva detto la radio.

«Stanotte sono morti di overdose due ragazzi, li hanno trovati vicino a Pontelagoscuro in una macchina», e mi strinse la mano.

Sentii una corda vibrarmi dentro lo stomaco. Una nota bassa, cupa.

«Hanno detto i nomi?»

«Renato Orsatti e Sandro Putinati, di vent'anni. Li conosci?»

«Mai sentiti.»

«Erano di fuori, Massafiscaglia. Poveri ragazzi.»

Il fatto che fossero di un paese fuori Ferrara mi rassicurò, non c'entravano con Maio.

Mia madre però aveva fatto l'associazione giusta. Due morti di overdose significavano che c'era in giro una partita di eroina troppo pura. Nei mesi successivi, indagando tra gli amici di Maio e gli spacciatori della zona, si scoprì che molti tossici avevano fatto un bellissimo viaggio quel sabato sera.

Erano tornati tutti, tranne Renato e Sandro. E Maio.

Solo che Maio era sparito.

Antonia

La mano di Leo è calda. Amo le sue grosse mani e i polsi forti, biondi e lentigginosi. Il giorno che ci siamo conosciuti, mentre pazientemente mi spiegava le procedure di un'indagine per omicidio, gli osservavo i polsi che spuntavano dalle maniche di una camicia azzurro slavato, il colore dei suoi occhi. Lo stesso colore del pigiama che indossa stamattina, un pigiama da anziano anche se ha solo quarant'anni.

Ne dimostra di più, forse perché ha un po' di pancia, gli occhiali e una calvizie strana, da frate: una chierica grande come una tazza da tè tra i capelli folti e ramati, striati da pochi fili bianchi. L'ho capito dai polsi com'era Leo. Mi sono innamorata dei polsi.

«Ti ricordi che mercoledì sono andata a mangiare dai miei? Mia madre era agitata. Credevo avesse la febbre, tanto era strana. Franco era a cena dal Rettore, eravamo sole. Mentre preparava ha annunciato che aveva deciso di dirmi una cosa importante. Mi ha fatta sedere, si è versata del vino – lei che non beve mai –, e mi ha raccontato una storia incredibile.»

Ora Leo è attentissimo. Ha smesso di accarezzarmi la pancia e ha incrociato le braccia sul petto, come se invece che a letto fosse seduto nella poltroncina della sua scrivania, al Commissariato.

«Te la riassumo, non riuscirò mai a ripetertela uguale. Sai suo fratello?»

«Quale fratello?»

«Te l'ho detto che aveva un fratello più piccolo di un anno che si chiamava Marco. Lo chiamavano Maio. Credevo fosse morto di malattia, lei non ne parlava mai.»

«Invece?»

«È scomparso a diciassette anni non ancora compiuti. Pensano sia morto, ma non hanno mai trovato il corpo.»

Leo scioglie le braccia e si toglie gli occhiali, come fa quando qualcosa non gli torna. Si sporge verso di me.

«Come è possibile?»

«Capisci perché voglio indagare? È una storia assurda. Mia madre è convinta che sia stata colpa sua.»

«Colpa sua?» Ha un'espressione incredula.

«Ha detto che una sera gli ha proposto di provare l'eroina, da allora lui ha cominciato a drogarsi e una notte è sparito.»

«Tua madre si drogava? Ma cosa stai dicendo?»

Si è rimesso gli occhiali e mi guarda come se lo stessi prendendo in giro.

«Non fare il poliziotto, era la fine degli anni Settanta e loro dei ragazzini, hanno provato una volta. Lei non l'ha mai più fatto, lui invece ha continuato. La notte che è sparito in due sono morti di overdose, così hanno pensato che anche lui fosse morto, e fosse insieme a qualcuno che ha nascosto il corpo per non avere guai. Mio nonno si è ammazzato sei mesi dopo. E a mia nonna è venuto il cancro» butto fuori tutto d'un fiato.

«Ma porca puttana!»

«Porca puttana sì.»

«Hai detto che tuo zio è sparito trentaquattro anni fa?»

«Circa.»

«E tu cosa vorresti fare?»

«Andare là, parlare con chi li conosceva. Farmi un'idea.»

«Perché?»

«Per aiutare mia madre. È ancora convinta che sia colpa sua, dopo tutto questo tempo, ti rendi conto? E anche per me.»

«Amore mio, guarda che non è uno dei tuoi gialli. A parte il fatto che sei incinta, nessuno avrà delle rivelazioni da fare su una storia successa tanto tempo fa. La Polizia avrà indagato, cosa pensi di poter capire oggi che non abbiano scoperto allora?»

«Lo dici tu che a volte lavorate male, che uno da fuori non può immaginare la cialtroneria di certe indagini, delle prove disperse, delle inchieste affidate al caso...»

«Tu sei matta, non ti ho mai detto...», poi si ferma perché sa di avermelo detto.

«Antonia...»

«Dimmi, amore.»

«Io ti amo...»

«Anche io ti amo.»

«Posso aiutarti io?»

«Puoi dire al tuo collega di Ferrara che vado a parlargli. Le conservano le inchieste?»

«Più o meno, dipende. Posso chiedergli di cercare qualcosa. Dammi la data della scomparsa. Se non hanno traslocato, se non hanno perso il fascicolo... Quelli che hanno condotto le indagini saranno morti.»

«Magari no. Magari sono in pensione.»

«Magari. Non vuoi che me ne occupi io? Per me sarebbe semplice.»

«Preferirei farlo io. Andarci di persona. Devo capirla anch'io questa storia. Lo zio tossico, il nonno suicida... È vero che non li ho mai conosciuti, ma...»

«Certo che tua madre... raccontarti una storia del genere proprio mentre aspetti un bambino...», Leo ha l'aria afflitta.

«Dice che l'ha fatto apposta. Che le donne incinte sono invulnerabili.»

«Sarà...»

Leo sospira. Va matto per mia madre. Qualche volta, per prendermi in giro, dice che è più bella di me e che forse è di lei che è innamorato. È vero che mia madre è bella, lo è sempre stata, anche se non lo sa.

Alma è una persona strana. Sembra insicura ma in realtà è fortissima. È imprevedibile, contraddittoria. Deve decidere sempre tutto lei. È così sensibile che non si può non volerle bene, anche se è convinta di essere insopportabile e spesso lo è davvero. Quando ero adolescente non è stato facile andarci d'accordo: sembrava lei, l'adolescente, e a volte lo sembra ancora.

«Quanto pensi di starci a Ferrara?»

«Una settimana al massimo. Ho la visita di controllo il prossimo lunedì. Cercherò di parlare con chi li frequentava, oltre che con la Polizia. Devo farlo prima che nasca Ada. Non ho mai saputo niente della famiglia di mia madre. Ora capisco perché.»

«A lei l'hai detto?»

«Non posso. Starebbe male. Anzi, devi coprirmi tu. Lei su questo non ragiona. Non hai idea... È convinta di aver distrutto la sua famiglia!»

«E tuo padre?»

«Non gli ho ancora parlato. Ci vado domani, devo chiedergli un sacco di cose. Alma è a Roma per la mostra di Ghirri, gli ho chiesto se pranziamo insieme.»

«Cosa dice la Marchetti?»

«Che sto benissimo, e che comunque a Ferrara c'è un'ostetricia di prim'ordine.»

«Sei sicura che l'abbia detto?»

«No, amore, ti pare che racconto alla ginecologa una storia così personale, dài. Ma sto benissimo, davvero. Tua madre mi ha detto che ha lavorato fino al giorno prima di averti e guarda come sei venuto bene.»

«Ma se mia madre non... Va bene, Toni, fai quel che vuoi, tanto lo fai lo stesso.»

«Torno domenica. Al massimo. Stai tranquillo.»

Alma

Andammo con Benetti a casa di uno che la vendeva. Era un uomo adulto, con le basette, non l'avevo mai visto. Non pareva un drogato e non volle farci pagare. Pensammo di essere stati fortunati. Sembrava divertito, fu gentile. Ce la fece lui e fu come se ci iniettassero nel braccio un'ubriacatura potentissima, istantanea e violenta. Vomitammo tutta la notte e il giorno dopo, quando ci svegliammo, verdi in faccia, era molto tardi.

Ci precipitammo a scuola in bicicletta a vedere i risultati, senza parlare. Maio era stato rimandato a settembre in latino, come sapevamo. Io ero stata promossa con la media dell'otto, più del previsto. Non eravamo contenti né dispiaciuti, solo svuotati e stanchi, come se avessimo sbadatamente perso qualcosa di prezioso ma ce ne vergognassimo e non avessimo voglia di ammetterlo. Sulla corriera che ci portava in campagna ci dicemmo solo: «Mai più», senza guardarci negli occhi.

Io lo feci davvero. Smisi anche di fumare le canne, tanto ero stata male. Maio invece dopo le vacanze ci riprovò. Senza dirmi niente, una sera se l'andò a cercare. L'aveva morso qualcosa, il veleno era stato inoculato. Chissà come funzionano queste cose, è un mistero. Io avevo l'antidoto, lui no.

Per un mese, lo fece una volta alla settimana, il sabato sera. Me lo disse Michela.

Non ci volevo credere. Non ci potevo credere. Ero spaventata ma soprattutto arrabbiata. Provai a parlargli ma lui minimizzava, diceva che era una cosa come un'altra e non dovevo preoccuparmi. Poi cominciò a farsi ogni giorno. Mia madre se ne accorse. Gli fece prendere il metadone. Non perse mai la testa. Paradossalmente, il fatto che la cosa le fosse in qualche modo famigliare per via dei ragazzi che andavano in farmacia a comprare le siringhe peggiorò la situazione. Non rimase sconvolta, non drammatizzò. Ma lui prendeva il metadone la mattina e il pomeriggio si bucava. Si intossicò ancora più velocemente.

Non sapevamo come dirlo a mio padre. Lui credeva che Maio fosse stanco per la scuola. Io studiavo per la maturità, uscivo con i miei compagni, ma si era spenta una luce. Quando un problema grosso entra in una famiglia c'è come un silenzio, un vuoto che raschia lo stomaco, un malessere costante.

Ero arrabbiata con lui, coi miei, con tutti. Pensavo che non fosse giusto. Avevo voluto scherzare, quella sera di inizio estate. Avevo solo diciassette anni. Era stata una stupidaggine, come quando ci eravamo ubriacati di grappa alla frutta in montagna. Non poteva farmi una cosa così se mi voleva bene. Non era giusto. Mia madre diceva che sarebbe guarito, che lei ne vedeva tanti. Lo mandò da uno psicologo, ma appena usciva dalla seduta Maio scappava a farsi una pera. «Quello stronzo mi fa stare peggio» mi disse una volta.

Era cambiato. Se era fatto chiacchierava sempre, diceva banalità, scemenze, se no rimaneva muto, con gli occhi sgranati. Credo che per comprarsela la vendesse. Usciva di casa subito dopo pranzo, alle due del pomeriggio, e tornava alle otto di sera. Non studiava più e spesso saltava la scuola. Io ero così arrabbiata che non riuscivo a parlargli. Non lo riconoscevo. Non lo sopportavo. Non sopportavo il suo tradimento e il mio senso di colpa.

Una sera, a cena, c'erano le scaloppine al marsala. Mio padre si era servito due volte, poi aveva guardato il piatto intatto di Maio e aveva detto: «Non mangi? Non hai fame? Ti piacciono tanto le scaloppine».

Io non ce la facevo più. Ero esplosa: «Papà, sono mesi che non mangia! Come fai a non vederlo?».

Mio padre aveva guardato prima me, poi lui, poi mia madre.

«Cosa sta succedendo? Sei malato, Maio? Francesca, dimmi la verità.»

E la mamma, finalmente: «Giacomo... Maio ha un problema di dipendenza, ma lo risolveremo. Sto cercando una comunità».

Maio provò a sorridere. Disse: «Scusatemi, mi dispiace. Non è così grave, è solo che non ho proprio fame».

Si grattava. Puzzava di sudore rancido e fumo. Era fatto, e io lo sapevo che gli dispiaceva, ma non tanto come a me.

A lui non importava più di nessuno.

Mio padre si alzò da tavola e andò ad abbracciarlo, da dietro. Maio rimase seduto, con la schiena rigida e il volto immobile.

Mio padre piangeva e lo stringeva: «Scusatemi» disse anche lui.

Poi andò a buttarsi sul letto della loro stanza.

Io non capii di cosa dovevamo scusarlo, ma lo odiai, li odiai tutti. Mia madre che non decideva nulla e mio padre così debole. Perché non si arrabbiavano? Nessuno ci proteggeva. Nessuno mi proteggeva.

Fu l'ultima volta in cui fummo noi quattro insieme.

Non so cosa si dissero i miei quella sera, ma la luce filtrò fino a tardissimo da sotto la loro porta. Immaginai mia madre che consolava mio padre.

La mattina dopo era sabato e io andai a scuola, mia madre in farmacia, mio padre a un appuntamento al consorzio agrario. Maio dormì fino all'ora di pranzo. La donna di servizio disse che al risveglio aveva mangiato i biscotti col tè. Poi era uscito a piedi. Non lo vedemmo mai più.

Antonia

«Te l'ha detto?» chiede mio padre.

Ci siamo appena seduti al Diana, il suo ristorante preferito, in via Indipendenza.

«Sì. Lo sapevi?»

«Ci pensava da quando sei incinta. Ha sempre sostenuto che non poteva dirtelo prima.»

Il cameriere col naso lungo e i capelli grigi porta un piattino di scaglie di parmigiano e mortadella tagliata a cubetti. È qui da quando sono nata e mi sembra sempre uguale, un bell'uomo col sorriso simpatico, ma non ho mai saputo come si chiami. Lo chiedo a mio padre.

«Non ne ho idea» risponde, «perché?»

«Così, niente. Perché Alma non poteva dirmelo prima di suo fratello e del resto? Di cosa aveva paura?»

Chiamo spesso per nome i miei genitori: Alma e Franco, come li sentivo chiamarsi tra loro quando ho imparato a parlare. Ho notato che altri figli unici lo fanno.

«Di tante cose. Scoprire di avere un nonno suicida e uno zio scomparso non è irrilevante.»

«Non hai mai pensato che io dovessi saperlo?»

«Ci ho pensato. Ma ho rispettato le sue decisioni, come sempre.»

«Tu pensi sia stata colpa sua?»

Mi versa un dito di lambrusco.

«Puoi bere?»

«Mezzo bicchiere sì.»

Lui si riempie il piccolo calice tondo. È un vino mosso, piacevole, leggero.

«Naturalmente no. È stato un caso. Tutto accade per caso. Ma non si può convincerla perché la prova inconfutabile non l'avremo mai. Soltanto una cosa potrebbe rasserenarla, forse.» Un impercettibile sorriso gli accende lo sguardo. «Ci hai pensato? Sai dirmi quale sia?» chiede, fissandomi.

Mio padre non rinuncerebbe a fare il professore nemmeno in mezzo a un cataclisma. "Sai dirmi quale sia il materiale ignifugo tra gli oggetti che ci circondano?" lo immagino domandarmi mentre tutto esplode e le fiamme ci lambiscono.

Ma io ho la risposta, ci ho pensato.

«Se io scoprissi come è scomparso.»

Mi guarda compiaciuto.

«Ci proverai?» domanda.

Il cameriere col naso lungo porta i tortellini. Sorride più del solito e sento che tra poco chiederà notizie della mia gravidanza: ho colto lo sguardo spostarsi dal mio viso alla pancia.

Bevo un cucchiaio di brodo caldo e saporito, prima di rispondere. È delizioso. Da quando sono incinta assaporo ogni cosa come non ho mai fatto prima.

«Certo che lo farò.»

Franco appoggia il cucchiaio, mi osserva soddisfatto.

«Quando ero giovane avrei voluto farlo io.»

«Cosa te lo ha impedito?»

Mi guarda intensamente mentre con l'indice e il pollice della mano destra fa girare la fede attorno all'anulare della sinistra. È una vecchia fede di oro rosso. So che all'interno c'è inciso il nome di mia nonna Francesca e in quella di mia madre quello di Giacomo, mio nonno. Sono le loro fedi, tra le poche cose che mia madre ha conservato dei suoi. L'anello di fidanzamento della nonna, un piccolo zaffiro circondato di brillanti, lo ha regalato a me. Lo porto sempre, anche adesso. Ora che ci penso, è ben strano che non abbiano mai parlato dei nonni morti e portino al dito le loro fedi.

«Se ti dessi una risposta senza senso penseresti che tuo padre è rimbambito?» chiede, abbassando appena lo sguardo.

«Magari ti sentissi dire qualcosa di insensato per una volta.»

Ora sorride apertamente.

I miei genitori si mostrano sempre entusiasti di quel che dico, come quando avevo quattro anni e iniziavo a scrivere qualche parolina sulla lavagnetta che mi avevano regalato. "Uva." "Ape." «Bravissima.»

Da adolescente ho cominciato a sospettare che il ruolo di genitori c'entrasse così poco con loro che avessero dovuto imparare a recitare una parte nel modo più giusto e corretto, ma senza vocazione. Ho voluto andarmene da casa prima di detestarli per questo.

Franco si asciuga le labbra già asciutte col grande tovagliolo bianco del Diana.

«Ero certo che soltanto tu avresti potuto farlo, come se fosse un'impresa destinata a te. È un convincimento irrazionale, ma non riesco a vergognarmene.»

Nonostante sostenga di non vergognarsi ha le gote arrossate. Sarà il brodo, o il vino.

«*Semel in anno licet insanire.* Tu sei la mia volta all'anno. Lo sei sempre stata» dice.

Sto per rispondere che non mi sembra questa gran pazzia sperare che io scopra qualcosa riguardo la nostra famiglia, ma il cameriere mi precede chiedendo: «Per dopo cosa porto? Solite verdure al forno? O andiamo sul carrello degli arrosti?».

Come immaginavo si è accorto della pancia ed è partito con gli ammiccamenti sulle donne incinte che mangiano il doppio. Il punto è che il luogo comune è vero, almeno nel mio caso: mangio di più e sono più golosa.

Franco fa un gesto come per dire: "Io mi fermo qui ma tu prendi quel che vuoi".

«Prendo il fritto misto all'italiana con doppie crocchette alla crema, grazie» rispondo, sicura che ordinando la cosa più ricca del menu farò felice il cameriere. Voglio ripagarlo del fatto che lo conosco da trent'anni e non so come si chiami, anche se non è colpa mia ma della patologica riservatezza dei miei. Infatti gongola, non si trattiene più: «Ma benissimo! Alla salute. E quando nasce? Posso fare le congratulazioni al professore che diventa nonno?» esplode guardando mio padre, che non ha la minima idea di cosa rispondere e si limita ad annuire con un sorriso di cortesia.

Ora gli toccherà imparare a recitare la parte del nonno, al professore.

Alma

Ho ripreso a pensare a quando eravamo bambini. Ai viaggi di famiglia in auto, ai giochi. Ai pipistrelli.

D'estate, in campagna, se la sera lasciavamo le finestre aperte e le luci accese subito entrava il pipistrello, l'unico evento che agitava nostra madre. Si metteva a urlare: «Giacomoo, Giacomoo, vieni, è entrato».

Mio padre arrivava ed espugnava la stanza invasa dal volo cieco del pipistrello, buttandolo fuori dalla finestra a colpi di scopa. A noi piaceva vedere la mamma impaurita e il papà accorrere come un cavaliere che sconfigge il drago e a volte lasciavamo la luce accesa e la finestra spalancata apposta. La mattina dopo cercavamo il cadavere gettato nel cortile: era così piccolo che faticavamo a individuarlo, un topino tenero e peloso.

Per espiare la nostra crudeltà avevo stabilito che i pipistrelli caduti venissero sepolti sotto al noce, con un rito che prevedeva candele e coroncine di fiori di campo.

Mio padre si è ucciso in quella casa. L'ho trovato io.

Non è esatto dire che l'ho trovato: l'ho sentito. Sapevo perfettamente di cosa si trattava, quando ho udito quel suono. Da giorni temevo che si sparasse. È orribile da dire, ma sul momento è stato quasi un sollievo, liberarsi dal terrore che potesse farlo. Quanto l'ho pagata, quella sensazione di sollievo.

Le prime settimane dopo la scomparsa di Maio mio padre sembrava un'altra persona. Aveva voluto essere coinvolto nelle ricerche della Polizia ma si muoveva anche in maniera indipendente, con una determinazione e una fantasia che non gli avevo mai visto nemmeno nei suoi momenti più smaglianti. I ruoli tra lui e mia madre sembravano ribaltati: lei annichilita, lui pieno di iniziative, instancabile. Era persino andato a Roma, al Ministero dell'Interno. Aveva assunto un investigatore privato, parlato coi genitori degli amici di Maio, battuto i bar che frequentava, interrogato gestori, spacciatori, passanti.

«Lo trovo, Francesca, lo trovo» continuava a dire a mia madre, «vedrai che io lo trovo.»

Non lo trovò.

Maio si era dissolto nella nebbia.

Non riuscimmo nemmeno a scoprire se quella sera si fosse bucato, né insieme a chi, eppure che si fosse drogato era certo, perché non poteva più stare un giorno senza eroina. Le sue tracce si perdevano nel pomeriggio del sabato: lo aveva riconosciuto la cassiera del cinema dove era andato a vedere *Il presagio*, un film dell'orrore, al primo spettacolo pomeridiano.

Pensai che ci fosse andato solo per avere un posto dove bucarsi, o ripararsi, o dormire. Da quando si drogava non leggeva e non andava più al cinema, era come rimbecillito. L'ultima a vederlo fu quell'anziana cassiera, quando alle cinque uscì dal cinema di piazza Carbone. Lo riconobbe dalla cintura con le borchie che aveva nella fotografia pubblicata dai quotidiani.

In quella zona c'erano almeno due locali dove spacciavano, ma nessuno ammise di avergliela data. E non si scoprì mai chi l'aveva venduta a Sandro e Renato, i due ragazzi che morirono quella notte.

Mio padre andò a incontrare i loro genitori, portando la foto di Maio, ma gli dissero che non l'avevano mai visto e non sapevano se invidiarci o compiangerci, così come noi non sapevamo se desiderare di trovare un corpo o continuare a ignorare che fine avesse fatto.

L'energia innaturale di mio padre a poco a poco si spense. La sera del mio esame di maturità, una sera profumata di tiglio come quella in cui tutto era iniziato, uscimmo a cenare all'aperto, in un ristorante dove eravamo stati diverse volte tutti e quattro insieme.

Mia madre cercava di sorridere ma aveva mal di stomaco e non parlava. Ordinammo anguilla ai ferri e vino bianco, ma nessuno di noi riuscì a mangiare. Mio padre bevve tre bicchieri di vino e poi iniziò a piangere in silenzio. Faceva un caldo afoso, le lacrime gli cadevano nel piatto. Non mi guardava, non si muoveva. Mia madre si prese la testa tra le mani.

Pensai che la mia vita fosse finita, me lo ricordo. E ricordo che non mi sembrava giusto, non me lo meritavo.

Mi sono chiesta tante volte perché di fronte a un dramma certe famiglie si disintegrano e altre no. Perché alcuni hanno la forza di accettare, superare, e altri non riescono a reagire.

Anche i genitori di Sandro e Renato avevano perso un figlio, e i loro figli un fratello. In quinta ginnasio, a una mia compagna era morta la sorella in un incidente d'auto. La madre di un'altra mia compagna si era ammalata di cancro. A un ragazzo era morto un fratello neonato, la nascita del quale aveva temuto e odiato.

Le disgrazie accadono. Cosa tiene unita una famiglia quando succede una tragedia? La fede? L'amore l'uno per l'altro? La generosità, l'equilibrio, il caso?

Penso alle famiglie dei Paesi poveri, dove i figli muoiono di fame o malattia. Il mondo è pieno di dolore. Perché alcuni lo sopportano e altri no?

Noi quattro ci volevamo bene.

Perché mia madre non ha costretto Maio a smettere? Perché non ha curato la depressione di mio padre? E lui, perché non si è fatto aiutare? Non si amavano abbastanza? Non mi amavano abbastanza? Cosa avrei potuto fare che non ho fatto?

Cosa ci è mancato?

Ho vissuto tutta la vita nel terrore che anche la mia nuova famiglia potesse andare in pezzi da un momento all'altro. Ho scelto un uomo affidabile e razionale perché non potesse accadere, un uomo equilibrato.

Ho combattuto e combatto ogni giorno con la paura, anche ora che ho più di cinquant'anni anni e sto per diventare nonna.

Certe persone non trovano mai pace.

Antonia

Cammino sotto i portici lucidi di pioggia, specchiandomi nelle vetrine dei negozi. Con questo cappotto largo quasi non si vede la pancia.

Alma ha ragione a dire che le donne incinte sono invulnerabili, quest'inverno non ho avuto neanche un raffreddore. I primi tempi avevo sempre sonno, ora invece sono piena di energie e non vedo l'ora di partire. Penso a cosa mettere nella borsa per Ferrara: due paia di pantaloni neri, i due maglioni più larghi che ho, computer portatile, iPad, camicia da notte. Magari porto l'ombrello, a Ferrara non mi pare ci siano i portici come qui.

Mi piace l'idea di stare qualche giorno da sola in albergo e di scoprire la città. I miei gialli sono tutti ambientati in Emilia ma non conosco Ferrara, proprio dove è nata mia madre e dove sono sepolti i miei nonni. Non l'ho mai sentita come un posto che avesse a che fare con me, quasi fosse una città invisibile e lontana. I pochi ferraresi che ho incontrato si vantavano della sua bellezza come fosse merito loro e questo me l'ha resa un po' antipatica. A Bologna siamo più critici nei confronti della nostra città.

Mio padre mi ha salutata citando l'*Eneide*. Ha paragonato la mamma a Giuturna, ninfa delle fonti e sorella di Turno, che cercò di proteggere il fratello nel duello con Enea ma fu costretta ad abbandonarlo al suo destino per ordine di Giove.

«Si sente in colpa di essere viva, come Giuturna si malediceva per essere immortale. *Immortalis ego* – proprio io devo essere immortale – si disperava, povera Giuturna. La condizione divina fu una condanna, dal momento che non le servì a impedire la morte di suo fratello», e si è congedato con un bacio sulla tempia prima di salire sull'autobus, diretto alle sue letture del dopopranzo in poltrona.

Suona il cellulare nella tasca del cappotto, è Leo.

«Cosa ha detto tuo padre?» chiede senza salutarmi.

«Che solo io posso scoprire qualcosa. E che devo leggere il dodicesimo libro dell'*Eneide*.»

«Io che speravo ti dissuadesse. Cosa c'è nel dodicesimo libro dell'*Eneide*?»

«Te lo spiego dopo, sono a casa tra poco. Quando arrivi? Hai sentito il collega di Ferrara?»

«Torno alle sei. Dopo ti do il suo numero, si chiama Luigi D'Avalos.»

«Luigi come?»

«D'Avalos. Ha detto che cerca il fascicolo e recupera il contatto di chi se ne era occupato, se è ancora vivo. Guarda che è napoletano.»

«Chi?»

«Il collega.»

«Quindi?»

«Quindi è molto gentile. Voleva mandarti a prendere in stazione. Gli ho detto che non sapevo a che ora arrivavi e che lo chiamerai quando ti sarai sistemata.»

«Peccato, mi sarebbe piaciuto arrivare in albergo a sirene spiegate.»

«Scema. Delinquente.»

«Amore. Ci vediamo tra poco.»

«Toni?»

«Dimmi.»

«Non ho avuto il coraggio di dirgli che sei incinta.»

«Gli faremo la sorpresa. Tipo uovo di Pasqua.»

«Penserà che siamo pazzi.»

«Ma noi siamo pazzi.»

«Sfotti pure. Fatti trovare, quando torno.»

«Dove vuoi che vada?»

«Voglio dire... fatti trovare. Ci siamo capiti.»

Non ho capito, ma mi farò trovare.

Non ho domandato nulla a mio padre. E lui non mi ha spiegato niente, come al solito. Né come stava la mamma quando si sono conosciuti, né cosa gli ha raccontato del fratello. Non mi ha suggerito persone da cercare a Ferrara né posti dove andare. Nessuna indicazione tranne l'*Eneide*.

Alma

Ero al telefono quando ho sentito lo sparo. Ho guardato fuori dalla finestra e il cielo era azzurro, senza una nuvola. Erano le quattro del pomeriggio, c'era una luce abbagliante.

Mi aspettavo ogni giorno che accadesse, da quando si era messo a piangere a tavola la sera del mio esame di maturità. Avevo visto dove teneva il fucile da caccia e chiesto a mia madre di nasconderlo, ma lei aveva risposto di non dire sciocchezze.

Ho riattaccato senza salutare, poi ho urlato: «Mammaa», e sono andata a chiudermi in bagno.

Lei era già corsa nella stanza dove stava mio padre, la loro stanza da letto. L'ho sentita gridare e poi scendere di sotto a telefonare. Ho ascoltato dalla porta: non volevo vederlo. Almeno quello no.

L'ambulanza è arrivata dieci minuti dopo, dal paese. La nostra casa è isolata, vicina all'argine del Po. L'aspettavo seduta per terra, fuori dal portone, osservando le formiche entrare e uscire dalle crepe del marciapiede.

«Di sopra, seconda porta a destra» ho detto, indicando la scala interna con il pollice.

Sono andata dietro la rimessa, sotto la tettoia col glicine dove da bambina giocavo con Maio alla famiglia. Io ero la mamma e lui il papà, gli preparavo la cena su una cassetta di legno apparecchiata con fiori, sassi e foglie. «Ecco un bel piatto di spaghetti, caro. Poi ti ho fatto le polpette» dicevo porgendogli una foglia piena di fili d'erba. «Gnam gnam, buonissimi cara!» diceva Maio accarezzandosi la pancia. Dopo le polpette – sassolini di ghiaia al sugo di petali di papavero – gli offrivo un rametto di legno: «Ed ecco il tuo sigaro, caro». Il sigaro era la cosa che gli piaceva di più e se me ne dimenticavo chiedeva: «E il mio sigaro, cara?».

Non so dove avessimo visto o sentito marito e moglie chiamarsi "cara" e "caro" – probabilmente sulla "Settimana enigmistica" –, ma ci faceva ridere e abbiamo continuato a chiamarci così per molti anni, anche da ragazzi.

Ho cominciato a raccogliere papaveri e ranuncoli nel prato e mi si è arrampicato sul braccio un maggiolino, di quelli che dovrebbero portare fortuna. Sentivo freddo alla nuca, e bisogno di andare in bagno, ma non volevo entrare in casa.

Sapevo cos'era successo. Sapevo che si era ammazzato, e come, e che mia madre preferiva rimanere sola con lui, senza di me. Credo si amassero, in un modo loro. Io comunque non ero servita a farlo sopravvivere e non potevo fare più niente, neanche per lei.

Era malata da mesi, ma lui non si è ucciso per quello, lo so che è stato per Maio.

Abbiamo smesso di essere una famiglia il giorno in cui Maio è sparito. Non siamo stati capaci di salvarci. Avevamo solo noi quattro prima, nient'altro, e dopo non abbiamo avuto più niente.

Antonia

«Cara signora Capasso.»

Il collega di Leo è più che gentile, è avvolgente.

«No, non la faccio venire qui, la raggiungo in albergo in un battibaleno» ha detto al telefono. Un battibaleno? Ma come parla?

Ci siamo seduti a uno dei tre tavolini tondi del piccolo bar affacciato sul giardino interno dell'hotel. Ha ordinato due caffè. Non mostra di notare la mia pancia. Avrà qualche anno più di me, ma meno di Leo. È bello di una bellezza banale: occhi molto azzurri, compatti ricci neri lunghi sul collo, denti troppo bianchi. Se fosse alto sembrerebbe un attore, uno di quelli col complesso dell'eccessiva avvenenza che nelle interviste citano sempre libri e teatro.

«Mi ha raccontato suo marito che lei scrive romanzi polizieschi, voglio leggerli.» È la prima cosa che dice dopo avermi stretto la mano.

«Mi pubblica un piccolo editore di Bologna, non ha una gran distribuzione» ammetto, «ma a Ferrara credo si trovino. Circolano solo in Emilia, perché le indagini sono ambientate qui.» Poi aggiungo, pentita del mio involontario "Se li compri": «Non ne ho con me, altrimenti gliene avrei regalato uno».

Leo quindi l'ha messa così: non il torbido dramma privato, ma una curiosità professionale. Ha fatto la scelta giusta, con questo tizio.

«No, no, i libri bisogna comprarli, mica farseli regalare dall'autore» gigioneggia D'Avalos. Poi aggiunge: «Purtroppo devo dirle che il responsabile delle indagini che le stanno a cuore è mancato due anni fa. Io conosco l'allora viceispettore della Squadra Mobile. Vive ancora a Ferrara perché aveva sposato una ragazza di qui. Posso chiedergli di incontrarla».

«Posso farlo io direttamente, se non le sembra fuori luogo.»

«Nulla è fuori luogo per lei» sorride.

Da dove esce questo?

«Ha guardato il fascicolo delle indagini? Non trova strano che non si sia saputo più niente?» chiedo bruscamente.

Il suo sorriso, se è possibile, si illumina di più. Non capisco se mi sono imbattuta in un seduttore seriale o in un fesso.

«Lei sa quante persone scompaiono ogni anno, signora Capasso?» domanda soavemente, versando l'acqua di seltz dalla caraffa nei due minuscoli bicchieri.

Ho scelto un albergo centrale che credevo modesto e invece è arredato con mobili e tappeti antichi. La mia stanza dà sul corso principale, una delle poche vie di passaggio della città, è un po' rumorosa ma ha un bellissimo soffitto affrescato. Siamo gli unici clienti del bar e la cameriera ci tratta con premura. Probabilmente conosce il commissario. Forse a Ferrara lo conoscono tutti e lo temono. Prima di mettermi con Leo, anche io mi sentivo in soggezione con le forze dell'ordine.

«Quante saranno... cinque al mese? Dieci? Di più?» chiedo.

«Sono migliaia, signora Capasso. Ogni anno migliaia di persone scompaiono nel nulla» risponde mescolando il caffè con espressione afflitta. «Ma le indagini sulla scomparsa di Marco Sorani furono molto accurate, anche perché collegate alla morte di due giovani tossicodipendenti» aggiunge.

«E cosa scopriste?»

«Io nulla, perché ero solo un bambino» ammicca. «Ma ieri sera ho letto i fascicoli delle indagini e mi sono fatto un'idea. Se vuole l'accompagno.»

«Dove?»

«Capirà meglio cosa penso, se vede il posto coi suoi occhi.»

Sembra fatuo e formale, però si è letto le carte di un'inchiesta di più di trent'anni fa, si è fatto un'idea sua e me la vuole spiegare. Ci tiene a far bella figura. Mi alzo in piedi.

Ho un maglione largo e lungo che mi copre i pantaloni fino a metà coscia ma non può non accorgersi della pancia, eppure non fa commenti. Mi aiuta a infilarmi il cappotto, lascia cinque euro sul tavolino e mi afferra per un gomito. Mentre usciamo, la cameriera ci rincorre con la sciarpa grigia che ho dimenticato sulla sedia, lui la prende e me la gira intorno al collo.

Mi fa salire su un'automobile scura guidata da un poliziotto in borghese e si siede dietro con me.

«La signora Capasso è la moglie di un collega di Bologna, Raffaele. La aiutiamo in una questione di famiglia» dice al poliziotto al volante. «Andiamo al ponte sul Po di Pontelagoscuro.»

La famiglia. Faccio parte della famiglia, la grande famiglia della Polizia. Forse per questo sembra tanto collaborativo.

È una giornata umida e grigia, ma da quando sono scesa dal treno avverto la vicinanza della costa orientale. Come una rabdomante sento la presenza dell'acqua, e ho visto sulla cartina che qui c'è il mare a cinquanta chilometri e, ancora più vicini, il Po, una darsena, le valli di Comacchio. Persino il fossato attorno al Castello, al centro della città: c'è un sacco d'acqua nei dintorni. E una luce diversa che a Bologna, più fredda, chiara ma opaca.

Arrivando dalla stazione in taxi avevo notato il Castello proprio al centro della città, a pochi metri dal mio albergo. Ora ci ripassiamo davanti per imboccare uno spettacolare viale lastricato di ciottoli.

«Benvenuta nella strada più bella d'Europa» dice D'Avalos, «corso Ercole I d'Este. Lo conoscerà.»

«Da bambina ogni tanto venivo a Ferrara con mia madre, ma andavamo solo al cimitero. Ci siamo stati quattro o cinque volte.»

«Magnifica la Certosa. Ha letto il racconto di Bassani?»

«Possiamo darci del tu?» mi decido a chiedergli. Mi sento ridicola, con questa storia della signora Capasso e del commissario D'Avalos.

«Mi chiamo Antonia. Zampa, di cognome. Leonardo e io non siamo sposati.»

«Ma certo, Antonia. Io sono Luigi», e mi guarda col più sincero dei molti bei sorrisi elargiti fin qui.

«Ti piace lavorare qui? Da quanto ci stai?» gli chiedo.

«Tre anni. Vengo da Napoli e puoi immaginare che cambiamento... Qui i misteri appartengono soprattutto al passato: Lucrezia Borgia, Ugo e Parisina, Bradamante. La città è come la vedi, di una bellezza struggente. Il casino più grosso qui l'abbiamo combinato noi.»

«Di che cosa stai parlando?» domando.

Mi guarda le ginocchia, come se si vergognasse.

«Di Federico Aldrovandi...»

Forse l'ho etichettato in fretta. Forse gli uomini belli subiscono gli stessi pregiudizi di cui sono vittime le donne.

Oltrepassiamo quel che Luigi indica come il Palazzo dei Diamanti, dove mi consiglia di venire a visitare una mostra. Sembra una guida turistica più che un poliziotto, ma ha ragione: devo farla a piedi, questa via. È magnifica. Ampia, lunghissima, dritta, fiancheggiata da palazzi rinascimentali. Non c'è un negozio o un'insegna. Niente automobili parcheggiate. Se non fosse per i segnali stradali sembrerebbe di essere tornati indietro di cinquecento anni.

In pochi minuti siamo fuori città. Attraversiamo una periferia ordinata e tranquilla di vecchie case popolari che si stempera in una campagna di pioppi e campi e dopo pochi chilometri arriviamo a un grande ponte di ferro sul Po.

Raffaele parcheggia in uno spiazzo alla destra dell'imboccatura del ponte, circondato da canne di bambù.

«Vieni» dice Luigi.

Il fiume è grande, torbido, color fango, percorso da mulinelli. Il ponte grigio è lunghissimo, sostenuto da cinque coppie di pilastri di cemento. In pochi istanti è salita la nebbia e non riesco più a distinguere la sponda opposta del Po. Arrivando avevo scorto, qualche centinaio di metri più avanti sul fiume, un altro ponte, più stretto: ora non si vede più ma sentiamo il rumore del treno che lo attraversa. Questo posto è inquietante.

«Quella notte c'era ancora più nebbia» dice Luigi. È serissimo, adesso.

«La macchina era parcheggiata in questo spiazzo. Era una Golf bianca, del padre di Renato. Renato era al posto di guida, Sandro dietro. Io penso che Marco fosse con loro. Che quando loro si sono sentiti male sia andato a cercare aiuto e sia caduto nel Po, oppure si sia buttato.»

«Come fai a sapere queste cose?»

«Dopo che tuo marito... dopo che il commissario Capasso mi ha chiamato, ho letto i fascicoli. Non erano tanti i tossicodipendenti a quei tempi a Ferrara, ed è probabile che tuo zio avesse comprato la stessa sostanza che si sono iniettati gli altri due. Il fatto che ne abbiano trovato uno davanti e uno dietro mi fa pensare che accanto al posto di guida fosse seduta una terza persona.»

«E il corpo?»

«Se è caduto nel Po, era difficile da recuperare. In questo punto la corrente è fortissima. Quanto alle tracce, trent'anni fa la Scientifica non era come adesso. Era un sabato notte nebbiosissimo, li ha trovati alle quattro del mattino un metronotte che stava tornando dal lavoro in motorino.»

«Hai già parlato col viceispettore, vero?» gli chiedo.

«Come fai a saperlo?» si sorprende.

«Scrivo gialli e vivo con un poliziotto. Mi sembra che tu abbia le idee troppo chiare per aver letto soltanto vecchi fascicoli. Non volevi dirmelo per non togliermi la soddisfazione di parlarci da sola? Cosa ti ha detto Leo di me?»

Fa un gran freddo. Umido, più che freddo. Penetra nelle ossa insieme alla nebbia.

Luigi esita, ma non sembra imbarazzato.

«... Non ero sicuro che il collega ti avrebbe raccontato quello che ha detto a me. Sono andato a parlarci stamattina. Ha settant'anni, è una persona molto riservata. Però mi ha lasciato intendere che il responsabile delle indagini, il commissario Zanni morto due anni fa, potrebbe avere avuto pena di tuo nonno e deciso, in assenza di prove, di lasciarlo nell'illusione che suo figlio fosse vivo.»

«Figurati che invece mio nonno si è ammazzato.»

«Motivo in più per non rivelarti il suo sospetto.»

«Magari si ammazzava lo stesso.»

«Possibile.»

Luigi ora mi osserva come se lo avessi stupito, ma il suo sguardo è divertito, quasi materno.

«Non hai un cappello, dentro quella borsetta?»

«L'ho lasciato in camera.»

«Meglio portarlo sempre qui a Ferrara. La nebbia è molto umida.»

«Lo vedo, anzi, lo sento.»

«Ti riaccompagno. Dove vuoi andare?»

«In albergo. Devo fare delle telefonate. Persone che devo trovare, amici di mia madre e di suo fratello.»

«Se mi dici chi sono te le cerco io.»

«Perché sei tanto gentile?»

«Perché sei la compagna di un collega? Perché sei una bella ragazza? Scegli il motivo che vuoi.»

Non capisco se voglia farmi un complimento o prendermi in giro.

"Ora mi bacia" penso per un istante, ma per fortuna non lo fa. Mi afferra il gomito e mi guida verso la macchina. Sta venendo buio e non riesco più a vederlo in faccia.

«Ieri non sapevi se ero bella, quindi è per l'altro motivo. Grazie in ogni caso» commento.

Io non sono così bella, ma mi è piaciuto che lo abbia detto.

«Sono un poliziotto, Antonia, so tutto, anche quel che non immagini possa sapere.»

Ha un tono diverso adesso. Più stanco.

Mi apre la portiera e sale di fianco a me facendo il giro dall'altra parte dell'auto.

«Torniamo all'hotel, Raffaele.»

In auto non parliamo e lo vedo controllare i messaggi sul telefono. Quando arriviamo di fronte all'albergo dico: «Pensavo di cercare Laura Trentini. Mia madre era a casa sua la sera che è scomparso Maio. E anche il ragazzo che li ha portati a bucarsi la prima volta, un certo Benetti. Poi c'era una ragazza, la ragazza di Maio, Michela, ma non so il cognome».

«Michela Valenti, fu interrogata» annuisce Luigi. «Ti mando i loro numeri stasera sul cellulare da cui mi hai chiamato.»

Stavolta non scende dalla macchina e non mi apre la portiera. Sembra improvvisamente distratto. Quando sulla porta mi giro per salutarlo sta parlando al telefono e non mi guarda.

Michela Valenti mi ha dato appuntamento di fronte alla Cattedrale.

«Davanti al grifone di destra» ha detto in tono allegro e sbrigativo. Non mi ricordo com'è fatto un grifone. Michela, che dovrebbe avere un anno o due meno di Alma, ha una voce da ragazza.

Ieri sera mi è arrivato sul telefono un messaggio: "Trentini emigrata, Benetti morto, Valenti 335 5387231. Saluti, Luigi". Stile da poliziotto e niente ammiccamenti, meglio così.

Ho chiamato subito Michela e le ho spiegato chi sono e cosa voglio. Non è sembrata sorpresa.

«La figlia di Alma Sorani? Pensavo ad Alma pochi giorni fa, come sta? Mi fa piacere conoscerti. Domani ho un'ora buca tra le dieci e le undici, se ti va bene.»

Stavo per dirle che mi riconoscerà dalla pancia, poi ho pensato di verificare se mi trova somigliante ad Alma. Alla peggio la riconoscerò io: non ci saranno tante cinquantenni davanti al grifone alle dieci, comunque sia fatto un grifone.

Tra poco scoprirò da cosa ha l'ora libera. Farà la psicanalista? L'insegnante?

Ho bevuto un tè e mangiato la crema di una gigantesca brioche nella sala colazioni dell'albergo, deserta a parte una coppia di anziani tedeschi, poi mi sono diretta all'appuntamento. Oggi c'è un sole pallido e velato, insufficiente per illuminare l'acqua scura e immobile del fossato del Castello. La piazza di fianco al Castello è intitolata a Girolamo Savonarola: la statua di marmo bianco campeggia sopra quello che potrebbe essere il mucchio di legna del rogo. Tutto quel che ricordo di Savonarola è che fu fatto bruciare da qualche papa a Firenze, non sapevo fosse di Ferrara. Ha un'aria altera e concitata, le braccia sollevate.

Che strana città, così tranquilla e lenta. A Bologna a quest'ora in centro c'è un traffico caotico di macchine, mezzi pubblici, pedoni anche in mezzo alla strada. Qui ci sono poche auto, pochi pedoni. Solo ciclisti che sfrecciano silenziosi, e biciclette posteggiate ovunque. Ci sono più biciclette che persone.

Di fronte alla Cattedrale noto parecchie statue di leoni, appoggiata a una c'è una ragazza in pantaloni di velluto e giaccone da marinaio. Non può avere cinquant'anni, non ne dimostra quaranta, però mi saluta festosamente: «Antonia? Sono Michela, ciao. Prendiamo un cappuccino o vuoi camminare? Non somigli ad Alma. Sai che ci incontravamo proprio qui lei, Maio e io?» dice la ragazza accarezzando il marmo rosa del leone, che in effetti non è un leone, ha un becco d'aquila e le ali.

Lo sapevo che non somiglio ad Alma, ma allora come ha fatto a riconoscermi?

«Camminiamo» rispondo, stringendole la mano. Ha la mano piccola, le dita forti e sottili un po' ingiallite, da fumatrice.

«Non siamo lontane dal cinema dove hanno visto Maio l'ultima volta, ci vuoi andare?» mi chiede.

Addirittura? Com'è collaborativa, e spiccia.

Credevo sarebbe stato complicato riesumare dal passato una storia vecchia come quella di Maio, ma sembra ancora molto presente a tutti, persino a chi non l'ha vissuta come Luigi D'Avalos.

«Non sapevo dove l'avessero visto l'ultima volta. Mia madre non mi ha detto quasi nulla, se non che si sente responsabile di tutto quel che è successo alla sua famiglia.»

La mia strategia, nella vita, è dire sempre la verità. È la soluzione più sorprendente ed efficace che ci sia. Le persone reagiscono bene alla verità: accorcia tempi e distanze, crea intimità.

«Come dovrei sentirmi io, che l'ho lasciato perché si drogava?» ribatte Michela.

Mi piace questa donna. Forse anche lei dice sempre la verità, di solito li riconosco quelli come me.

«Ti sei sentita in colpa?» le domando.

Cammina veloce, anche se sotto ai calzoni porta stivali con un grosso tacco alto. Standole di fianco noto piccole rughe intorno agli occhi e una percepibile rilassatezza delle guance. Ora li vedo i suoi cinquant'anni.

«Per un periodo ho maledetto di non essere andata all'appuntamento che avevo con loro la sera che ha iniziato. Poi capisci che niente dipende da te e te ne fai una ragione» risponde guardando di fronte a sé.

Svoltiamo dentro a un vicolo medioevale, stretto e scuro, di lì sbuchiamo in una piazzetta rettangolare: il cinema Apollo è chiuso. Danno un film americano che mi è piaciuto molto, la storia della giovane agente della Cia che avrebbe fatto catturare Bin Laden.

«Cosa volevi chiedermi? Tra quaranta minuti devo essere di ritorno» mi dice.

Michela ha estratto dalla borsa a tracolla cartine e tabacco e si è seduta sul marciapiede di fronte al cinema per prepararsi una sigaretta.

«Che lavoro fai?» chiedo.

«Logopedista. Faccio parlare chi non parla. E tu?»

«Scribacchio. Polizieschi, tutti ambientati in Emilia.»

«Ma pensa. Ti piacciono i misteri.»

Mi siedo sul marciapiede anch'io. La piazzetta è umida e desolata, deve essere identica a com'era allora. Maio ha calpestato questo marciapiede, visto questi muri, camminato per questi vicoli.

«Volevo chiederti di Maio, come erano lui e Alma da ragazzi, e anche i loro genitori, i miei nonni. Che tipo di famiglia era. Io non ne so quasi niente.»

Michela si accende la sigaretta e soffia il fumo nella direzione opposta alla mia, girando la testa. Rimane in silenzio qualche istante.

«Maio era molto intelligente, anche se faceva di tutto per non dimostrarlo. Era sensibile, originale, aveva un sacco di idee. Per certi versi però era... passivo. Comandava Alma, tra loro. Lei era bravissima a scuola, brillante e insofferente. Forse un po' prepotente. Lo proteggeva da tutto. I loro genitori credo avessero un problema, non so se economico o di altro tipo: si percepiva qualcosa. Erano soli e poco integrati, non avevano parenti a Ferrara. Se non sbaglio i genitori di tuo nonno erano morti. Sembravano molto uniti tra loro quattro ma chiusi col resto del mondo. Non andavo quasi mai a casa loro, erano Maio e Alma a venire da me. Un po' di tempo fa una mia zia che lavorava in farmacia con tua nonna mi ha detto una cosa strana: che la madre di Alma, tanti anni prima della scomparsa di Maio, avrebbe avuto una relazione extraconiugale.»

La piazzetta dà su un vicolo deserto e il vicolo su una via di negozi, dove ora vedo transitare parecchia gente. Michela si alza e mi porge la mano per aiutarmi. Forse si è accorta della pancia. Ma io rimango seduta.

«Come, una relazione?» dico. Questa notizia mi sorprende. Nemmeno che Maio fosse così intelligente mi era stato raccontato. Mentre che mia madre sia insofferente e tenda a essere manipolatrice è vero. Soffre perché se ne rende conto ma non riesce a correggersi. È sempre stata vittima del suo brutto carattere.

«Mia zia non c'è più, se no le chiederei meglio. Andavo a trovarla quasi tutti i giorni e parlavamo sempre del passato. Mi ha raccontato un sacco di cose che non sapevo anche della mia famiglia. Un giorno mi ha chiesto se sentivo ancora "la mia amica sfortunata". Sapevo che si riferiva ad Alma. Le ho detto di no. Ha risposto: "Qualcuno dovrebbe dirglielo, alla tua amica, che sua madre le sue gioie le ha godute". La zia soffriva di Alzheimer, quindi non le ho dato troppo peso. Però se con quella pancia ti sei messa a indagare su una cosa successa trentaquattro anni fa è meglio che ti dica tutto quello che so, anche se magari non ha importanza. Vuoi bere un cappuccino prima di tornare?»

Michela si spazzola con le mani il retro del giaccone e io le porgo la mano destra perché mi aiuti ad alzarmi dal gradino.

«Con chi altro posso parlare secondo te? Mia madre mi aveva citato una Laura Trentini, ma mi risulta che non stia più qui. Noi possiamo rivederci con più calma?» domando. Si era accorta della pancia, allora. "Quella pancia" l'ha chiamata, mica una pancia trascurabile.

«Laura ha sposato un americano, credo di avere un suo numero di telefono ma non penso abbia niente da dirti, non era tanto amica di Alma. Oltre a me, Alma non aveva amici stretti. Certo che possiamo rivederci, se vuoi usciamo a cena. Non ti invito da me perché coi figli tra i piedi non riusciremmo a parlare. Domani?»

«Domani va benissimo. Uno dei vostri amici di allora che si chiama Benetti lo vedi ancora?»

«Non era un nostro amico. Comunque è morto di Aids una ventina d'anni fa» risponde bruscamente. «Ora dove vai?» chiede, entrando in un bar sulla piazza e ordinando due cappuccini bollenti.

«Sono indecisa tra l'emeroteca e il Palazzo dei Diamanti. Mi hanno suggerito di vederci una mostra...»

«Chi te lo ha detto?»

«Il commissario D'Avalos, lo conosci?»

«Me ne hanno parlato» commenta Michela con un sorrisino.

Gliene avrà parlato una sua paziente? O una sua amica? Avverto una punta di gelosia. Roba da matti, non sono gelosa nemmeno di Leo.

«A trovare i nonni in Certosa non vai?»

«Magari comincio da lì, hai ragione.»

«È che mi fanno tristezza i morti abbandonati. Qualche volta ci passo, dalla loro tomba, quando vado a trovare mia zia, non ci sono mai fiori. Ti chiamo domani per dirti dove ceniamo e se mi vengono in mente altre persone con cui potresti parlare.»

«Grazie, Michela. Non ti ho chiesto nulla di te, nemmeno quanti anni hanno i tuoi figli...»

«Te lo racconto domani. E grazie per il cappuccino, sono sempre senza soldi...»

Fa per andarsene, poi si volta verso di me, si blocca e mi guarda negli occhi: «Lo sai come si chiama la protagonista del film che danno all'Apollo stasera, lo hai visto?».

«*Zero Dark Thirty*? L'ho visto e mi è piaciuto, ma non mi ricordo.»

«Si chiama Maya» dice Michela. «Pensa che coincidenza.»

E se ne va, lasciandomi proprio dove ci siamo incontrate, accanto al grifone di marmo rosa. Ha la schiena lucidissima, la tocco. È freddo e liscio. Chissà quante volte ci si è appoggiato Maio.

Alma

Anche se ha vent'anni più di me, Franco non è stato un padre: più che adottarmi e proteggermi, mi ha sopportata.

I primi tempi eravamo innamorati, ma quei mesi di passione non fanno di noi una coppia riuscita, abbiamo solo condiviso le emozioni di chi si abbandona alla chimica dell'amore. Era il mio professore, sapeva tutto, sembrava potesse sopportare tutto.

Io ero giovane, furibonda, vorace. Gli effetti del dolore sull'amore sono devastanti: diventi una persona che pensa solo a se stessa, ti senti in credito col mondo, non sai amare. La gente crede che il dolore faccia maturare, invece io penso che chi soffre troppo da giovane non cresca mai.

Se provo a rintracciare il sentimento prevalente tra quelli che mi hanno rovinato la giovinezza non riesco a scegliere tra disagio, rabbia e paura. Ma il peggio è venuto dopo e dura ancora.

Ho ereditato da mio padre – anche se in forma leggera – la malattia che disprezzavo. La mia è una tendenza, una predisposizione alla depressione.

Sono in bilico sul filo, condannata a inventarmi ogni mattina un modo per combattere l'angoscia. Se mi fermo, pensieri tetri mi attanagliano. Mi convinco che andrà tutto male, che Antonia sarà infelice, soffrirà, e io con lei. Che tutti soffriremo e andremo in malora e io morirò malata e sola.

La paura di soffrire è persino peggio del dolore.

Quando soffri annaspi, lotti con gli incubi di notte e con la morsa allo stomaco di giorno, ma puoi sperare che passi. Mentre la paura di soffrire è un'infezione cronica che non sviluppa anticorpi e non può guarire. Ci sono solo momenti di tregua: uno studente con gli occhi accesi, Antonia che ride, un film o un libro emozionanti. Istanti.

Io non ho un centro, non ho certezze, non ho equilibrio, non so difendermi, ho solo la forza che mi viene da tutto quello a cui sono sopravvissuta. E la paura, costante.

Quando stamattina al telefono ho sentito la voce di Leo mi sono spaventata, ho temuto mi dicesse che era successo qualcosa a Toni o alla bambina, invece mi ha invitata a pranzo.

«Non dire ad Antonia che ci vediamo, per il momento» mi ha chiesto dopo avermi dato appuntamento in un'osteria vicina alla Facoltà. Leo e io non ci siamo mai incontrati da soli, cosa vorrà da me? Dirmi qualcosa di Antonia che non voglio sapere, come quando mi chiamavano i genitori delle sue amiche per lamentarsi che aveva fatto piangere le loro figlie? Era una bambina deliziosa quando stava sola con Franco e me. Era affettuosa, creativa, sensibile. Insieme agli altri bambini si innervosiva. Crescendo è diventata una ragazza autonoma, solitaria ma equilibrata, contrariamente a ogni mia previsione e timore. E con Leo, per quanto io non riesca a reputarlo un uomo adatto a lei, sembra felice. Non mi sono mai lasciata sfuggire una parola critica nei confronti di Leo, ma non so se mi piace.

Antonia gli avrà raccontato di Maio? Temevo che lo avrebbe fatto, l'ho messo in conto, tanto non potevo più tacere. Ada ha il diritto di crescere fuori dal mistero della scomparsa di Maio, almeno lei.

Avrei potuto richiedere la dichiarazione di morte presunta di Maio già dieci anni fa e non l'ho fatto. Sia la casa sull'argine del Po sia quella di Ferrara ci sono ancora, ad Antonia questo non l'ho detto. Non ho potuto venderle in assenza dell'atto di morte. Non ci entro da trent'anni, mi sono limitata a farle svuotare, ma ora è arrivato il momento di mettere tutto a posto.

Antonia

Non ho voglia di visitare cimiteri o fare nuovi incontri, vorrei tornare a vedere il ponte da dove D'Avalos pensa si sia gettato Maio, ma come ci arrivo? Chiedo al portiere del mio albergo quanto costa andare a Pontelagoscuro e tornare in taxi e risponde: «Cinquanta euro al massimo. Se vuole c'è anche l'autobus da piazza Travaglio».

Sono troppo incinta per preferire l'autobus come farei normalmente. Andrò in taxi, ma domattina. Non voglio essere inghiottita dalla nebbia sul più bello come ieri.

Che strano nome Pontelagoscuro, non mi sembra ci fossero laghi lì vicino, soltanto il Po. Mi siedo col mio iPad nel caffè dell'albergo, dove ho incontrato D'Avalos, e controllo su internet. Niente laghi, né scuri né chiari. Pontelagoscuro era un borgo che venne distrutto nella Seconda guerra mondiale, per questo lo chiamano anche "il paese che non c'è". Il paese che non c'è, il lago che non c'è, il ragazzo che non c'è: Maio ha scelto un posto perfetto per scomparire, sempre che la deduzione di D'Avalos sia giusta.

Anche a me pare plausibile che Maio fosse in quell'auto, con Sandro e Renato, e ora vorrei parlarne con mia madre. Chissà se ricorda la zia di Michela e come prenderebbe la possibilità che sua madre abbia avuto una relazione. Magari lo sapeva. Sempre che la zia con l'Alzheimer non l'abbia confusa con un'altra persona o non abbia riportato a Michela un pettegolezzo infondato.

Quando Alma chiamerà dove le dirò che sono? Ieri ho sostenuto che non potevo stare al telefono, ma la prossima volta non avrò scampo.

Leo invece non ha mai telefonato da quando sono partita. Di solito chiama tre volte al giorno: forse non è contento che sia venuta qui. Quando qualcosa non gli piace lui non lo ammette ma si chiude in se stesso. Finora gliel'avevo visto fare solo con sua madre o le sue sorelle. Ma forse è un caso, che non mi abbia chiamata. Leo non si arrabbia mai, con me.

Stamattina prima di andare all'appuntamento con Michela gli ho scritto: "Ti manco?", e mi ha risposto: "Eccome". Eccome, punto.

Provo a chiamarlo io: perché dovrebbe essere sempre lui a farlo? Solo perché mi ha abituata così?

«Buongiorno, sono la madre dei tuoi figli, ti ricordi di me?» rispondo al suo "Pronto" sommesso.

«Sì, ma sono in riunione, ti richiamo stasera, scusami» dice in fretta.

Stasera? Volevo invitarlo a cena qui, stasera. Quarantacinque minuti di autostrada, appena. «Richiama appena puoi, bacio, ciao» replico allegra, più di quanto sia.

Non è mai capitato che Leo fosse in riunione quando chiamavo io. E con chi, poi? Non mi risulta ci sia il Ministro dell'Interno a Bologna, oggi. Per tutti gli altri, compreso il capo della Polizia, non credo sia un problema se il commissario Capasso risponde a una telefonata.

Per un momento fugacissimo mi domando se sono sempre innamorata di lui. La risposta è sì, ma perché me lo chiedo? Perché ho conosciuto Luigi D'Avalos?

Non so se siano gli ormoni della gravidanza a provocarmi queste idee frivole, e non so se mi piacciono: un po' mi divertono e un po' mi turbano. Se questo fosse uno dei miei polizieschi, il commissario bello ci potrebbe stare, ma nella vita vera no. Richiamo Leo per fugare questi pensieri, ma non risponde, gli lascio un messaggio in segreteria: «Vieni a cena qui stasera, che ti racconto come procedono le indagini? Mi manchi».

È quasi ora di pranzo e sto pensando a cosa mangiare quando arriva un lungo sms. Non è di Leo, è di Luigi D'Avalos: "Se non hai ancora pranzato assaggia il pasticcio di maccheroni, nel bar di fronte al tuo albergo ne fanno uno mignon. Se invece hai voglia di compagnia, ti porto in un ristorante dove preparano quello vero, da una ricetta di Lucrezia Borgia".

Io ho voglia di compagnia.

E anche di rivedere Luigi D'Avalos. Ma rispondo: "Lucrezia Borgia l'avvelenatrice? Meglio di no".

E lui: "Leggende. Era una brava figlia. Passo a prenderti tra dieci minuti in hotel e ti racconto?".

Non chiedo come fa a sapere che sono in albergo perché direbbe che lui è un poliziotto e sa tutto, mi limito a: "Un'altra volta, grazie mille".

Non so perché ho risposto così. Mi sento in colpa. Temo che a Leo non farebbe piacere se pranzassi con D'Avalos? Questa città mi fa sentire strana. Da quando aspetto Ada sono sempre contenta, ma nelle ultime ore ho cambiato umore. Devo stabilire un piano d'azione, abituarmi ai ritmi di qui. Sono diversi da quelli di Bologna. Qui sembra tutto più lento ma anche più indefinito.

Vado al bar consigliato da Luigi, una grande pasticceria d'angolo, e mi siedo a un tavolino quadrato. Ordino un pasticcio di maccheroni.

«Dolce o salato?» chiede la cameriera.

«Aspetti un momento, scusi», e scrivo un messaggio a Luigi: "Il pasticcio mignon dolce o salato?".

Sono consapevole del fatto che sto cercando di sdrammatizzare il mio rifiuto e ristabilire un contatto, fargli vedere che seguo i suoi consigli.

"Dolce, Antonia, dolce" è la risposta. Si può sentire la stanchezza in un sms? Il suo sembra sfinito.

Il pasticcio è delizioso: maccheroni con besciamella, funghi e qualcos'altro che non riconosco racchiusi in una pasta frolla dolce. Ne mangio due. Ho deciso che vado dai miei nonni, al cimitero.

La cassiera del bar mi spiega che la Certosa è a dieci minuti da lì e mi mostra la strada sulla mappa del mio iPad. È una donna giovane, elegante, con un naso importante e una pettinatura elaborata. Sembra la direttrice di una galleria d'arte. Dandomi il resto indica la pancia e chiede: «Femmina, vero?».

Finalmente, Ada, qualcuno si è accorto di te.

"Almeno un caffè?"

Il messaggio di D'Avalos è arrivato mentre camminavo verso la Certosa. Sono tornata indietro.

In fondo sono qui per indagare e lui può aiutarmi. Non ho tanto tempo, il termine per la nascita di Ada è il 4 luglio. Sono contenta che sarà estate: Ada avrà un'accoglienza calda e piena di luce. Leo vorrebbe che andassi in Salento dai suoi, ma preferisco stare con lui, non con sua madre. È una bella signora con le mèches bionde, curata e allegra. Molto affettuosa, come le sorelle di Leo. Quando andiamo a trovarle sto bene con loro, ma sono contenta di ripartire. Non sono abituata alle famiglie così espansive.

Alma invece mi ha proposto di affittare una casa in collina, dalle parti di Porretta, oppure a Sant'Arcangelo, più vicino al mare. Chissà come si sta a Ferrara d'estate, devo ricordarmi di domandarlo a Michela che ha dei figli.

Invece lo chiedo a D'Avalos.

Quando entro nel piccolo bar affacciato sul giardino si alza dal tavolo che ha occupato, quello vicino alla finestra. Lo trovo ancora bello, ma oggi il suo aspetto mi imbarazza di meno.

«Che clima c'è a Ferrara d'estate?» domando senza salutarlo.

«Afoso. Soffocante. Non tira un filo d'aria, come a Bologna. Però la città si svuota ed è ancora più affascinante, vanno tutti ai Lidi qui vicino. D'estate non te li consiglio, ma se vuoi ci andiamo adesso.»

«Adesso? Fra tre ore sarà buio.»

«Ci mettiamo poco. Il mare d'inverno: spiaggia deserta, legni abbandonati... una meraviglia, vuoi?»

«Con Raffaele?»

«Da soli.»

«Non devi lavorare?»

«Sto lavorando, ho una cosa da raccontarti.»

«Va bene, andiamo.»

Non resisto alla proposta del mare. È l'ultimo posto dove avrei immaginato di trascorrere il pomeriggio, ma mi piace cambiare programmi.

Salgo accanto al posto di guida. L'auto è diversa da quella dell'altra volta, più piccola, rossa.

«È tua questa macchina?» chiedo.

«No, è di mia moglie.»

La moglie non l'avevo immaginata.

Luigi guida veloce, da poliziotto. Usciamo dalla città passando per una grande porta ad arco e attraversiamo la periferia, poi imbocchiamo una superstrada deserta. Attorno, campi a perdita d'occhio e filari di pioppi. La nebbia si è diradata, è una bella giornata di marzo, si sente la primavera in arrivo. Ogni tanto in mezzo ai campi spunta un casale, come una barca solitaria in mezzo al mare.

«Cosa volevi raccontarmi?» domando dopo dieci minuti che Luigi guida in silenzio.

Com'è volubile quest'uomo, mi sembra di sentire i suoi cambiamenti di umore sulla pelle. Insiste per vedermi, propone itinerari sorprendenti e poi tace.

«Ho parlato con un collega anziano di Verona che si ricorda del caso Sorani: le tracce della partita di eroina che uccise Renato e Sandro partivano da lì. La loro morte fu il primo di una serie di eventi che hanno segnato la storia dello spaccio in Italia. In seguito a quelle morti vennero arrestati due boss molto importanti.»

«Mia madre aveva detto che non trovarono mai chi gliela vendette.»

«Non identificarono i piccoli spacciatori, né quelli che li rifornivano, ma ci fu un'operazione a livello nazionale, seguita dal capo della Polizia. Le due persone arrestate erano malavitosi di primissima fila. Siciliani, capi. La morte di Sandro e Renato e la scomparsa di Marco diedero inizio a una retata antidroga imponente. In seguito a quegli arresti il controllo dello spaccio di eroina passò dai mafiosi ai camorristi.»

Non riesco a capire cosa c'entri con noi. Con mia madre, con me, con questo pomeriggio imprevedibile sull'auto della moglie di Luigi D'Avalos, diretti al mare, un mare di marzo.

«Ma questo cosa cambia?»

«Furono condotte indagini accuratissime, coinvolgendo tutte le forze di Polizia del Paese. Se Marco fosse stato vivo, lo avrebbero trovato. Io credo che sia andata proprio come dicevamo ieri. Che sia caduto o si sia gettato nel Po.»

«Perché si sono mossi così in alto per due ragazzi morti di overdose?» mi viene da chiedere. «Fu per le pressioni di mio nonno?»

«Tuo nonno, con rispetto parlando, non contava niente. Fu tua nonna a contare. Era amica del prefetto. Molto amica. Credo che Marco fosse figlio suo» dice Luigi, voltandosi per guardarmi in faccia.

«Figlio di chi?»

«Del prefetto.»

«Maio? Il fratello di Alma?»

«Sì.»

«Ma cosa stai dicendo? Maio aveva un anno meno di mia madre. È nato quindici mesi dopo di lei. È come se io, dopo aver partorito Ada, mi facessi l'amante e dopo sei mesi rimanessi in...» Mi blocco sull'incinta. Il fatto di essere incinta non mi sta impedendo di trovare attraente l'uomo che sta guidando al mio fianco e che ho incontrato ieri per la prima volta. Potrei giurare che non ci farei l'amore, tra sei mesi, o nove, o tra un anno? Se sono completamente sincera con me stessa, no, non posso giurarlo.

Credo di avere le orecchie rosse, ho bisogno di aria. Siamo usciti dalla superstrada e percorriamo una strada provinciale fiancheggiata da platani.

«Dove siamo?» chiedo. «Quanto manca?»

«Siamo sulla Romea, la strada che da Venezia porta a Ravenna. Tra cinque minuti arriviamo al Lido di Spina e camminiamo sulla sabbia. Fai vedere le scarpe» dice abbassando lo sguardo verso i miei stivali con la suola di gomma.

«Benissimo» approva.

Entriamo dentro una pineta piena di villette bianche a due piani con le porte e le finestre sbarrate. Non c'è in giro nessuno. Le strade sono cosparse di buche e dissestate per le radici dei pini che spaccano l'asfalto. I pochissimi locali che vediamo, una pizzeria, un bar, sono chiusi. C'è desolazione, un'atmosfera da villaggio fantasma. Ma ho abbassato il finestrino e sento entrare il profumo dei pini e del mare, un profumo meraviglioso.

«Qui d'inverno ci abitano?»

«Forse cinquanta persone. Ma non in questa zona.»

Arriviamo alla spiaggia. Sugli stabilimenti in muratura ci sono cartelloni sbiaditi che recitano gli eterni versi estivi: "Bagno Faro", "Ancora", "Sabbia d'Oro", "Bussola", "Corallo".

Entriamo da un varco tra gli edifici e ci incamminiamo verso la riva del mare. Non immaginavo una spiaggia così grande. Sono stata tante volte a Rimini e a Riccione, ma qui la spiaggia è molto più profonda, lunga a perdita d'occhio e completamente deserta. Ci mettiamo a camminare sulla battigia verso nord, in direzione di un molo. Le onde vaporizzano salsedine, l'aria di mare mi fa stare bene. Ora mi sento lucida.

Se mia nonna ha avuto un amante e Marco era suo figlio, cosa cambia per me e per Alma?

Come starebbe mia madre se lo sapesse?

Questa vicenda può avere inciso su quel che successe poi?

«Come l'hai scoperto?» chiedo a Luigi.

Camminiamo affiancati, stringendoci nei cappotti. Il vento soffia alle nostre spalle, viene da sud.

«Me lo ha detto Porta, quello che era viceispettore ai tempi della scomparsa di Maio ed è andato in pensione tre anni fa con la qualifica di commissario: io sono il suo successore. E a lui lo aveva detto il commissario Zanni, il responsabile delle indagini. Tua nonna Francesca è stata l'amante del prefetto Cantoni e Marco era suo figlio. Per questo venne giù il mondo quando sparì.»

«Mio nonno lo sapeva?»

«A Porta risulta che tua nonna, dopo la nascita di Maio, abbia deciso di chiudere la relazione col prefetto e di rimanere col marito. Non ha idea se il marito fosse al corrente. Il prefetto, che è morto molto tempo fa, era sposato e aveva una figlia. Lui lo sapeva, lo ha confidato al commissario Zanni. Quando Maio sparì tua nonna lo cercò e lui le promise che lo avrebbe trovato, vivo o morto.»

«Quindi Maio ha una sorellastra, oltre a mia madre.»

«Due fratelli e una sorella: Cantoni poi ha avuto altri due figli.»

«Dove abitano?»

«Credo a Roma. E immagino non sappiano nulla e non debbano sapere mai nulla di questa storia.»

«E perché l'hai raccontata a me?» chiedo, chinandomi a raccogliere una piccola conchiglia grigia a forma di corno. Mi sento frastornata e lucida al tempo stesso.

«Perché stai cercando la verità. Quando tuo marito mi ha chiamato, ha detto che se ti metti in testa una cosa la fai. Sono andato a leggermi il caso Sorani e ho capito che era una cosa grossa, non hai idea di quanta roba ci sia in quel fascicolo. E poi ho visto le foto dei ragazzi morti. E quella di Marco. Lo sai che ti somigliava?», si ferma a guardarmi.

«No. Mia madre non mi ha mai mostrato una sua fotografia. Fino a pochi giorni fa suo fratello era un argomento proibito.»

Luigi apre la bocca come per dire qualcosa. Poi riprende a camminare verso il molo. Ci siamo solamente lui e io su questa spiaggia.

«Ieri mattina quando ho parlato con Porta e mi ha detto di tua nonna e del prefetto pensavo che non ti avrei raccontato niente ma ti avrei indirizzata verso la verità, verso quella che io credo sia la verità. Ma poi ti ho vista, con quella piccola pancia, e ti ho... sentita.» Si gira a guardarmi e si ferma. «Non so se tu sia consapevole di come sei, Antonia. Sei scoperta. È come se andassi in giro nuda, ti si legge in faccia chi sei.»

Dico una cretinata qualunque, per nascondere l'emozione che le sue parole mi hanno suscitato:

«Allora l'avevi notata la pancia.»

Annuisce con un sorriso. «So anche che aspetti una bambina.»

«Come fai a saperlo?»

«Me l'ha detto Isabella.»

«E chi è?»

«La cassiera del bar dove hai mangiato il pasticcino di maccheroni. È la ragazza di uno che conosco. Fa l'attrice, ma ora è disoccupata. Ero venuto a offrirti un caffè, ti volevo parlare, ma non c'eri più. Mi guardavo in giro e Isabella mi ha detto che, se cercavo "la ragazza che aspetta una bambina", era uscita da dieci minuti per andare in Certosa. Allora ti ho mandato il messaggio.»

«Non lo so se è una bambina.»

«Come?»

«Ho chiesto al medico di non dirmi niente. Io la chiamo Ada perché mi sento che è una femmina, ma potrebbe anche essere un maschio. Lo vedi che non sono così trasparente.»

Luigi ride sbuffando aria dal naso. «Questa non è una bugia, è un gioco. Tuo marito lo sa che forse non è una bambina?»

«Certo. E anche mia madre, e mio padre. Ma la chiamiamo tutti Ada, così, per gioco, come hai detto tu. Saremmo contenti anche se fosse un maschio. Vorrei chiederti un favore.»

«Dimmi.»

«Mi accompagneresti in Certosa dai miei nonni?»

Luigi si ferma, mi guarda, mi chiude il primo bottone del cappotto, sotto al mento.

«Adesso?»

«Sì, adesso.»

«Va bene» dice.

Torniamo indietro e ora il vento ci soffia sul viso, ma è debole, quasi una brezza. Le onde sono diminuite e il mare è più silenzioso. Sento già la pelle che tira per la salsedine. C'è una bellissima luce, anche se il sole non tramonta dalla parte del mare. Non parliamo più.

Camminiamo affiancati, senza toccarci. Ogni tanto io mi chino a raccogliere una conchiglia e Luigi un pezzo di legno. Quante ciabatte e scarpe scompagnate porta il mare. E qualche gamba di bambola, paletta di plastica, bottiglia di vetro. C'è anche un televisore scassato ricoperto di alghe. Una poltrona distrutta e rovesciata. Una grossa spazzola per capelli. Una tanica di plastica appoggiata su un lato e piena a metà di un liquido giallastro. C'è tutto un mondo, qui.

Quando arriviamo all'altezza del Bagno Ancora ripercorriamo la spiaggia sulle nostre orme semicancellate dal vento. Trattengo l'impulso di andare a sedermi sull'altalena di ferro e cammino fino al piazzale, dove l'unica automobile parcheggiata è l'utilitaria rossa della moglie di Luigi.

Mi tolgo il cappotto, prima di entrare in macchina, e sento una folata di vento salmastro sul collo. È complicato, ormai, allacciare la cintura di sicurezza.

«Tua moglie cosa penserà della sabbia sul tappetino?»

«Mia moglie è medico al pronto soccorso, salva le persone, non guarda i tappetini» risponde Luigi.

«Avete figli?»

«No, Rossana ha dieci anni più di me. Quando ci siamo sposati ci abbiamo provato. Lo so a cosa stai pensando.»

«Cosa sto pensando?»

«Questo qua si comporta come se potesse avere tutte le donne che vuole ma ne sposa una più vecchia di lui che non può avere figli.»

«Tu hai mai visto Leo? Anche lui ha dieci anni più di me, e non ha un fisico da modello. Io non guardo queste cose e non faccio questi pensieri.»

Mentre parlo mi chiedo se sto dicendo la verità. Sì che sto dicendo la verità.

Luigi sbuffa aria dal naso. «Rossana è brava, è una persona buona. Pensa agli altri. Io mi innamoro delle donne così.»

Le sue parole mi muovono qualcosa nel profondo. Anche io la penso come lui, che l'amore bisogna meritarlo.

Non gli dico a cosa sto pensando.

Dobbiamo tornare indietro.

Alma

Aal-maa-Maa-ioo. Anche stanotte ho sognato mia madre.

In campagna Maio e io stavamo tutto il giorno fuori a giocare e lei ci chiamava quando era pronto da mangiare, affacciandosi alla finestra: *Aal-maa-Maa-ioo, Aal-maa-Maa-ioo*.

Correvamo a casa sporchi di terra, sudati e affamati. Con le ginocchia sbucciate per le cadute dalla bicicletta dopo ore passate a scapicollarci lungo l'argine del fiume, rubare frutta al contadino e cacciare lucertole, bisce schifose e grilli.

Aal-maa-Maa-ioo, lavatevi le mani prima di venire a tavola. Da quanto tempo non lo sentivo più. Come mi mancava.

Alle scuole medie, nel periodo in cui sul diario si studia la propria firma e si sperimentano sigle e acronimi, Maio creò la parola ALMAIO per firmare biglietti comuni destinati a genitori e compagni, ma quella firma durò poco. A Ferrara la parola "aldamar" – che Almaio ricorda – sta per "letamaio". A lui, che era più spiritoso di me, quell'assonanza sembrava divertente; io, seriosa e rompiballe, gli vietai Almaio, e come sempre Maio cedette senza insistere.

Nel sogno ero felice. Mia madre era giovane, indossava il vestito giallo, Maio sorrideva senza i denti davanti. Mio padre non c'era, ma non avevo la sensazione di un'assenza, forse dormiva. Non avevo nessuna preoccupazione, ero contenta come si è contenti solo da bambini.

Aal-maa-Maa-ioo. Aal-maa-Maa-ioo.

Stavamo nascosti sotto al glicine e cercavamo di soffocare le risate, tanto intense che mi scappava la pipì.

Mi sono svegliata con l'urgenza di andare in bagno e per un poco sono rimasta immersa nel calore e nella gioia di quel sogno. Erano anni che non sognavo mia madre e Maio felici. Proprio come eravamo noi.

Ritrovo brandelli di quelle emozioni mentre mi affretto sotto i portici per incontrare Leo.

Non sono mai stata all'osteria dove abbiamo appuntamento, non ho mai visto Leo da sola, non avevo mai sognato la mamma e Maio così giovani: quante cose succedono da quando ho parlato di Maio con Antonia.

Ieri ci siamo sentite velocemente, mi ha detto che non poteva stare al telefono e non ho capito perché. Avrei voluto raccontarle delle foto di Luigi Ghirri che ho visto a Roma. Vorrei portarci anche lei, per mostrarle il fascino dei luoghi dei quali l'ho defraudata. Quelle fotografie mi hanno fatto l'effetto di un medicinale omeopatico: le immagini di pianure, argini, canali, valli allagate, che ho assimilato per tutta l'infanzia, riviste in un allestimento contemporaneo, romano, estraneo ai miei ricordi, mi hanno quasi vaccinata. Sono più di vent'anni che non vado a Ferrara, non torno sul Po, cerco di evitare i contatti con la pianura padana e i suoi struggimenti metafisici.

Franco lo sa: esco da Bologna in macchina solo in direzione dei colli, prendo treni e aerei che mi conducano ovunque ma lontano dalla pianura della Bassa ferrarese.

I primi anni dopo la morte dei miei, quando ormai vivevo a Bologna, ogni tanto prendevamo il treno per Ferrara e andavamo a sistemare qualcosa a casa – riparare tubature, chiamare operai che svuotassero o murassero –, ma da quando Antonia ha compiuto tre anni a casa non sono più stata, solo qualche volta al cimitero. E poi ho smesso di andare anche lì.

Nel casale sull'argine, dove è morto mio padre, non sono più tornata. Il podere lo amministra il contadino che in passato era il nostro fattore. Dice che coi raccolti si pagano appena le spese, e a me va bene così. Ora venderemo tutto a lui che me lo chiede da anni.

Guardare le foto di Ghirri non mi ha fatto soffrire: ancora una volta l'arte mi soccorre.

Dopo la morte di mia madre avevo imparato a memoria interi libri dell'*Eneide*. Tutti quei destini drammatici, persino peggiori del mio, mi consolavano.

Leo mi aspetta in piedi fuori dall'osteria della Luna, chiuso in un loden verde che occulta il suo fisico pesante. Ammetto che ha una bella faccia, antica. Guardandolo di fronte, la chierica un po' ridicola che appare tra i suoi capelli ancora folti non si vede.

Non ho voglia di chiudermi in un posto affollato. Avverto un improvviso senso di panico all'idea di entrare in un locale rumoroso e sedermi a un tavolo incastrato tra altri, con poca libertà di movimento.

Franco e io abitiamo qui vicino, avrei dovuto proporre a Leo di venire da noi quando mi ha invitata, sarebbe stato più gentile.

«Ti va se invece pranziamo a casa? Stiamo più tranquilli» riesco a dire.

«Volentieri» risponde, alzando un braccio come a dire: "Guida tu, andiamo dove vuoi".

Antonia

Torniamo a Ferrara mentre il sole sta tramontando. Luigi ha guidato più lentamente, senza parlare, io ho osservato la campagna intorno, la più piatta e disabitata che abbia mai visto. Solo rare file di pioppi alti e affusolati dalle ombre lunghissime e pochi casolari immersi nel nulla interrompono la geometria regolare dei campi.

«Una volta ci coltivavano la canapa» è l'unico commento di Luigi mentre guida.

Appena arriviamo alla Certosa e vedo l'enorme prato a semicerchio di fronte all'entrata del cimitero ricordo quando ci venivo con Alma e Franco, vent'anni fa: mi sembrava immenso. È immenso.

Da un lato c'è un lungo porticato ad archi che delimita una grande costruzione simile a un monastero. C'è anche una chiesa, è tutto in mattoni di cotto rosso come il Castello, ma di un tono molto più acceso e le colonne degli archi bianche e sottili spiccano nel rosso. È un luogo impressionante per vastità, grazia, bellezza. A Bologna non abbiamo un cimitero così.

Entriamo dal cancello a sud della chiesa.

«Dov'è la vostra tomba?» chiede Luigi, mentre attraversiamo un chiostro circondato da lapidi di fine Ottocento. Le iscrizioni sono retoriche e commoventi: i mariti dediti alla famiglia e al lavoro, le mogli virtuose e devote ai mariti. Molti sono morti giovani, di morbi violenti.

«In fondo al chiostro si andava a sinistra, poi c'era un monumento strano, di un poeta, mi sembra. Una tomba... futurista, può essere?»

«Vuoi dire la tomba di Boldini, il pittore? È quella laggiù.»

«Quella, bravo» mi entusiasmo. «Come mai la conosci?»

«Ricorda la villa di Curzio Malaparte a Capri, con quei gradini. Sono già stato qui. Da qualche parte ci sono anche De Pisis e Govoni, invece Bassani è sepolto al cimitero ebraico. Adesso da che parte?»

«Non mi ricordo...»

Non mi ricordo neanche chi sia Govoni, ma non mi va di chiedergielo. Chissà se Luigi è così informato su tutti gli artisti o soltanto su quelli ferraresi. Chissà se lo fa apposta, a fare sfoggio di cultura, per impressionarmi.

«Chiedo a qualcuno.»

«Aspetta, mi è venuto in mente che la tomba vicino alla nostra mi faceva ridere.»

«Perché?»

«C'era scritto sopra "Famiglia Nanetti". E io immaginavo che dentro ci fossero sette nanetti coi cappucci colorati.»

Sbuffa dal naso. «Non abbiamo preso i fiori. Vado io.»

Con uno scatto parte in direzione dell'uscita prima che io possa replicare.

Riprendo a camminare lentamente tra le cappelle. Ci sono monumenti molto belli e altri quasi ridicoli: una piramide egizia, un leone, un'acropoli in miniatura. E poi li trovo.

Prima la famiglia Nanetti, esattamente come la ricordavo: un sarcofago bianco, opaco, una grande scritta, niente foto. A fianco c'è la nostra tomba, una lastra di marmo sporca, rettangolare, e intorno una catena di ferro battuto sostenuta ai quattro angoli da paletti di marmo.

Sulla lastra ci sono due nomi, con la data di nascita e morte.

E una sola foto in bianco e nero, di loro due insieme.

Lui le tiene un braccio sulle spalle. Lei indossa un tailleur chiaro, lui un cappotto scuro. Sono in piedi su una spiaggia, le spalle rivolte al mare. La spiaggia è identica a quella dove sono appena stata con Luigi. Mi sorridono.

Alma

Franco e io abitiamo in via Guerrazzi da sempre, al secondo piano, vicino all'Università. Tre stanze una dentro all'altra: due camere da letto e un soggiorno. È un appartamento piccolo e non molto luminoso, ma io non potrei vivere da nessun'altra parte. Insegno a quattro passi da qui e questo quartiere è la mia casa, il mio mondo. Da quando Antonia è andata ad abitare da sola, Franco si è trasferito in camera sua e non abbiamo bisogno di altro spazio, se non per i libri. Sono accatastati ovunque: in corridoio, nelle stanze. Persino in cucina e in bagno.

Leo e io abbiamo camminato sotto i portici in silenzio, ma non sono più tanto a disagio. Non essere dovuta entrare in quel locale sconosciuto mi ha rilassata. Arrivati sotto al portone, mentre frugo nella borsa per cercare le chiavi, passa una mia studentessa, Viola. Mi saluta, poi guarda Leo e di nuovo me con la faccia birichina, come per dire: "L'ho beccata, prof".

Leo mi sorride, ha capito il malinteso. In effetti sarebbe più adatto a me che ad Antonia come fidanzato. Però io non avrei potuto innamorarmi di un poliziotto. Leo è un tipo di persona che non ho mai frequentato, con cui non ho nessuna affinità. Spesso, con lui, non so di cosa parlare.

Sale le scale davanti a me, ansimando un poco. Non si può dire che sia atletico. Leo sembra precocemente invecchiato, come gli uomini di una volta alla sua età: un po' di pancia, un po' di calvizie, occhiali cerchiati d'oro, sempre in giacca e cravatta.

Per fortuna oggi è venuta Maria e la casa è più in ordine, almeno ci sono i letti rifatti e i piatti lavati. Franco pranza coi colleghi, la casa è silenziosa, in cucina entra persino qualche raggio di sole. Sono contenta di averlo portato qui, si sta bene. La gatta Rossa ci viene incontro e mi si strofina sulle gambe mentre appendo il mio cappotto e poso quello di Leo su una poltrona. Riempio una pentola d'acqua, la metto sul fuoco e apparecchio per due con le tovagliette di paglia e i piatti a fiorellini di tutti i giorni. Leo guarda fuori dalla finestra che dà sul cortile interno.

«Ho due sughi appena preparati da Maria. Trofie al pesto o orecchiette al pomodoro?» chiedo.

«Per me è uguale» risponde, «fai tu.»

«Allora pesto, ho le trofie fresche. Come sta Antonia?»

«Credo bene.»

«Non l'hai vista stamattina?»

«L'ho sentita. È anche di lei che volevo dirti, non ti dispiacerà se parliamo un po' tra noi. Non l'abbiamo mai fatto.»

Le sue parole mi mettono in allarme, ma il tono è talmente tranquillo che non può essere successo nulla di male. Che abbiano litigato? Mi sembra difficile, non lo fanno mai, e poi Leo non è il genere di persona che si sfoga con la suocera.

Lo osservo, cercando di nascondere lo sconcerto: «Cosa succede?».

«Nulla di cui preoccuparsi, credo solo sia arrivato il momento di parlare. Vado a lavarmi le mani» dice, ed esce dalla stanza urtando il tavolo.

La cucina è piccola, lui è grosso. La bottiglia dell'acqua stava per cadere, l'ha riacchiappata al volo, scusandosi.

Com'è goffo, Leo. Sembra che abbia recitato un discorsetto imparato a memoria, con la frase che aveva stabilito di dirmi. Però ha ragione: lui e Antonia stanno insieme da anni e non ci siamo mai parlati veramente. Con Franco è diverso, nessuno discute con lui di cose intime, sta sempre con la testa nei libri, ma io non ho fatto nessuno sforzo per accogliere Leo, per costruire un rapporto con lui.

Mentre finisco di apparecchiare lo sento che apre la porta del bagno e i rumori familiari di casa mi calmano. Preparo il pesto dentro la zuppiera, lo scolapasta nel lavello. La porta del bagno si è aperta da un po' ma non è ancora tornato. Sento un movimento sordo in corridoio, come un tonfo soffocato. Cosa avrà urtato stavolta?

Mentre asciugo l'insalata entra in cucina con un volume tra le mani. È l'*Eneide*. Una vecchia edizione scolastica che tengo nella libreria del corridoio. Che strano, ci stavo pensando prima di incontrarlo.

Glielo dico: «Sai che stavo pensando all'*Eneide* proprio prima di vederci?».

«Me ne ha parlato Antonia. Ti volevo chiedere del dodicesimo libro.»

Il dodicesimo libro è l'ultimo, quello del duello tra Enea e Turno. Mi ha sempre fatto venire i brividi.

Il volume consunto e impolverato resta accanto a noi sul tavolo, mentre mangiamo le trofie in silenzio. Il pallidissimo sole è scomparso e ha cominciato a piovere, la pioggia batte sopra il tavolino di plastica del balcone.

Vorrei aiutare Leo a parlare, ma non so come fare. Non posso incalzarlo su Antonia, ma a me non vengono i discorsi qualunque, fatti tanto per parlare.

«Buonissime» apprezza Leo, «brava.»

«Il pesto l'ha fatto Maria. È una ricetta semplificata, basta frullare il basilico coi pinoli e aggiungere parmigiano e olio. Io l'aglio non lo metto, e neanche patate e fagiolini» rispondo meccanicamente.

La presenza dell'*Eneide* sul tavolo mi inquieta. Potrebbe essere uno dei miei libri di scuola, o addirittura di Maio. I libri sono l'unica cosa che ho portato da Ferrara.

Leo finisce le trofie, lo prende in mano, cerca il dodicesimo libro.

«C'è una frase sottolineata, te la leggo» dice.

E inizia:

> *Infelix crinis scindit Iuturna solutos,*
> *unguibus ora soror foedans et pectora pugnis:*
> *«Quid nunc te tua, Turne, potest germana iuvare?*
> *Aut quid iam durae superat mihi?».*

Legge discretamente, un po' di latino deve averlo studiato.
«Perché volevi vedermi?» lo interrompo.
Non può essere un caso che legga proprio quella frase.
Si toglie gli occhiali e li pulisce col fazzoletto. Si sente il rumore di un tuono, molto vicino a qui. Piove forte.
«Antonia mi ha raccontato di tuo fratello, volevo dirti che mi dispiace.»
Ecco. Lo immaginavo. Glielo dico: «Immaginavo che fosse quello ma...».
Non so come dirgli quello che voglio dirgli. Non so nemmeno cosa voglio dire. Io non so parlare di questa storia.
«Cosa c'entro io, vuoi chiedermi? Io ho bisogno di proteggere Antonia, come lei ha bisogno di proteggere te. E sono sicuro che anche tu vuoi farlo. Ho pensato che se ci parliamo forse stiamo tutti meglio. Toni è andata a Ferrara, è partita ieri. Non te l'ha detto per paura di farti agitare ma non c'è nulla di cui preoccuparsi: è prudente quanto è testarda. Si è solo messa in testa di scoprire qualcosa sulla fine di tuo fratello. Lo sai che passione ha per i misteri.»
Antonia a Ferrara? Non mi piace quest'idea. L'ho sempre tenuta alla larga da Ferrara. Ferrara è il passato, è il posto dove sono morti tutti. Antonia e Ada a Ferrara, non mi piace per niente. E poi non dovrebbe stancarsi, mangiar fuori, eccitarsi, nel suo stato.
Lo dico a Leo: «Non mi piace per niente l'idea che Toni sia a Ferrara. Ma dove dorme?».
«In un hotel del centro. L'ho presentata a un mio collega, il commissario D'Avalos: se le servisse qualunque cosa, lui c'è. Sua moglie è un medico.»

«Cosa c'è andata a fare?»

«Lo sai com'è curiosa e intraprendente. Le racconti improvvisamente una storia come quella... ha dovuto ficcarci il naso. Spera di scoprire qualcosa.»

«Figuriamoci, dopo trentaquattro anni. Non si torna mica indietro.»

«Hai ragione, ma lei vuole vedere il posto dove è successo tutto. In fondo è la città di sua madre, dei suoi nonni. È a due passi da qui e non l'ha mai frequentata, non ne sa niente, come fosse un buco nero, un *omissis* nella sua vita. Mi ha chiesto di coprirla con te, ma ti confesso che non mi è venuto in mente nessun modo per farlo se non raccontarti la verità.»

Ho voglia di una sigaretta, ma non le compro più, ormai ne fumo solo una ogni tanto, di nascosto. Ufficialmente non fumo da quando è scomparso Maio. Piove sempre più forte.

«Hai una sigaretta?» gli chiedo, anche se non l'ho mai visto fumare.

«Ecco», e tira fuori dalla tasca un pacchetto azzurro e un accendino di plastica viola. «Le tengo apposta.»

«Per far parlare i delinquenti?»

«Più o meno» sorride Leo.

Mi accende la sigaretta. Mi sono alzata per prendere un portacenere, risedendomi apro il libro dell'*Eneide*. È il mio testo del liceo, quello che ho passato a Maio. L'ho usato anche per un esame all'Università e lo leggevo dopo che è morta mia madre.

Leo ha messo il segnalibro, un cordino rosso, nella pagina con la frase che ha letto prima.

«Te la traduco alla buona» gli dico.

> *L'infelice Giuturna si scioglie e si strappa i capelli,*
> *colpendosi il volto con le unghie e il petto coi pugni:*
> *"In cosa adesso, o Turno, la sorella potrà aiutarti?*
> *Che resta a me, crudele?".*

«L'hai sottolineata tu?» chiede Leo.

«Non mi ricordo. L'anno che Maio si bucava io non studiavo

l'*Eneide*, ero in terza liceo e lui in seconda, l'*Eneide* si fa al ginnasio. Magari ero andata a rileggermi quel passo, oppure l'avrà sottolineato Maio. O Franco. Ogni tanto lo vedo con l'*Eneide* in mano.»

«Franco ha detto a Toni che tu ti senti in colpa per non essere morta con tuo fratello.»

«Non ci vuole un professore universitario per capirlo.»

Adesso ci scrutiamo apertamente.

«Cosa vuoi fare?» chiede Leo.

«Tu cosa suggerisci?»

«Mandale un messaggio, dille che sai che è a Ferrara e che va bene così. Come se stesse facendo un sopralluogo per uno dei suoi gialli. Se vuole chiederti qualcosa lo farà, ma sarà più serena se non ha la preoccupazione di doverti mentire. Sai che Antonia non ne è capace.»

«La ami proprio tanto, vero? Hai voluto incontrarmi per risparmiarle la fatica di dovermi dire una bugia.» Mi esce un tono aspro che non volevo avere, ma Leo non smette di osservarmi col suo sguardo franco e tranquillo. Che uomo perbene si è scelta Antonia, così perbene da essere irritante.

«E tu cosa farai?» gli chiedo.

«Se mi accorgo che ha bisogno di me la aiuterò, ma preferisco si tolga il pensiero di Ferrara da sola, prima che nasca Ada.»

«Credo di averle parlato per lo stesso motivo. Prima o poi questa catena bisognava spezzarla» dico, versandogli il caffè.

Non vorrei sembrare stizzita, ma un po' lo sono. Penso davvero che Leo abbia ragione, però il suo tono saggio mi irrita.

«Ho deciso di richiedere la dichiarazione di morte presunta per vendere le case di Ferrara» gli confido.

È il primo a cui lo dico, non lo sa nemmeno Franco.

«Non immaginavo che aveste ancora delle case a Ferrara.»

«Quella dove abitavamo e una in campagna. Toni ancora non lo sa, non ci entro da trent'anni. Senti, Leo, potresti... tenermi al corrente su Antonia? Se mi venisse l'ansia posso chiamare te? L'idea che sia a Ferrara da sola mi inquieta.»

«Di cosa hai paura?»

«Non lo so di preciso. Di qualcosa. Tu andrai a trovarla?»

«Credo stasera.»

Improvvisamente mi viene un'idea: «Ti do le chiavi di casa. Non ci vive nessuno da allora: ci va un'agenzia due volte l'anno a controllare che non ci siano problemi di tubature. Quando c'è stato il terremoto hanno detto che sono caduti dei calcinacci ma nessun danno grave, anche se credo che sia diventato un posto tetro. Se Toni volesse vederla puoi darle le chiavi. Ma è meglio che non ci entri da sola».

«Come mai non l'hai affittata?»

«Non volevo averci niente a che fare.»

Le chiavi di casa di Ferrara stanno da sempre dentro la tasca di una giacca di camoscio che portavo da ragazza, appesa nel mio armadio. Vado a prenderle.

Sono anni che non le tocco ma mi sono familiari come la cicatrice sulla mano sinistra, quella del taglio che mi fece Maio da bambino con l'altalena di ferro: è sempre stata lì, l'ho sempre vista, come quelle chiavi. Ci sono sempre state. Ce le hanno date quando ero in quarta elementare: le cose che hai sotto gli occhi da piccolo ti rimangono impresse per sempre. Sono infilate in un portachiavi con una moneta da cinquecento lire d'argento, tutta annerita, un regalo di mio padre.

Le do a Leo: «Via Vignatagliata 26, te lo ricorderai?».

«Mi ricordo anche di questa moneta» sorride. «Mio padre faceva collezione.»

«Anche il mio» rispondo, «la prossima volta ti racconto di lui.»

Non so perché l'ho detto. Io non parlo mai di mio padre.

«Ti posso chiedere una cosa, Alma?»

Leo mi guarda con la sua espressione attenta, non giudicante. Deve essere un bravo poliziotto, non ha l'aria di uno che ti vuole fregare, ma che vuole capire.

«Sì.»

«La sera che hai proposto a tuo fratello di bucarvi, perché lo hai fatto?»

Questa domanda non me l'aspettavo. Non me lo ha mai chiesto nessuno, così direttamente, neanche Franco. Rimango in silenzio.

«Ho pensato che potevamo provare, così... che l'avremmo fatto una volta sola e mai più... per provare tutto. Ho parlato senza riflettere, seguendo un impulso. Avevamo visto un film strano, *Professione: reporter*, poi ci eravamo fatti uno spinello ed eravamo usciti per raggiungere gli altri in piazza, ma in piazza non c'era nessuno, solo uno che si bucava. Era l'inizio delle vacanze e ci sentivamo liberi e audaci. Non lo so, Leo: a te non è mai capitato di fare una cosa senza motivo?»

«Sì, mi è capitato, ma sono stato più fortunato di te.»

«Quindi la pensi come me: che sia mia la responsabilità di quel che è accaduto?»

Mi osserva assorto, serio, e risponde: «In parte lo è stata».

«Sei la prima persona che lo capisce, o almeno che lo ammette.»

Ci stringiamo la mano, in silenzio. Come per suggellare un patto, anche se non so quale sia.

Ha smesso di piovere. Leo si china per accarezzare Rossa che gli si strofina sulle gambe, poi infila il loden ed esce di casa, accostando la porta.

Antonia

Sto arrivando in albergo quando sento il telefono vibrare nella tasca.

Ho chiesto a Luigi di non accompagnarmi, ho bisogno di camminare, anche se fa buio. Ormai comincio a riconoscere le strade. Mi ha lasciata vicino alla Certosa, in piazza Ariostea, un'enorme piazza rettangolare con una colonna al centro di un prato circondato da un anello ovale. Mi ha mostrato la strada per arrivare al mio albergo: sempre dritto fino a corso Giovecca.

«Quello lassù è il sommo poeta, Ludovico Ariosto» ha detto, indicando col pollice la statua sopra la colonna, «e in quell'anello l'ultima domenica di maggio fanno il palio più antico del mondo.»

«Più antico di quello di Siena?»

«Sì, sì» ha annuito ingranando la marcia, ed è partito senza più guardarmi.

Luigi D'Avalos ha un problema coi saluti: al momento del distacco si distrae, sembra pensare ad altro. Dopo il pomeriggio che abbiamo passato insieme al mare e poi al cimitero – è arrivato ansante davanti alla tomba dei nonni con un mazzo di garofani rossi – mi aspettavo un saluto più caldo. Ma sono contenta che non sia una persona prevedibile.

Vedo con sollievo sul display del telefono il nome di Leo. Non ho ancora deciso cosa dire a mia madre e temevo fosse lei.

«Finalmente. Allora vieni stasera?»

«Stavo per partire ma hanno appena sparato a uno al Pilastro, non so quando mi libero. Se non faccio tardi potrei venire a dormire con te. Domattina però devo alzarmi presto, abbiamo una riunione in Questura.»

«Mi dispiace, ti aspettavo. Ma non stare a guidare avanti e indietro che ti stanchi. Hai preso la pillola per la pressione?»

«Sì, l'ho presa. Ascolta: tutto a posto con tua madre.»

«In che senso?»

«Le ho detto che sei a Ferrara ed è tranquilla.»

«Non ci credo.»

«Sì, tutto bene, abbiamo parlato e ha capito.»

«Cazzo.»

«Cazzo bene o cazzo male?»

«Cazzo bene, bravo. Hai infranto un tabù. Come hai fatto?»

«Le ho detto la verità.»

«E lei?»

«Secondo me, dal momento che ti ha raccontato tutto, ha messo in conto che qualcosa sarebbe cambiato. Ed è pronta ad accettare i cambiamenti, anche se le fanno paura.»

«Mi manchi.»

«Anche tu. Cos'hai scoperto oggi?»

«Parecchie cose. Sembra che mia nonna abbia avuto una relazione col prefetto, forse Maio era figlio suo.»

«Cosa?»

«Sì.»

«Non era figlio di tuo nonno?»

«Pare di no.»

Leo tace. Sento il suono della stanghetta dei suoi occhiali d'oro contro il telefono, segno che se li è levati.

«E quindi?» domanda.

«E quindi, essendo figlio del prefetto, fecero indagini imponenti. Non trovarono nulla, ma il tuo collega D'Avalos pensa che si sia buttato nel Po, quella notte.»

«Addirittura.»

«Sì, o che ci sia caduto dentro.»

«Com'è D'Avalos?»

«Bello, sembra un attore.»

«Ma pensa. E ti piace?»

«Fa un po' il fenomeno. Sa tutto sugli artisti ferraresi.»

«Mi devo preoccupare?»

«Direi di no.»

«Meno male. Ora cosa farai?»

«Se stasera non vieni, magari vado a vedere il film che danno nel cinema dove è stato Maio subito prima di sparire.»

«Avranno cambiato programmazione.»

«Spiritoso. Comunque sì, quel giorno davano *Il presagio*, oggi *Zero Dark Thirty*.»

«Ah, bello, ci era piaciuto.»

«Ti ricordi come si chiamava la protagonista?»

«Maya, mi sembra.»

«Bravo. Buffo, eh?»

«Pensi che significhi qualcosa?»

«Ovviamente no, ma in un mio giallo starebbe bene.»

«Se non vengo stanotte ci vediamo domani sera?»

«Domani devo cenare con Michela Valenti, la ragazza di Maio.»

«Chi?»

«La ragazzina che stava con Maio. L'ho incontrata stamattina, è un bel tipo. Fa la logopedista. La incontro domani sera, stamattina aveva solo un'ora e non mi ha raccontato quasi niente, tranne quella cosa della relazione della nonna, che poi D'Avalos ha confermato.»

«Dici poco, hai scoperto un sacco di cose in un giorno solo. Fammi andare che qua sta succedendo un disastro, ora mi dice Innocenzi che i morti al Pilastro sono due... ti chiamo dopo. Mangia.»

«Sì, sì... ho scoperto il pasticcio di maccheroni... assaggerai. Tu non mangiare troppo, invece. Dopo mi racconti meglio di Alma.»

«Glielo dirai del prefetto?»

«Ci devo pensare. Poi ne parliamo.»

«Un bacio.»

«Un bacio a te.»

Sono arrivata davanti all'albergo e sto pensando che quasi quasi mi porto in camera un altro paio di quei pasticcini... Vedo che il bar di fronte sta chiudendo e mi infilo dentro in fretta: «Un paio di pasticcini di maccheroni da portare via ce li ha?» chiedo alla ragazza che Luigi ha chiamato Isabella.

Si è messa un rossetto rosso e ha raccolto i capelli scurissimi in un'acconciatura alta ed elegante, sopra la testa. Ha addosso un cappotto nero avvitato e lungo fino ai piedi, e mentre la cameriera bionda scopa il pavimento lei traffica vicino alla cassa. Saranno le otto di sera, il bar è deserto, non è un posto da aperitivi.

«Ce li ho, ma poi come fai? Te li scaldo io? Dove li mangi?» chiede, parlandomi come se ci conoscessimo.

«In camera mia. Sto all'hotel di fronte.»

«Se non li mangi subito puoi chiederlo a loro, il bar interno è aperto fino alle undici e hanno il forno a microonde. Ti fanno anche una spremuta, se vuoi.»

«Stavo proprio pensando che oggi non ho dato vitamine al bamboccio, qua» rispondo indicando la pancia, per ricambiare la familiarità.

«Ma non era una femmina?» chiede, con aria più divertita che sorpresa.

«In realtà no. Cioè, io penso di sì, ma non ne ho la certezza.»

«Capisco» sorride, con l'aria di pensare: "Capisco che sei stramba, ma a me piacciono gli strambi".

Mi è simpatica questa Isabella. E ammiro il suo stile: ha un gusto originale. Deve avere pochi anni meno di me.

«Mi hanno detto che fai l'attrice.»

«La città è piccola, la gente mormora» scherza. «Diciamo che ci provo. Ma in questo periodo sono disoccupata.» E poi aggiunge: «Tu cosa fai stasera?».

Questa domanda non me l'aspettavo.

«Dopo forse vado al cinema, ho visto che all'Apollo danno un film che rivedrei volentieri.»

In realtà voglio sedermi nel cinema dove si è seduto Maio prima di scomparire, ma non mi sembra il caso di dare tutte queste spiegazioni. Perciò mi stupisco moltissimo quando Isabella risponde: «Maio però era stato al primo spettacolo del pomeriggio, non al secondo della sera, se ci vai per quello».

E lei cosa ne sa di Maio?

«Scusami, ho pensato che ci volessi andare per quel motivo... Mia madre mi ha raccontato che stamattina siete andate a vedere l'Apollo... Tu sei Antonia, vero? Io sono la figlia di Michela, la primogenita. Quella bella e scema.»

Isabella fa una smorfia con le labbra e mi porge la mano da stringere.

La figlia di Michela, ecco perché.

«E quando te lo ha detto?»

«Oggi pomeriggio: ogni tanto viene qui a bere un cappuccino, tra un paziente e l'altro. Mi ha detto che scrivi gialli e che domani cenate insieme.»

«E come hai fatto a capire che ero io?»

«Incinta, trent'anni, capelli lunghi. A Ferrara ci conosciamo tutti. Nessuno pranza al bar, tranne i turisti, e tu non sembri una turista.»

«Di ventitré settimane.»

«Cosa?»

«Di ventitré settimane, sono incinta. Sei l'unica che ha notato la mia gravidanza, a Ferrara. Tua madre ti ha parlato di Maio?»

«Mi ha detto che è stato il primo ragazzo che ha baciato, che è morto più di trent'anni fa e che tu sei sua nipote e gli somigli.»

A me non l'ha detto, che gli somiglio. Ha detto solo che non somiglio ad Alma. Però me lo ha detto Luigi D'Avalos, che ha visto le foto. Me lo dimentico di essere la nipote di Maio: Michela si sarà emozionata, incontrandomi, e ne ha parlato con sua figlia. Niente di strano.

Chissà se Luigi sa che Isabella è la figlia di Michela. Sostiene di sapere tutto, non può non saperlo, ma perché non me lo ha detto quando mi ha raccontato che Isabella gli aveva indicato dove ero andata?

Isabella grida alla cameriera bionda di chiudere bene la saracinesca, lei deve scappare, poi mi tocca un braccio: «Scusami se sono stata indiscreta... adesso devo correre... ciao».

È già fuori dalla porta quando si volta a dirmi: «Fammi un grande favore. Non dire a mia madre che ti ho detto di Maio», e se ne va, affrettandosi lungo corso Giovecca col cappotto nero svolazzante, lasciandomi col pacchetto dei pasticcini non pagati in mano.

La cameriera mi fa cenno di uscire con la scopa: «Vada, vada, paga domani, la cassa adesso è chiusa». Ha la voce stanca.

Sono in questa città da meno di trentasei ore e mi sembra di cominciare a conoscerla. Anzi, di cominciare a capire che non sarà facile conoscerla davvero.

Mentre chiudo le imposte della mia stanza sento il suono di un messaggio e spero sia Leo che avverte del suo arrivo, invece è mia madre.

Scrive: "Fa effetto pensare che sei a Ferrara, ma sei brava a seguire il tuo istinto. Buonanotte, pulcino".

Quanto tempo che non mi chiamava "pulcino".

Mamma, come vorrei che fossi felice.

Da quando mi hai raccontato di Maio non posso fare a meno di pensare a come saresti stata se non fosse successa questa storia. Avresti fatto un figlio a vent'anni con uno come mio padre? Forse no. Questo vuol dire che io non sarei nata. Non so se darei la vita per la tua felicità, io sono contenta di essere nata.

Rispondo: "Grazie mamma, buonanotte. P.s. Ferrara è molto bella".

Il messaggio che arriva in risposta è: "Domani c'è il sole, pranziamo sulla Mura?".

Arrivi qui? Addirittura? Non so se rallegrarmi o preoccuparmi, quando capisco che il messaggio non è di Alma, ma di Michela. Ha cambiato idea, quindi niente cena, meglio, così posso vedere Leo. Gli scrivo subito: "Sono libera domani sera. P.s. Alma mi ha scritto un sms tranquillizzante. Sei un genio". Come diavolo faceva la gente a vivere prima degli sms?

Sono stanca morta, sarà l'effetto della gita al mare. Mi addormento pensando ai garofani rossi sul marmo bianco.

Alma

Il pomeriggio che Maio si ruppe un braccio eravamo in piazza Ariostea da soli per provare i pattini nuovi. Se avessimo chiesto a nostro padre di andare così lontano non ce lo avrebbe permesso, ma la mamma si fidava di noi, soprattutto di me. Avevo undici anni.

I pattini erano molto veloci, con delle rotelle speciali. Mi sarebbe piaciuto che fosse uno dei nostri genitori a insegnarci a usarli, ma nostra madre quel mese aveva i turni del pomeriggio e nostro padre non c'era. In certi periodi non stava bene e noi sapevamo che non bisognava disturbarlo, che era meglio che stesse in campagna "a farsi curare dal fiume", come diceva lui.

La nostra casa di campagna era proprio sotto l'argine: bastava risalirlo, scendere sul Po da una scaletta e si era sull'acqua. Mio padre aveva costruito col fattore una piccola piattaforma di legno e al tramonto pescava con la rete a bilancione. A volte dal paese vicino lo raggiungeva un conoscente e pescavano insieme. Maio e io la domenica andavamo a guardarli: non li sentivamo parlare se non con la gatta tricolore che saliva sulla piattaforma aspettando il pesce.

Quel pomeriggio avevamo corso in circolo per un'ora sulla piazza ad anello ed eravamo sfiniti. Io pattinavo piano perché il polline dei pioppi mi faceva starnutire e Maio mi doppiava velocissimo, sfrenato. Non mi sentivo bene dal mattino, forse i pioppi o forse un raffreddore. Qualunque cosa avessimo, mia madre minimizzava, non ci dava medicine nemmeno con la febbre, se non era altissima. Avevo appena proposto di tornare a casa quando Maio inciampò su un sasso e cadde malamente a terra appoggiandosi con una mano.

Non pianse e non urlò. Disse: «Mi sa che mi sono fatto male molto», e andò a sedersi su un gradino tenendosi il gomito. Decisi di portarlo dalla mamma ma ci impiegammo un sacco di tempo, perché Maio camminava piano, senza dire una parola. Ero preoccupata, impaurita soprattutto da quell'insolito silenzio.

Quando entrammo in farmacia, lei uscì dal banco e si precipitò verso di lui. Si chinò a guardarlo, Maio era pallido e tremava. Spiegai che si era fatto male al braccio e lei gli tastò il polso, come se sapesse già tutto. Maio cacciò un urlo.

Il dottor Zamorani, il farmacista, disse di andare al Sant'Anna a fare i raggi e ci fu un momento di gran trambusto perché tutti erano venuti al lavoro in bicicletta, nessuno aveva una macchina, e chiamare l'ambulanza sembrava spropositato. Anche i clienti partecipavano, ognuno dava un parere. Tutti si consultavano, nessuno si curava di me, che mi sentivo sempre peggio e supplicavo mia madre con lo sguardo.

«Prendiamo un taxi qui di fronte, in piazza Savonarola» disse lei. Nessuno di noi aveva mai preso un taxi. Non sapevo nemmeno che esistessero i taxi a Ferrara.

Il braccio di Maio si stava gonfiando, mi sentivo in colpa e provavo rabbia verso mia madre che non lo capiva. Sembrava che io non contassi niente. Poi finalmente sembrò accorgersi di me: «Hai le chiavi di casa, Alma? Vai ad aspettarci lì. Forse dovranno ingessarlo ma non è niente di grave. Te la senti di aspettarci a casa, vero?».

Non stavo bene, non me la sentivo. Ero in ansia per Maio e arrabbiata con lei che ci aveva lasciato andare da soli e ora mi abbandonava. Ma risposi: «Sì, sì, vado a casa, non preoccuparti mamma, ciao. Ciao, Maio».

Uscirono per mano, di corsa. Nessuno dei due si voltò a guardarmi.

Antonia

Oggi c'è davvero il sole, un sole improvvisamente primaverile, col cielo di un pallido azzurro solcato da nuvole bianche. Ho appuntamento con Michela all'una. Ho deciso che prima di incontrarla, invece di tornare al ponte, comincio a visitare la città, voglio rendermi conto di dove sono.

Sto bevendo il tè nella sala delle colazioni e pensando se partire da Palazzo dei Diamanti o da Schifanoia – i posti che sulla guida hanno il maggior numero di asterischi –, quando mi viene in mente che non ho idea di dove abitasse mia madre, in quale zona della città.

Sarà ardito mandarle un messaggio per chiederglielo? Potrei saperlo da Michela ma decido di sentire Alma, per testare la sua effettiva disponibilità a farmi entrare in questa storia.

Le scrivo: "Buongiorno, c'è il sole anche lì? Stamattina turismo e, già che ci sono: dove abitavate?".

Faccio in tempo a bere anche l'ultimo sorso di tè leggendo un quotidiano che si chiama "La Nuova Ferrara" e sbirciando il neonato olandese del tavolo accanto in braccio al padre, prima che Alma risponda, ma la risposta, quando arriva, è sorprendente: "Via Vignatagliata 26. Leo ha le chiavi".

Leo ha le chiavi? Questa, poi. Vuol dire che la casa è ancora nostra? Leo non mi ha detto niente. E quindi sto per vederla? L'idea mi emoziona.

Gli scrivo: "Hai le chiavi di casa di mia madre e non dici niente? Stasera portale con te!".

Risponde subito: "Luce staccata, dovrai aspettare domattina. Buongiorno, detective".

Non avrei mai immaginato che quella casa fosse ancora nostra, non ne avevo mai sentito parlare. Io non resisto fino a domattina, devo vederla subito, almeno da fuori. Guardo sulle mappe dell'iPad e scopro che via Vignatagliata è vicinissima al mio hotel, nell'ex Ghetto ebraico, dentro le Mura. Proprio a due passi. Mi precipito in camera a prendere il cappotto.

Nel bar di fronte Isabella non c'è e penso frettolosamente che aspetterò lei per entrare a pagare i pasticcini di ieri: ho una cosa da chiederle.

Imbocco la via Bersaglieri del Po, piena di negozi, piccola e aggraziata. Sbuca sul lato opposto della piazza rettangolare che ho attraversato con Michela per andare al cinema, ma io volto a sinistra per via Contrari. Che bel nome. Sulla mappa c'è scritto che da via Contrari la prima strada a destra è via Vignatagliata.

Sono sempre più emozionata all'idea di vedere la casa dove mia madre ha vissuto per vent'anni: il fatto che non me ne abbia mai parlato accresce la mia curiosità, non so cosa aspettarmi.

Non c'è molta gente per strada per essere le nove di un mercoledì feriale, a che ora cominciano a lavorare qui? A Bologna tanta quiete c'è soltanto il mattino presto di domenica.

I ciclisti pedalano lentamente sui ciottoli, e man mano che mi avvicino a casa di Alma tutto diventa ancora più tranquillo e silenzioso, anche se siamo a due passi dalla Cattedrale, il pieno centro della città.

Via Vignatagliata è una strada stretta tra antiche case a tre piani. Non ci sono macchine parcheggiate, né negozi, solo una trattoria ancora chiusa. Due sottili marciapiedi piatti e grigi costeggiano il selciato di ciottoli consumati. I muri delle case sono intonacati di colori naturali, dal giallo ocra, al rossiccio, al terracotta, come in certe zone di Bologna, ma qui i toni sono molto più spenti e l'atmosfera è diversa. Non sembra di camminare nel centro di un'operosa città emiliana, ma dentro a un film, o a un sogno, a ritroso nel tempo.

Oggi non ho messo gli stivali con la suola di gomma e i miei passi risuonano nel silenzio.

Al 26 di via Vignatagliata c'è una casa a tre piani color giallo chiaro sporco. Le tre piccole finestre del pianterreno hanno le inferriate, le altre, ai piani superiori, le imposte chiuse.

Il portone è grande, dipinto di grigio, sormontato da una lunetta e incorniciato da un fregio di marmo bianco che dà un tono elegante a tutto l'edificio. Ad altezza d'uomo il muro esterno, sotto le finestre con le inferriate, è sporco e scrostato, ma nell'insieme la casa non sembra abbandonata. C'è un campanello tondo d'ottone, con inciso sopra il cognome di mia madre: "Sorani". Leggerlo mi fa battere il cuore.

Questo sopralluogo a Ferrara è completamente diverso da quelli che faccio per i miei libri, mi coinvolge troppo. Mi rendo conto di essere emotiva e confusa. Non sarei capace di scrivere questa storia, mi mancherebbe la lucidità. Che cosa ho scoperto fino a ora, in fondo? Niente, tranne quello che mi hanno raccontato spontaneamente Luigi e Michela. Sto imparando quanto sia più facile inventare un mistero che risolverlo.

Apro il cappotto e metto la mano sulla pancia. Sento Ada muoversi e la sua presenza mi rassicura: una delle cose belle dell'aspettare un figlio è che non si è mai soli.

Provo a premere il campanello, tanto per sentire che suono fa, ma non ne fa nessuno. Leo mi aveva avvertito, non c'è la corrente.

Avrei voglia di sedermi e mi guardo intorno per vedere se da qualche parte c'è un bar, magari nascosto, ma non vedo niente. Né negozi, né bar, né passanti. Solo la trattoria chiusa, più avanti.

Dalla finestra al piano terra della casa di fronte, una casa identica a quella di mia madre ma con la facciata in mattoni a vista, si affaccia una donna anziana. Più che affacciarsi traspare, perché anche le sue finestre hanno le inferriate, ma la vedo benissimo, a pochi passi da me. Mi fissa e dice: «*Chi 'an ghè nisun, bela*».

Ha la strana pronuncia che ho cominciato a riconoscere da quando sono a Ferrara: la *elle* dilatata, la *esse* che suona "esce". Un accento che non sembra emiliano, ma veneto, più duro. Sento un abbaiare acuto e rauco, da cane piccolo, alle sue spalle.

La donna forse ha notato che sono incinta, perché mi chiede: «*Vot un bicer d'acqua?*».

«Volentieri» la ringrazio. «Mi farebbe entrare un momento?» chiedo. «Avrei bisogno di sedermi.»

Lei chiude la finestra senza rispondere.

Non ho così tanto bisogno di sedermi, ma mi è venuto in mente che questa anziana signora, se ha sempre abitato qui, deve aver conosciuto mia madre, Maio, i miei nonni.

Il portone resta chiuso così a lungo che penso abbia cambiato idea, quando d'improvviso si apre con uno scatto.

Entro in un vestibolo corto e scuro, col soffitto basso a travi di legno e il pavimento di vecchio cotto consumato e lucido. In fondo all'ingresso compare la donna e mi fa segno di andarle incontro. I capelli bianchi perfettamente acconciati incorniciano un bel viso dagli zigomi alti: nonostante sia molto anziana è dritta, slanciata. Indossa un abito blu, di quelli che mia madre chiama "a chemisier", e scarpe blu, eleganti. È ingioiellata: collana di perle, spilla antica, anelli. In piedi davanti a lei un volpino bianco mi fissa tenendo la coda dritta.

Quando le arrivo di fronte dice: «*Capìsat al frarés?*».

Intuisco il senso delle sue parole, anche se mia madre non ha mai parlato in dialetto in vita sua, e rispondo: «Non benissimo».

Mi guida attraverso un corridoio buio privo di porte e finestre, dal pavimento a grandi mattonelle opache bianche e rosse, fino alla stanza da dove mi ha parlato, una cucina immacolata e buia. Il volpino la precede abbaiando e lei ogni tanto gli ripete: «*Bascta*». Deve essere il loro dialogo quotidiano: lui abbaia, lei risponde "*Bascta*".

Anche in questa stanza il soffitto è basso, a travi di legno scure, lo stesso pavimento di cotto bianco e rosso e le pareti gialline del corridoio. I mobili della cucina sembrano nuovi, di lucido legno marrone con modanature finto antiche in contrasto con il lavello, il fornello della cucina e lo sportello del forno, in acciaio inossidabile. Sopra un grande tappeto, c'è un tavolo di legno ovale coperto da una tovaglia lavorata all'uncinetto, color avorio. Sembra una dimora benestante, ma non il posto dove una donna anziana vive da decenni, piuttosto una casa ristrutturata e affittata già ammobiliata di recente.

Non ci sono foto in cornice, né libri, soltanto una copia del "Resto del Carlino" abbandonata su una poltroncina di velluto sistemata accanto alla finestra. Probabilmente stava leggendo il giornale quando mi ha vista. Gli occhiali di metallo, appesi a una catenella, sono sul tavolo, aperti.

Mi fa cenno di sedermi su una delle sedie imbottite disposte attorno al tavolo e mi dà un bicchiere d'acqua. Più che una cucina, la stanza è una sala da pranzo con un angolo cottura.

Si siede di fronte a me e dice, in italiano ma con accento ferrarese, allargando la *elle*: «Chi volevi? Lì non ci abita nessuno».

E sibila un «*Bascta*» al volpino che continua ad abbaiare rauco al termine di ogni sua frase.

Sento che con questa donna non posso usare il mio metodo di dire la verità, è meglio essere prudenti. C'è qualcosa di ruvido nel suo modo di stare eretta e fissarmi senza sorridere, con le labbra strette.

Opto per una mezza verità.

«Sto visitando Ferrara e mia madre mi ha detto che a quell'indirizzo abitavano persone che conosceva. Lei sa chi ci stava?»

«Certo» è la risposta. E non aggiunge altro.

Non sembra ostile, solo molto riservata, di poche parole.

«Li conosceva bene?» provo a insistere.

«Abbastanza bene» risponde, e cala il silenzio, interrotto solo dal volpino e dai *"bascta"* della donna.

Cerco di pensare velocemente a un modo per indurla a parlare, ma non mi viene in mente niente. Lei e il volpino mi affascinano, suggeriscono un mondo autosufficiente, solido, inaccessibile. Nella stanza nulla può darmi uno spunto, e lei non sembra intenerita dalla mia gravidanza. Generalmente le signore anziane mi fanno mille domande: "Quando nascerà?, È il primo figlio?, Come lo chiama?". Lei tace. Mi stupisco che mi abbia offerto l'acqua.

«Lui come si chiama?» provo a domandare, indicando il cagnetto che ora le sta seduto accanto e mi fissa tenendo il muso inclinato. È più espressivo di lei, quasi più sorridente.

«Lei» risponde, «è una femmina.» Ma non dice il nome.

«Io mi chiamo Antonia.»

Bevo un sorso dal bicchiere e mi sfioro lo stomaco sperando che Ada mi suggerisca qualcosa. La mia ospite osserva la pancia, ma la sua espressione non si addolcisce. Spalanca gli occhi e un lampo cupo le attraversa lo sguardo.

«Sei la figlia di Alma» afferma, come se mi avesse smascherata.

Continua a guardarmi la pancia, nemmeno avesse visto qualcosa di scandaloso.

Da cosa l'ha dedotto? Non mi resta che dirle la verità, a quanto pare.

«Le somiglio?» chiedo con un mezzo sorriso.

«Per niente. Ma non vedo come potresti portare l'anello di mia madre se non lo fossi.»

L'anello di sua madre? Questo anello era di mia nonna.

«Veramente credo fosse della madre di mia madre, questo anello.»

«Era di mia madre» risponde gelida. «Lo aveva dato a mio fratello. Gli aveva chiesto di regalarlo a sua figlia quando si fosse sposata, ma invece che alla figlia lui lo diede a tua nonna.»

Quindi la madre del prefetto abitava di fronte a casa loro: ecco come si sono conosciuti quei due. Le aveva persino regalato l'anello di sua madre! Sono a disagio, ma ho un sacco di cose da chiederle. Cerco di prenderla alla larga.

«Ha sempre abitato qui? Sembra tutto nuovo» azzardo.

«Ho appena finito di ristrutturare la cucina, era stata danneggiata dal terremoto. Già che c'ero, mio figlio ha voluto che rinnovassi l'arredamento» risponde.

E poi, inaspettatamente: «Abito qui da sempre. Ci stavano i miei, io e mio marito siamo rimasti con loro. Mio fratello veniva ogni sera a trovare nostra madre tornando dal lavoro. Si fermava mezz'ora, stavano seduti davanti a quella finestra».

Il cane abbaia appena lei termina una frase. Con me non lo fa, solo quando sente la voce della padrona, come se volesse risponderle o sottolineare quello che dice.

«*Bascta!* Erano molto uniti, mia madre è rimasta in stato interessante che era quasi in menopausa, a cinquant'anni. Era il piccolo di casa» aggiunge.

Mi stupisco che una persona così formale e riservata parli liberamente della menopausa della madre, ma intuisco che quello che riguarda sua madre e suo fratello sia fonte di sentimenti forti, per lei.

«Suo figlio dove abita?» le chiedo.

«A Milano. Fa il giudice» risponde, alzando il mento impercettibilmente.

«Ha dei nipoti?»

«Uno solo, ma non lo vedo quasi mai, studia a Londra.»

«E la figlia di suo fratello la sente?»

«Sono tre. Gli altri due sono nati a Roma, dopo che si sono trasferiti. Non li sento mai. Nemmeno mia cognata.»

«Perché?» chiedo.

«Loro non chiamano, io non chiamo.»

Non sembra arrabbiata, o triste, solo distaccata. Autosufficiente. Lei e il volpino, questa stanza, i suoi gioielli.

«Come erano mia madre e suo fratello da piccoli?» mi arrischio a domandare.

Mi aspetto che non risponda, invece lo fa in tono più gentile: «Stavano sempre insieme».

Lo ha detto con una sfumatura di rimpianto, come se anche lei avesse desiderato stare di più insieme al proprio fratello.

Chissà se è al corrente che Maio forse era suo nipote. Qualcosa mi dice di no.

«Quando mio nonno si uccise» decido di domandarle a bruciapelo, «cosa pensò?»

Devo essere più diretta, tanto non ho nulla da perdere, più abbottonata di così non potrebbe essere, tranne quando parla del fratello e della madre. Probabilmente era gelosa.

Il volpino la osserva: sembra abbia seguito tutta la nostra conversazione e ora sia curioso di sentire come va a finire.

Lei si alza, porta il bicchiere nell'acquaio, forse vuole farmi capire che la conversazione è finita, poi si volta lentamente verso di me per rispondere: «Che gli errori si pagano».

Di cosa sta parlando? Allude al tradimento di mia nonna?

So che dovrei domandarle "Quali errori?" e "Di chi?", ma non voglio farlo. Voglio solo andarmene da qui.

«Potresti chiamarlo Ariosto, se fosse maschio.»

Luigi D'Avalos sta mescolando la spremuta d'arancia col succo di mezzo limone e due dita di acqua gassata.

«A Napoli usa così» ha detto alla cameriera, che si è sciolta in un sorriso.

Siamo seduti nel piccolo bar del mio hotel. È mezzogiorno.

Ha telefonato mentre tornavo da via Vignatagliata e deve aver avvertito qualcosa nella mia voce, perché ha insistito per vederci prima del mio appuntamento con Michela.

Gli ho raccontato tutto: del volpino, dello sguardo della vecchia sull'anello e della frase sugli errori che si pagano, ma non è sembrato colpito, come se sapesse già tutto.

In effetti non ho scoperto molto, a parte da dove proviene l'anello che porto al dito e come si sono conosciuti il prefetto e mia nonna. Avrei dovuto domandare a chi era riferito quel commento sugli errori. Emma, l'ispettore dei miei gialli, lo avrebbe fatto. Ma ho avuto l'impressione che la sorella del prefetto parlasse di mia nonna e del suo adulterio: un brutto pensiero, da disperdere senza dargli dignità.

«Ho pensato a un bel nome di maschio con la *a* e ho avuto quest'illuminazione: ti piace? A me sembra notevole.»

«Ariosto? E se poi a scuola lo chiamano Arrosto?»

«Al massimo lo chiameranno Ari. Bellissimo.»

«Sei gentile, Luigi, ma non credo che chiamerò mio figlio Ariosto.»

«Non dire così, pensaci. Magari al momento buono cambi idea. Lui come vorrebbe chiamarlo?»

«Chi?»

«Tuo marito, il commissario Capasso.»

«Non ne abbiamo parlato.» Non sto a ripetergli che Leo non è mio marito, tanto è come se lo fosse.

«Aspettate un figlio e non parlate del nome?»

«Te l'ho detto che pensiamo sia una femmina e la chiamiamo Ada per scherzare, poi non so, ci penseremo, non deve cominciare per forza con la *a*. È solo un gioco: Alma, Antonia e Ada. Magari non la chiameremo Ada. Potremmo chiamarla... Borgia. Ti piace Borgia come nome?»

Luigi sbuffa dal naso, poi beve un sorso di spremuta.

«Sapevi che Isabella, che lavora qui di fronte, è la figlia di Michela Valenti, la ragazza che stava con mio zio Maio?» gli dico.

«Ma va'? Sei sicura?» Ora sembra molto più interessato. Questa notizia, che a me pareva ininfluente, lo incuriosisce, a differenza del mio incontro di stamattina.

«Ma tu Michela non la conosci, perché ti stupisci?» chiedo.

«Conosco Isabella» risponde, senza aggiungere altro.

Ricordo la prima impressione che mi ha fatto, due giorni fa. Mi ero chiesta se fosse un seduttore seriale: e se avessi avuto ragione? Non ho riflettuto su quello che mi ha detto ieri in spiaggia. Non ho voluto farlo, ho deciso di infilarlo in un cassetto e lasciarlo lì. Metodo di mio padre: "Quel che non capisci mettilo da parte, lo capirai prima o poi".

Non sono mica sicura che non sia la sua bellezza a coinvolgermi. Ci devo credere alla storia che si innamora delle persone buone? O sarà una storiella a effetto che propina a tutte le donne che incontra?

Non mi piace fare questi pensieri.

«Ti stai domandando se sono un Don Giovanni, vero? Se ci provo con tutte, te e Isabella comprese» sorride.

Cazzo, sì, pensavo proprio a quello. Ma mi vergogno ad ammetterlo, preferisco non dire niente.

«Pensalo pure», continua a sorridere, con aria divertita.
Poi mi chiede: «Michela ha un viso vagamente orientale?».
«Sì, perché?»
«È entrata adesso. Vai da lei. Non me la presentare.»
Chissà perché. Ma anche io preferisco così.
«Allora ciao» gli dico.
Sta già scrivendo qualcosa con il telefono.

Alma

Mentre spiego Petrarca, mi viene in mente il verso di Pasolini che avevo copiato sul frontespizio del diario di scuola: "Dà angoscia il vivere di un consumato amore. L'anima non cresce più", dal *Pianto della scavatrice*. Al liceo avevamo archiviato sbrigativamente Petrarca e consumato mesi su Pasolini: erano davvero altri anni.

Da quanto non mi cresce più l'anima?

Penso al matrimonio dei miei genitori, a mia madre che si occupava di mio padre, lo proteggeva, non lo criticava mai. Allora mi sembrava forte, come se la sua pazienza infinita la rendesse indistruttibile. Invece la sua pazienza non ha salvato nessuno: né Maio né mio padre. Un Natale eravamo noi quattro, quello dopo ero sola.

Odio le istantanee perché mentono. Le ho stracciate quasi tutte, ma del nostro ultimo Natale conservo una fotografia. Le foto di famiglia non mostrano le emozioni reali: le guardi e vedi un albero scintillante, un maglione rosso, un sorriso che evoca un'atmosfera intima e allegra e ti senti struggere di nostalgia. "Come eravamo felici" pensi. Invece in casa nostra era già entrato il male.

Mio padre, l'unico a non sapere ancora nulla, aveva voluto fare un autoscatto davanti all'albero che avevamo preparato una sera che Maio scalpitava per uscire e io mi ero arrabbiata con lui. Mia madre si accorgeva di tutto e mi dispiaceva per lei. Non era giusto, non se lo meritava. Anche se Maio e io eravamo già al liceo, il rito di decorare l'albero tutti insieme la seconda domenica di dicembre aveva resistito.

Avevo dovuto minacciare Maio, che avrebbe voluto uscire come sempre, di dire tutto a nostro padre se lo avesse fatto. Non era uscito, ma non aveva partecipato. Con aria scocciata si era buttato sul divano, da dove ci aveva osservati scartare le palle e fare i soliti commenti: "Ti ricordi questa? Funzionano le luci? Mettiamo la stella o il puntale?".

Mio padre forse aveva pensato che fosse diventato troppo grande per divertirsi a preparare l'albero: gli aveva chiesto di mettere un disco di canzoni di Natale di Bing Crosby e lui aveva eseguito svogliatamente. Poi però, dopo che la mamma aveva insistito per aprire un vino da meditazione forte e liquoroso, sembrava essersi rilassato e aveva canticchiato *Santa Claus Is Coming to Town* in falsetto, avvolgendosi un festone argentato intorno al collo come se fosse un boa di struzzo. Quel vino era una novità nel nostro rito annuale, che non prevedeva alcolici ma solo una fetta di pandoro ad albero terminato, e ne ho capito tempo dopo il significato: mia madre temeva che Maio soffrisse per l'astinenza dal buco serale e pensava che il vino lo avrebbe aiutato. Io invece non ho mai riflettuto sulle sofferenze di Maio, sulla sua dipendenza fisica: ero troppo arrabbiata, troppo egoista e inesperta per farlo. Non capivo. Non potevo immaginare. Né lui mi ha mai detto di stare male. Quella sera, prima di dormire venne in camera mia, da tanto non lo faceva, e si mise a guardare tra i miei libri.

«Cosa cerchi?» chiesi.

E lui: «No, guardavo cosa leggi».

Sentivo che voleva dirmi qualcosa, ma non lo aiutai a farlo. Chiusi le imposte, accesi la luce sul comodino e spensi quella centrale.

«Andrei a letto. Domani ho la versione.»

Fece la faccia di quello che sta per vomitare. A settembre aveva superato l'esame di riparazione, non so come, poi aveva quasi completamente smesso di studiare.

Si era seduto sul mio letto, coi gomiti sulle ginocchia e la faccia tra le mani. Spuntavano solo gli occhi, tra le dita.

«La mamma vorrebbe mandarmi in una comunità. Io non ce la faccio.»

Non avevo risposto. Mi sembrava impossibile che stesse capitando a noi: Maio in comunità? Era finito tutto. L'angoscia mi chiudeva lo stomaco. Ero uscita dalla stanza dicendogli: «Io vado in bagno».

Nell'istantanea del 25 dicembre, scattata due settimane dopo quella sera, mio padre sta tra mia madre e me, le braccia sulle nostre spalle. Si è tolto gli occhiali e indossa il cardigan rosso che gli ha regalato la mamma la sera prima, alla vigilia. China il capo di lato, verso la sua spalla, e sembra soddisfatto. Anch'io ho ricevuto un maglione rosso con le trecce, lavorato da lei, e lo sfoggio con dei calzoni di velluto a coste. Guardo l'obiettivo con un sorriso che ricordo ancora quanto fosse finto e tirato. La mamma ha un abito verde bellissimo che le aveva cucito la sarta su suo disegno. Sorride, ma ha la fronte aggrottata. Aveva mal di stomaco dal mattino e mio padre aveva detto che era colpa dello spumante aperto la sera prima, mentre scartavamo i regali.

«La prossima volta compro lo champagne, basta con questi spumanti, gli italiani non li sanno fare!» aveva decretato. Lo ripeteva a ogni occasione, che gli italiani non sanno fare gli spumanti. Era esterofilo, e aveva regalato alla mamma un orologio svizzero e a Maio e me scarpe inglesi, coi lacci, introvabili a Ferrara. Io a Maio quell'anno non avevo preso niente, né lui a me, mentre di solito ci regalavamo libri o dischi meditati e speciali, accompagnati da lunghe dediche scritte in un gergo che capivamo solo noi. La mamma aveva fatto finta di non notarlo. Mio padre aveva commentato: «Stanno diventando grandi, gli Almaio», e aveva sorriso. In famiglia anni prima mi avevano preso in giro per aver vietato a Maio di usare quel nome di sua invenzione. Mi stupii che mio padre se lo ricordasse ancora.

Nella fotografia Maio è vestito di scuro. A lui la mamma non ha sferruzzato un maglione rosso ma una lunga sciarpa bianca; lui se l'è arrotolata intorno alla testa come un turbante e finge di suonare un invisibile *pungi*, il clarinetto indiano. Ha gli occhi spalancati, come se stesse fissando il serpente che sta cercando di ipnotizzare. È pallido e bellissimo. Quella è la sua ultima fotografia, ma per via del travestimento non servì alle ricerche. L'ho conservata, non riesco a guardarla da allora.

Franco, per il mio primo Natale da orfana, mi invitò al Diana, in via Indipendenza, uno dei più tradizionali ristoranti di Bologna. Stavamo insieme da poco ma aveva deciso di non tornare a Torino da suo padre per passare il 25 dicembre con me. Mi ero trasferita a casa sua da due settimane, nell'appartamento di via Guerrazzi dove abitiamo ancora.

Il ristorante, con mio stupore, era affollato di buone famiglie bolognesi. A Ferrara nessuno avrebbe pranzato fuori il giorno di Natale, a meno di non essere un derelitto come me. Cominciavo a scoprire che i bolognesi sono meno conservatori e più edonisti dei ferraresi.

In quel periodo mangiavo pochissimo e Franco mi aveva costretto ad assaggiare i tortellini in brodo di cappone e la tacchinella ripiena di castagne, quasi imboccandomi, uno dei pochi gesti paterni che abbia mai avuto nei miei confronti.

I primi tempi, quando ero gelosa perché gli studi sembravano essere sempre più importanti di me, speravo che col tempo sarebbe diventato più affettuoso. La sua razionalità e il suo equilibrio mi piacevano, mi davano sicurezza, ma nel quotidiano soffrivo per la mancanza di slanci. Pativo i suoi modi controllati, la sua irremovibile logica. Nulla sembrava smuoverlo, mai, tranne Antonia.

Tra noi la passione iniziale aveva lasciato posto quasi subito a una routine da genitori. A me irritava il suo essere sentimentalmente autonomo: dal padre anziano e vedovo, che nonostante lui fosse figlio unico non lo cercava mai, ricambiato; dagli amici, che non aveva perché definiva tali colleghi dell'Università dei quali non conosceva nemmeno i nomi dei figli; e soprattutto da me.

Non ho mai sentito di essergli necessaria.

Invecchiando non è diventato più affettuoso, solo più pigro. Prima c'erano i libri e gli studi a occupare le sue giornate: ora libri, giornali, letto e televisione. Da qualche anno trascorre la domenica mattina a letto a leggere i giornali, e quasi ogni sera si addormenta davanti alla tivù. Era un professore rigoroso, litigavamo solo perché non voleva mai fare nulla che non fosse leggere o studiare, ora è un uomo anziano e stanco che non ha più voglia di discutere.

Gli uomini non migliorano, invecchiando, inutile illudersi che accada. Al contrario, peggiorano. Diventano ancora più chiusi, pigri e pignoli. Oppure impazziscono, come mio padre.

Se i miei studenti sapessero a cosa sto pensando, mentre leggo loro Petrarca.

> *Voi ch'ascoltate in rime sparse il suono*
> *di quei sospiri ond'io nudriva 'l core*
> *in sul mio primo giovenile errore*
> *quand'era in parte altr'uom da quel ch'i' sono.*

Una vita a spiegare che per Petrarca l'amore era una follia, un errore giovanile, mentre il mio, di errore giovanile, me lo ha precluso per sempre.

Mi sorprendo a desiderare di rivedere Leo: il nostro incontro mi ha fatto superare il disagio che provavo nei suoi confronti. Comincio a capire cosa trovi Toni in lui, non solo un uomo affidabile. Anche Franco è affidabile, ma non è aperto né curioso, mentre Leo sembra una persona davvero interessata a quello che dici e pensi.

Forse a lui potrei raccontare tutta la verità.

Dirgli dei Vincent e di quel che ho fatto con loro negli ultimi mesi a Ferrara, prima che morisse mia madre.

A parte Franco, non ne ho mai parlato con nessuno.

Antonia

Michela è arrivata in bicicletta, chiede di parcheggiarla nel cortile dell'albergo.

«Sulla Mura ci andiamo a piedi» dice, indicando la mia pancia.

Ci incamminiamo lungo la strada che ho percorso da sola tornando da piazza Ariostea dopo che sono stata in Certosa con Luigi.

«Sono andata al cimitero a trovare i nonni, sai?» dico, ricordando che mi aveva suggerito lei di farlo.

Oggi porta un impermeabile chiaro, e sotto i jeans di velluto viola spuntano stivali con la zeppa. Deve far caso al mio sguardo perché commenta, ignorando l'allusione al cimitero: «Sono nana, se non metto i tacchi. So che hai conosciuto Isabella, a proposito di orpelli».

«È molto carina» rispondo.

«Ti ha parlato di Maio, vero? Non resiste, deve far vedere che la sa lunga, che capisce tutto lei.»

Io non confermo e non nego.

«È simpatica.»

«È una gran casinista» risponde irritata.

Quando arriviamo in piazza Ariostea Michela si ferma: «Se andiamo dritti per quella stradina arriviamo in cinque minuti, se no dobbiamo camminare almeno venti minuti, però saliamo sulla Mura dalla Porta degli Angeli, da dove facevano transitare tutti i personaggi illustri, i duchi, gli ambasciatori... te la senti di camminare?».

«Certo. Sto benissimo, mi piace camminare.»

«Ti fa bene. Anch'io camminavo tanto quando aspettavo i miei. E bevi?»

«Cosa?» chiedo.

«Se bevi tanta acqua. Lo sai che in gravidanza il volume del sangue aumenta di oltre la metà? Ti insegno un trucco per capire se bevi abbastanza: se la pipì è trasparente, va bene. Se non è limpida, devi bere di più.»

«Grazie, ci farò caso» rispondo.

Con Alma parliamo poco della mia gravidanza. Forse perché lei aveva vent'anni quando mi aspettava e non si ricorda niente.

Percorriamo un corso ampio, arioso, costeggiato da un parco, e dopo pochi metri ci ritroviamo di fronte al Palazzo dei Diamanti. Questo palazzo è una calamita, spunta da ogni percorso. Noi però giriamo a destra, sull'ultimo tratto di corso Ercole I d'Este, quella che secondo Luigi è la strada più bella d'Europa. In effetti è spettacolare.

«Si dice la Mura o le Mura?» domando a Michela.

«Noi diciamo che andiamo sulla Mura, dal dialetto *"in s'la mura"*. Quando ero ragazza ci andavamo a imboscarci, ora ci si viene a correre.»

«Con Maio ti ci sei mai... imboscata?»

«Eccome» risponde allegramente.

Alla fine di corso Ercole I d'Este c'è uno spiazzo erboso che porta sui bastioni fiancheggiati da grandi platani, tigli e bagolari. È ora di pranzo e in parecchi corrono, altri passeggiano coi cani al guinzaglio. È un bel posto protetto, piacevole: da un lato si domina la campagna aperta e dall'altro il verde cittadino.

«Ti porto a mangiare nel mio posto preferito. Un capanno costruito sugli orti degli Estensi. Orti di cinquecento anni.» Poi si blocca: «Hai avuto la toxoplasmosi? Puoi mangiare il prosciutto?».

«Mia madre ha un gatto, l'ho avuta» rispondo.

Mentre camminiamo le chiedo della sua famiglia, prima di parlare di Maio e di Alma.

«E gli altri tuoi figli quanti anni hanno?»

«Marco diciotto, Eleonora dodici. Uno ogni sei anni.»
«Lo hai chiamato come Maio?» non posso fare a meno di chiederle.
Lei mi guarda, alza le spalle.
«Suo padre non l'ha mai notato, non suggerirglielo tu.»
L'ha detto come fossimo amiche da sempre. Due teenager complici e maliziose.
«Pensi di farmelo conoscere?»
«Potrebbe succedere, fa il ginecologo. Se decidi di anticipare» ammicca.

Siamo scese dai bastioni lungo un sentiero più stretto, ricoperto di ghiaia e circondato da alte siepi. Un magnifico labirinto, quasi deserto. A parte il cinguettio degli uccelli si sente solo il fruscio felpato di qualche rara bicicletta che ci supera lentamente. Quello che Michela ha chiamato capanno è uno chalet prefabbricato, di legno, circondato da alberi e orti, con un patio sotto al quale sono disposti tavoli coperti da tovaglie cerate.

«Ti va di mangiare fuori? Oggi non fa freddo.»
Ci sediamo sulle panche, una di fronte all'altra, e dallo chalet esce una donna con gli occhi verdi truccati col kajal che saluta Michela a voce alta: «Solito, Michi?». Anche lei ha la *elle* allargata della signora Cantoni, la sorella del prefetto.
«Senti la mia ospite» risponde Michela, indicandomi col mento.
«Prosciutto, salame e insalata dell'orto vanno bene?» chiede, osservandomi con curiosità. «Tutto biologico, filiera cortissima.» Ci manca poco che mi chiami "straniera": i suoi occhi verdi mi stanno radiografando.
«Benissimo anche senza salame» rispondo.
«Il salame all'aglio di Ferrara lo deve assaggiare» ribatte lei. «Se vuole non metto i cipollotti nell'insalata.»
Non capisco bene la relazione tra i cipollotti e il salame ma dico: «Obbedisco», alzando le mani, mentre le due si scambiano uno sguardo compiaciuto.
Tornando dentro si gira ancora una volta: «Vino niente, vero?».
«No, grazie» rispondiamo in coro.

Michela prende dalla borsa il tabacco e le cartine. «Me la preparo per dopo. Tu fumi?»

«No.»

«Mai fumato?»

«Qualche tiro da ragazzina, ma mi veniva la nausea.»

«Tua madre a sedici anni fumava come un turco.»

«Non l'ho mai vista toccare una sigaretta. E Maio?»

«Anche lui. Fumavamo tutti da ragazzi. Poi quando ha cominciato a farsi Maio ha raddoppiato la dose di sigarette, mentre Alma ha smesso. Penso le fosse venuto il terrore delle dipendenze, non beveva più neanche la birra.»

Visto che è entrata in argomento, mi concedo di chiederle subito quel che mi preme.

«Non la beve nemmeno ora. Nemmeno vino e superalcolici, tranne che in occasioni eccezionali. Tu quando hai scoperto che Maio si bucava?»

«Subito. Era appena tornato dalle vacanze e non stavamo nella pelle dalla voglia di rivederci, mi aveva telefonato dicendo che mi veniva a prendere, invece non era venuto. Ero rimasta tutta la sera ad aspettarlo: non era arrivato e non aveva telefonato. Non era da lui, ci ero rimasta malissimo. Il giorno dopo l'avevo chiamato io, a mezzogiorno, e sua madre aveva detto che dormiva ancora. Alle due del pomeriggio era suonato il campanello: era lui. Stavamo finendo di mangiare, mio padre si era seccato ma mia madre aveva sussurrato: "Dài, è Maio". Avevo parlato di lui tutta l'estate.

Sono scesa di corsa. Aveva disegnato nella ghiaia del cortile un grande cuore con un bastone, e mi aspettava in ginocchio dentro al cuore, col bastone dietro alla nuca e le braccia appoggiate sopra. Gli ho detto: "Alzati, scemo". Allora ha disincastrato le braccia, si è alzato, è uscito dal cuore e mi ha abbracciata. Poi ci siamo seduti sul muretto davanti a casa. Ha tirato fuori le sigarette: "Vuoi una paglia?". Mentre me la offriva ho visto l'incavo del gomito, col segno blu. Ho capito subito, e mi è venuto da piangere. Lui mi ha accarezzato una guancia: "Non è niente, Michi, solo una cazzata".

Poi mi ha raccontato tutto. Si era bucato la sera prima. Mentre veniva da me aveva incontrato Benetti che gli aveva proposto di accompagnarlo a comprare la roba in una strada di periferia. "E ci sono andato, Michi, come se Benetti avesse il piffero magico. Non te lo so neanche spiegare come è successo, è stata una stronzata. Una cosa da Pinocchio scemo. Mi dispiace. Ti ho pensata tanto, quest'estate." Poi mi ha baciata.»

Michela parla come se raccontasse una scena accaduta la sera prima e riesce a trasmettermi i suoi palpiti di ragazzina. Deve aver rievocato un'infinità di volte quell'incontro con Maio, ma come una cosa bella, non un brutto ricordo.

«Avevo una cotta gigantesca per lui» riprende, «era diverso da tutti. E bello: alto, con la pelle olivastra e i capelli nerissimi, come te. A me sono sempre piaciuti i belli, dovresti vedere cos'era mio marito da ragazzo. E poi Maio era aperto. Non si atteggiava come tutti gli altri. Era se stesso, si prendeva in giro. Era spiritoso, originale: s'inventava sempre qualcosa. Siamo rimasti abbracciati un'ora su quel muretto. Gli dissi subito che io con un tossico non ci volevo stare e lui sembrava contento: "Hai ragione, Michi. Però io non sono un tossico, l'ho fatto solo due volte".

"Se lo fai ancora una volta non stiamo più insieme" lo avvisai. Lo rifece il sabato dopo, e quello dopo ancora, e ancora, e poi iniziò a farlo tutti i giorni, ma io l'avevo già lasciato.»

«Ne hai parlato con Alma?»

«Ci ho provato, ma reagì malissimo. Non gli rivolse più la parola, e quasi non parlava più nemmeno a me, sembrava mi avesse messo nel novero della nuova vita di Maio solo perché gli telefonavo ancora e ogni tanto uscivamo.»

«Ma non eravate molto amiche?»

«Eravamo amicissimi tutti e tre, ma Alma prese la scelta di Maio come un'offesa personale, un tradimento inaccettabile. Era furibonda con lui e persino con me, nonostante lo avessi lasciato, solo perché lo vedevo ancora.»

«E tu come hai fatto a essere così categorica? Eri solo una ragazzina.»

«Alma non ti ha detto di mio cugino?»

«Cosa? No.»

«Mio cugino Massimo aveva tre anni più di me, abitava sotto casa nostra, siamo cresciuti insieme. Anche lui si faceva. In famiglia è stata una mezza tragedia. Era già in comunità quando Maio iniziò. Quindi avevo una certa esperienza di tossici. E sapevo che la cosa peggiore per loro è averne pena.»

«Che strage dalle vostre parti» mi sfugge.

«Erano anni così. Qui si salvava un po' chi faceva politica, gli altri si ammazzavano di droga o altre cazzate.»

«Mi dispiace» ripeto. «Ma quando Maio è sparito, Alma non è venuta da te?»

«Credo che si vergognasse. Dopo la storia di mio cugino – lei lo conosceva bene – provare a bucarsi e proporlo anche a Maio... è stata una vera stronzata.»

Stronzate, cazzate, mi viene da pensare che Michela parla ancora come una ragazzina.

«E tu...?» comincio, e non so come andare avanti, «sarai stata male per quel che è successo.»

«Non è quel che ti succede che ti cambia, ma come lo vivi. Io... sono sempre stata una persona positiva. Sarò superficiale, ma non mi lascio distruggere dagli altri. Nemmeno dalle persone che amo.»

«Alma sì?»

«Alma... Alma era complicata. Molto intelligente. Io non ero intelligente come lei» dice, strizzandomi l'occhio.

L'ostessa con gli occhi verdi ci raggiunge con una grande insalata dall'aspetto invitante e un vassoio pieno di prosciutto e salame.

«Il pane lo fa un panificatore di Ostellato, è di pasta madre» dice, rivolta a me.

È delizioso, infatti.

Mi piacerebbe venire qui con Leo. O con Luigi.

Sorrido.

Michela mi guarda: è una di quelle persone che sono contente, se sorridi.

«Che rapporto avevano fra loro, Alma e Maio?» le domando. Mastica una fetta di salame col pane, prima di rispondere.

«Erano... come gemelli. Stavano sempre insieme. Si adoravano. Però era Alma a decidere tutto. Credo gli abbia suggerito lei di baciarmi, a una festa, perché le ero simpatica.»

«E tu non eri gelosa?»

«Per niente, anche a me Alma piaceva. Mi ha passato un sacco di bei libri. Andavamo al cinema tutti e tre insieme, ci siamo fatti le prime canne insieme. Ci siamo divertiti moltissimo noi tre. Tre è un bel numero, quando sei ragazzo. Un'utopia di società ideale.»

Chissà come deve essere avere una madre come Michela: sembra che veda solo il lato migliore delle cose.

«Hai detto che c'era un'atmosfera strana, in casa loro, mi spieghi meglio?»

«Non è proprio che fosse strana, era diversa. I loro genitori non erano iscritti né ai Commercianti, né alla Marfisa, il circolo del tennis. Non avevano neppure l'abbonamento al Teatro Comunale. Eppure erano benestanti, molto più dei miei. La madre era farmacista, il padre proprietario terriero. Avevano una bella casa. Ma se ne stavano per conto loro, non legavano con nessuno.»

L'insalata è deliziosa, croccante e saporita, sembra appena colta. Orti di cinquecento anni, ha detto Michela.

«Caffettino, dolcino?» chiede la proprietaria, togliendo i piatti. «Solo due caffè, grazie, Enoe» risponde Michela. E poi, quando Enoe rientra, a bassa voce: «Qui è tutto eccellente tranne i dessert, certi cosi duri alle carrube... se vuoi il dolce lo prendiamo da Isabella».

«Come mai Isabella conosce il commissario D'Avalos?» approfitto per domandarle. Mi è rimasta questa curiosità, e Michela sembra così aperta, per usare l'aggettivo scelto da lei per descrivere Maio, che non mi trattengo.

«Ah, sì, ho visto che era con te, prima» dice, senza rispondere.

«Allora lo conosci anche tu? Mi avevi detto di no.»

«"Bello come un attore" ha detto Isabella, "e aria da sbirro." Non poteva essere che lui.»

«Come mai lo conosce?» insisto.

«Lui non te lo ha detto?»

«No.»

«Isabella ha un fidanzato cretino che si è messo nei guai e D'Avalos è l'unico che lo aiuta» risponde, accendendosi la sigaretta.

«Ah, scusa, non volevo...»

«Ma no, figurati.»

Non mi dice di quali guai si tratta ma butta il fiammifero per terra. Poi si china a raccoglierlo.

Come è complicato essere giovani in questa città, mi viene da pensare. Sembra che tutti debbano scontare qualcosa.

Al ritorno prendiamo la via più breve e in cinque minuti, come aveva detto Michela, sbuchiamo in piazza Ariostea.

Camminiamo in silenzio fino a che Michela dice: «Sei brava a occuparti dei conti in sospeso di tua madre. Ti sarà grata».

«In realtà non voleva che venissi. E tu? Hai molti conti in sospeso?» chiedo, per scherzare.

Lei risponde con lo stesso tono: «Niente di interessante. Un paio di filarini scaricati male e un marito sposato precipitosamente, ma c'è poco da scoprire, lo so perché l'ho fatto: era un figo pazzesco. Te l'ho detto che sono superficiale».

«Tu credi che Maio sia morto quella notte?» le domando. Non lo avevo ancora fatto.

«Credo proprio di sì» risponde senza guardarmi.

«Come mai non l'hanno trovato secondo te?»

«Non lo so. Forse è stato male e qualcuno ha nascosto il corpo per non andarci di mezzo.»

«Gli altri due però li hanno trovati. Pensi fosse con loro?»

«È probabile. Forse è caduto nel Po quella sera. O ci si è buttato.»

Le stesse conclusioni di D'Avalos.

«Prima dicevi che nella tua generazione si salvava chi faceva politica. Tu l'hai fatta?»

«Eccome. Quando Maio è sparito e Alma non mi ha più cercata mi sono iscritta alla Fgci, che a lei non andava per niente a genio», e mi strizza l'occhio.

Siamo arrivate davanti al mio albergo. Michela non accenna più a quel dolce da Isabella. Ero curiosa di vederle insieme, ma sono troppo stanca per proporlo.

«Grazie, sei stata molto gentile» la saluto.

«Chiama per qualunque cosa» risponde, «e ricordati che ho il marito ginecologo. È ingrassato, e quando è a casa passa il tempo a fare giochi sul computer, però come ginecologo è in gamba.»

"Ne hanno ammazzato un altro, un casino grosso. Non posso venire stasera, mi dispiace. Ti chiamo dopo, un bacio."

Il messaggio di Leo è arrivato mentre stavo salutando Michela, ho avvertito il suono provenire dalla tasca del cappotto. Improvvisamente ho davanti a me un intero pomeriggio e una serata liberi.

Per prima cosa, devo stendermi. E raccogliere le idee. È stata una mattina fin troppo densa di incontri e a me non piace fare troppe cose insieme. Ho bisogno di stare sola per ripensare alla vecchia Cantoni, a quel che mi ha raccontato Michela, decidere se dire a mia madre cosa ho scoperto sulle origini di Maio. Mi stupisce che Alma non mi chiami, ma mi fa comodo, perché non saprei ancora cosa dirle.

"Tuo fratello forse non era figlio di tuo padre", "L'anello di tua madre era un regalo del suo amante"... Non sono rivelazioni da fare senza averci riflettuto. Di sicuro non sono argomenti di cui parlare al telefono. E poi cosa c'entrano con la scomparsa di Maio?

Torno nella mia stanza. L'addetta al ricevimento, mentre salgo al primo piano, dice che mi hanno «aperto il salotto Bonaparte, visto che si ferma ancora». Avevo prenotato per tre giorni, non sapendo cosa mi aspettava, ma ora ho comunicato che mi fermerò fino a domenica. Non so cosa sia il salotto Bonaparte, ma se non si paga mi fa piacere: ho proprio bisogno di sdraiarmi su un divano coi piedi in alto.

Quando entro in camera vedo che la porta di legno chiaro che prima era chiusa con un catenaccio d'ottone è spalancata. Mi affaccio e non credo ai miei occhi: il salotto Bonaparte è una stanza regale, con le pareti e il soffitto affrescati, arredata con un lampadario di vetro di Murano, una grande specchiera dorata, un divano e due poltrone dell'Ottocento e un enorme tappeto persiano. In un angolo c'è un tavolo tondo, di ciliegio, circondato da quattro sedie imbottite di velluto. Contro la parete, sotto una delle alte finestre, un pianoforte nero, antico. Il pavimento è di vecchie piastrelle di cotto, consumate dal tempo e ben lucidate da una cera di cui percepisco il profumo. Su tutte le pareti sono dipinti personaggi che suppongo essere Napoleone e Giuseppina, ritratti sia soli che in coppia. È una stanza di proporzioni ed eleganza perfette, magnifica, sembra un museo; stride non poco con la camera da letto col televisore incastrato nel muro e il bagno cieco con le piastrelle grigie.

Quest'hotel scelto a caso, solo perché era economico e centrale, è decisamente affascinante. A me non interessa il lusso, ma le cose belle sì, e questa stanza è incantevole. Mi stendo sul divano ricoperto di un sontuoso tessuto dorato a righe color salmone e osservo il soffitto, affrescato con un trompe-l'œil che raffigura un'elaborata sequenza di fregi di marmo.

Ripenso a quel che è accaduto nelle ultime ore. A Luigi che aiuta il fidanzato di Isabella nei guai: cosa avrà fatto? A Leo che non può venire, niente visita alla casa di via Vignatagliata domattina. A Maio, succube della mamma, o quanto meno suo gregario. Alla nonna Francesca e ai suoi misteri. Sento Ada che fa un movimento brusco, forse reclama un po' di pace. Mi addormento.

Alma

Ho telefonato a Leo dal Dipartimento e gli ho proposto di tornare a pranzo da me. L'ho chiamato d'impulso, ha risposto subito di sì.

«Ma dovrai scusarmi se resto poco, ho un problema di lavoro.»

I giornali sono pieni dei "delitti del Pilastro", immagino sia quello il problema di lavoro. Negli ultimi due giorni hanno ammazzato tre pregiudicati a distanza di poche ore uno dall'altro: un cinquantenne bolognese e due giovani di Crotone. Per gli allarmisti è "l'incubo della Uno bianca che ritorna".

Nei mesi in cui mia madre moriva ho frequentato due delinquenti. L'ho rimosso persino io, e non voglio che Antonia lo sappia. Io non lo vorrei sapere se mia madre avesse fatto cazzate a vent'anni, mi è già costato ammettere come iniziò tutto, quella maledetta sera di giugno; ma non potevo ometterlo, se volevo parlarle di Maio.

La storia dei Vincent sarebbe troppo difficile da spiegarle, e sarebbe inutile farlo. Non mi ha lasciato nulla, se non un'eco di pericolo e piacere.

Leo suona all'una e mezzo, quando l'acqua bolle nella pentola da tanto di quel tempo che è per metà evaporata.

«Scusami», e intanto strofina le suole sopra lo zerbino e scuote la testa, facendo un gesto circolare con la mano a coppa come per dire: "Non hai idea del casino che sta succedendo".

«I delitti del Pilastro?» chiedo.

«Chiamiamoli così» risponde.

«Traffico di droga?»

«Traffico di droga, fabbricazione e smercio di banconote e documenti falsi, assegni rubati...»

«Ti va di mangiare?»

«Contavo su quelle orecchiette di ieri» risponde, e il suo tono intimo mi rende felice. Si ricorda il menu che gli avevo proposto: quanto poco basta a creare familiarità, se gli incontri sono autentici. Il nostro lo è stato.

«Siediti a tavola» rispondo.

Leo si sfila il loden con un movimento incerto, come se gli dolesse una spalla, e lo appoggia sulla poltroncina dell'ingresso, poi fa un gesto come dire "Posso andare a lavarmi le mani?", e sparisce in corridoio. Quasi mi aspetto che torni con un altro libro di quando ero ragazza, magari *Il grande Gatsby*, invece arriva a mani vuote e rimane in piedi in mezzo alla cucina, mentre io scolo le orecchiette e le condisco col pomodoro. È alto, anche se l'altezza non è la prima cosa che colpisce in lui, forse a causa della pancetta che lo fa sembrare più basso. Ha la pelle dorata, lentigginosa. Ramato, ecco il colore di Leo, sia di pelle che di pelo: un caldo colore ramato.

Chissà se Ada prenderà da lui o avrà i capelli corvini di Antonia. E se fosse un maschio? Se somigliasse a Maio? Fino a oggi ho appoggiato lo scherzo di Antonia – che senza conoscerne il sesso parla del bambino come se fosse una femmina – proprio per paura che somigli a Maio.

Me lo ricordo troppo bene Maio da piccolo: nei miei primissimi ricordi ha quasi tre anni e io lo carico sul triciclo. Poi ho le foto delle scuole elementari. Anche senza riguardarle ce le ho impresse nella memoria: era sempre il più magro e il più buffo di tutti. Nostra madre le conservava in un album di pelle verde, non ho avuto il coraggio di buttarle. Ma non sono pronta a rivedere un piccolo Maio. Spero che arrivi una piccola Ada con le efelidi di Leo.

Gli sono grata di non chiedermi perché ho voluto rivederlo così presto, non saprei cosa rispondere. Ma non sembra abbia intenzione di domandarlo. Probabilmente nella sua affettuosa famiglia leccese è normale andare a pranzo dalla suocera, quando la moglie è via.

«Il parmigiano non ci andrebbe, vero?» gli chiedo. «Ma non ho pecorino né ricotta salata.»

«Non ne ho la minima idea. Sono un pugliese anomalo, ho mangiato più tagliatelle che orecchiette in vita mia.»

Leo è a Bologna da dieci anni e prima abitava a Roma. Probabilmente se ne è andato da Lecce ancor prima che io da Ferrara. Chissà com'era Leo a vent'anni. Glielo chiedo.

«Cosa facevi a vent'anni? Com'eri?»

Riflette qualche secondo, poi risponde: «Studiavo Legge a Roma. Infelicemente innamorato di Cristina. Grasso, più di adesso. Grassoccio, diciamo. E tu?».

«Incasinata. Orfana. Magra, però.»

Sorride, si allenta la cravatta, guarda Rossa che è salita sulla credenza accanto a lui, per studiarlo da vicino. Sto per raccontargli di quando, mentre mia madre stava morendo, ho frequentato il suo ambiente dalla parte dei ladri ma mi precede.

«Da dove venivano i tuoi nonni? Cosa facevano?» chiede di punto in bianco.

La sua domanda mi stupisce. Vorrei chiedergli perché vuole saperlo, ma lui non mi ha domandato perché l'ho invitato.

«Sai che non lo so? I miei non parlavano mai delle loro famiglie. Non ne so quasi niente. Mio padre ogni tanto diceva che i suoi erano tutti matti per la canapa che si coltivava a Ferrara o qualcosa del genere, ma scherzava. Era figlio unico, i suoi morirono presto, so che avevano delle terre e la casa di Ferrara in cui sono cresciuta. I genitori di mia madre invece erano siciliana lei e di Trieste lui, un militare di carriera, colonnello dell'Aeronautica.»

«Non hai mai avuto la curiosità di sapere di più?» domanda.

«Lo trovi strano?» rispondo. Non ci riesco, a rispondere senza fare domande a mia volta, è più forte di me.

«Un po' sì, lo trovo strano.»

«La mia famiglia era Maio. E mia madre e mio padre. Eravamo

noi quattro, lo siamo sempre stati. Noi quattro da soli. E quando loro sono morti... sono rimasta solo io, una sopravvissuta. Per moltissimi anni, le mie priorità sono state sopravvivere e crescere Antonia, con Franco. Anche la sua famiglia era inesistente. Era come se fossimo due naufraghi. Però guarda che abbiamo un sacco di colleghi come noi, soprattutto stranieri: per un periodo Franco ha insegnato a Providence, al Dipartimento di Storia, sono andata con lui quando Toni era ragazzina. Te lo avrà raccontato, ci siamo stati due anni. In America non hanno la mania della genealogia che avete qui in Italia, se va bene si risale di una generazione.»

Non vorrei essere brusca con Leo ma mi rendo conto che lo sto diventando e che le mie parole hanno un tono sarcastico.

«Il tuo tono da professoressa stronza» lo chiama Franco.

Stavo addirittura per dirgli qualcosa di sgradevole sulla sua affettuosa famiglia meridionale. Mi capita abbastanza spesso, di litigare, ma litigare con Leo è l'ultima cosa che avrei voluto fare oggi.

Il suo sguardo fermo è fisso nel mio. Tiene il punto. Ma sorride.

«*Avete*? Tu non ti senti italiana?»

Non mi capita spesso di essere trattata come fa Leo.

«Io non lo so cosa mi sento. È tanto se mi sento viva, guarda.»

Mi piace che Leo non risponda.

Mi osserva. Poi si fruga in tasca, prende il pacchetto di sigarette e me ne offre una.

«Grazie, adesso no.»

Antonia

Ho sognato Maio. Eravamo bambini e lui era mio fratello. Scriveva una parola nella ghiaia dei Giardini Margherita di Bologna, dove andavo a giocare dopo la scuola. Sapevo che era una parola straniera, la riconoscevo, ma pensavo di essere troppo piccola per decifrarla.

Mi fa male il collo, ho preso sonno con la testa sul bracciolo rigido del divano, ma sto immobile per cercare di ricordare lettera per lettera la parola sulla ghiaia. È già svanita. Quando li apro, cinque paia d'occhi mi fissano.

Napoleone e Giuseppina, ritratti su tutte le pareti, hanno espressioni enigmatiche. Nel dipinto sul muro sopra il pianoforte, lei è di profilo e il suo grande occhio scuro, profondo, allungato, mi sta scrutando.

La pelle del viso e delle braccia è chiarissima, lunare, ma occhi e capelli sono nero ebano. Come quelli di Maio e i miei. Porta un sottile nastro di velluto al collo e i capelli con la riga in mezzo acconciati all'indietro; il vestito è drappeggiato, scollato, ancora più chiaro della sua pelle. Forse è mussola, o quel cotone leggerissimo chiamato pelle d'uovo. Penso che sarebbe perfetto per me – al posto dei pantaloni con l'elastico che porto da quando mi è cresciuta la pancia –, ampio e con la vita alta, stretta subito sotto al seno. Fantastico di farmi trovare da Leo abbigliata così, quando verrà a trovarmi. Ma quando? Sono a Ferrara da tre giorni ormai. Guardo l'ora sul telefono che ho appoggiato sopra il tavolino e scopro di aver dormito due ore: sono le cinque. Ci serve un caffè, Ada.

Vedo che alle quattro ha chiamato Franco. Strano, mio padre non telefona mai. Lo richiamo ma non risponde. Bevo un bicchiere d'acqua dal rubinetto del bagno, non ha un buon sapore. Acqua del Po? Lavo la faccia, spazzolo i capelli e contemplo davanti all'armadio il mio misero guardaroba: un maglione grigio e uno nero. Voglio un abito come quello di Giuseppina, subito, ho deciso che è primavera.

Mi vesto, scendo, consegno la chiave e la ragazza alla reception mi chiede se ho «gradito il salotto Bonaparte».

«Moltissimo» rispondo, «grazie.»

In strada c'è ancora luce, la temperatura è gradevole. Potrei fare a meno del cappotto, ma mi serve una giacca, o un soprabito. Decido che comprerò un abito, un soprabito e delle scarpe da donna.

Entro nel bar e vedo Isabella alla cassa. Appena mi scorge indica la vetrinetta: «Pasticcio di maccheroni?».

Ha un vestito color rubino e un rossetto dello stesso colore.

«No, grazie, solo un caffè. E un consiglio. Secondo te dove posso comprare un abito stile impero e un soprabito ampio? E che scarpe metteresti con un vestito così?»

Non sembra stupita dalla mia richiesta.

«Ti mando il caffè al tavolo, siediti che tra un minuto arrivo.»

Il locale è affollato di signore anziane che bevono il tè e mamme che imboccano i bimbi nei passeggini con bignè e cannoncini.

Spero che Ada impari in fretta a camminare: il passeggino sembra un oggetto scomodo e non mi ci vedo ad arrancare per i gradoni dei portici di Bologna con un trabiccolo del genere. Me la porterò addosso, la mia bambina, come le donne che ho visto nel mio primo viaggio da sola, in Senegal.

«Non posso fermarmi, scusa, è l'ora della merenda, impazziscono tutte» dice indicando col mento le clienti. «Vai in via Contrari, hai presente l'ultima a sinistra che imbocchi dalla strada accanto? Ci sono due negozi vintage: io compro tutto nel secondo, quello grande. Invece a metà di Bersaglieri del Po trovi un negozio indiano, abiti lunghi ne hanno. E se rimani fino a lunedì mattina ti accompagno al mercato di piazza Travaglio, c'è un banco di roba usata americana favolosa. Per le scarpe fai un giro in via Mazzini e in San Romano; sotto un abito alla caviglia metterei scarpe a punta con un tacco a rocchetto, genere Mary Poppins, hai presente? Ma i tuoi stivali possono andare.»

Come immaginavo, Isabella ha idee chiarissime in fatto di abbigliamento. E il caffè è eccellente. Oggi mi sento più lucida e padrona della situazione. Ci ho messo un paio di giorni ad ambientarmi, ma adesso sono pronta a indagare sul serio, mi manca solo il costume di scena.

«Grazie. Pago anche i due pasticcini di ieri. Lunedì dovrei essere tornata a Bologna, ma ti faccio sapere. Lavori qui ogni pomeriggio?»

«Dal lunedì al venerdì, ma ti lascio il mio numero di cellulare. I pasticci di maccheroni li ha pagati stamattina il commissario D'Avalos. È passato e ha detto di segnare a lui tutti i pasticci di maccheroni che prendi. Solo quelli.»

Non so cosa dire, Isabella comunque sembra non trovare nulla di strano nell'iniziativa di D'Avalos.

«Siete amici?» le chiedo.

«È un grande» risponde con espressione seria, scuotendo la testa. Oggi ha i capelli sciolti ed è ancora più carina. «Devo andare che c'è coda alla cassa, poi vieni a mostrarmi cosa hai comprato.»

Isabella mi ricorda una ragazza di padre indiano e madre scozzese che ho incontrato quando stavamo in America. Avevo tredici anni e Tishani quindici, mi insegnava a truccarmi gli occhi, drappeggiare un *sari* e flirtare coi ragazzi a sguardi. Aveva una tecnica infallibile.

Bersaglieri del Po è la via che ho fatto stamattina per andare a casa di mia madre. Passo davanti al negozietto di abiti indiani, ma sono troppo colorati. Non devo lasciarmi sfuggire l'ispirazione: mi viene di rado la voglia di fare shopping ma posso campare anni con gli acquisti che sono capace di fare in un solo giorno se sono ispirata come oggi. Di solito questi attacchi mi vengono quando sono innamorata. L'ultima volta è stata quando ho conosciuto Leo.

Per il nostro primo appuntamento setacciai Bologna per trovare un paio di pantaloni aderenti di pelle nera. Erano completamente incongrui ma sentivo che gli sarebbero piaciuti.

«Sei una meraviglia» disse quando mi presentai al caffè dove avevamo stabilito di vederci con addosso quei calzoni, una camicia bianca e sandali col tacco alto. Da allora ho sempre portato jeans aderentissimi e scuri, ma ultimamente ho abbandonato i tacchi, li metto solo in occasioni speciali.

Ora per strada c'è più gente, ma tutti, pedoni e ciclisti, procedono lentamente, guardando le vetrine. Il primo negozio di abbigliamento vintage ha pochi abitini e giacche striminzite, ma il secondo ha due vetrine molto belle, allestite con accessori di buon gusto: borsette di coccodrillo consumate, vecchi foulard di Gucci e Hermès, bigiotteria e abiti dagli anni Quaranta in poi.

Appena entro, una commessa truccatissima mi travolge di chiacchiere dandomi del tu. Ha un vestito stampato, con la gonna a ruota, zatteroni di camoscio sui calzini neri e una pettinatura elaborata simile a quelle di Isabella. È molto giovane e non è una bellezza, ma non passa inosservata.

«Allo stile impero originale non ci arriviamo, dovresti andare in una sartoria teatrale, forse a Bologna, ma qui ho di meglio, creazioni di una stilista spagnola che riutilizza tessuti pregiati. Sono tagliati come dici tu: guarda» dice indicandomi una sbarra di metallo alla quale sono appesi una dozzina di abiti lunghi color avorio. Ne provo diversi e col suo aiuto ne scelgo uno che mi arriva quasi alla caviglia, di un bel tessuto che sospetto provenire da una vecchia tenda. Mentre mi cambio, e decido di tenerlo addosso, la commessa dice di chiamarsi Betti, ammira la mia pancia compatta, commenta il mio fisico, che definisce «contemporaneo», e blatera un sacco di altre cose inutili e piacevoli. Per completare la mia trasformazione ora serve un soprabito, e Betti propone un impermeabile inglese a tre quarti, da uomo, senza cintura, «originale anni Settanta». Ha una forma a uovo ideale per la pancia.

«I capelli li raccogli?» chiede. «Sono belli così lunghi, ma con questo look li tirerei su. E aggiungerei una pashmina beige, che veste moltissimo e tiene caldo.»

"Veste moltissimo"... Vado matta per questo gergo frivolo e per le chiacchiere su abbigliamento, trucchi e pettinature: a parte Tishani, sono conversazioni che ho praticato raramente. Ho pochissime amiche, forse nessuna. Come Alma. E Alma è refrattaria alla moda. Ha sempre cose più importanti da fare che scegliere vestiti. Ha la fortuna di stare bene con tutto, alta com'è. Io non sono alta come lei, e sono carina a giorni. Da ragazzina invidiavo le compagne che al sabato andavano a fare shopping con la madre; Alma mi ha sempre portato dappertutto, ma mai per cose frivole. Mostre, passeggiate, film, viaggi, musei. Alma non sa cosa sia la leggerezza. Non è una persona pesante, è solo... intensa. Concentrata. Profonda. Sempre, senza tregua.

Betti non ha la *elle* ferrarese e le chiedo da dove viene. «Cesena, in Romagna, cento chilometri da qui ma è un altro mondo. Ferrara è strana, ma l'Università è ottima, io faccio Legge. Lavoro qui tre pomeriggi la settimana. Volevo fare la stilista ma mio padre pretende che prima prenda una laurea, figurati...»

E fa una smorfia che lascia intendere quanto seriamente affronti i suoi studi.

«In che senso Ferrara è strana?»

«Non so spiegartelo, forse sono i ferraresi, ti fanno sempre sentire come se ti giudicassero. Tu non sei ferrarese, vero?»

«No, sono di Bologna.»

«Ecco.»

Non le chiedo "Ecco cosa?" ma se conosce un'Isabella che lavora al bar di corso Giovecca, e lei si illumina: «Certo! Anche lei è diversa, nonostante sia di qui. Tra l'altro ha un gusto pazzesco. Fino a sei mesi fa comprava un sacco di roba, prima che beccassero...».

Si blocca.

Poi si morde il labbro di sotto, come una bambina.

Io bluffo: «Il fidanzato, lo so, non hai fatto gaffes. Per quella storia...», e la lascio continuare come se sapessi già tutto.

«Scusa... non sapevo se eravate amiche... io parlo sempre troppo... è che Ricky è uno veramente carino e non ci posso credere che sta in Arginone, adesso... povero...»

Fingo di sapere cosa sia Arginone e butto lì un: «Sì, assurdo. Ma secondo te...?», per vedere se mi racconta altro.

Abbocca immediatamente.

«Ascolta, qui in un anno avrà comprato roba per tremila euro e ha sempre pagato in contanti, ma soldi falsi non me ne ha mai rifilati. E io i cinquanta li controllo sempre con la macchinetta. Secondo me è un errore. Qualcuno lo ha incastrato. Perché lui è uno generoso, un bravo tipo.»

Soldi falsi, pensa un po'. Non me la vedo Isabella con uno che traffica denaro contraffatto.

Betti incarta i miei abiti vecchi in una velina e li infila in un grande sacchetto di carta bianca. La pashmina è stata una buona idea: è calda e leggera.

«Paghi in contanti?»

«Bancomat ce l'hai?»

«Sì, sì, anzi preferisco, è più facile fare i conti di cassa la sera.»

«E niente soldi falsi» scherzo.

Betti ride alla mia penosa battuta e insiste perché accetti in regalo degli orecchini di plastica gialla a forma di teschio, «per sdrammatizzare il tuo nuovo look». Ringrazio e me li infilo in tasca.

Quando esco dal negozio sono le sette ed è buio. Il passeggio è diminuito ed è salita una nebbia leggera e bianca, ma non ho freddo, nonostante abbia tolto il cappotto e infilato l'impermeabile nuovo. Sotto gli stivali ho i calzettoni e la sensazione delle ginocchia nude contro la gonna è inaspettata e piacevole. Mi viene voglia di passare davanti a casa di mia madre, qui vicino. Di vederla di sera.

Via Vignatagliata è fiocamente illuminata da lampioni in ferro battuto che attraverso la nebbia colorano l'acciottolato di un'opaca luce gialla. Sembra trascorso un sacco di tempo da stamattina, quando ho conosciuto la signora Cantoni e il suo volpino bianco. Ora me la sentirei di chiederle cosa voleva dire con quella frase sugli errori che si pagano.

La luce della cucina è accesa e la immagino in poltrona, col cane ai suoi piedi. Starà guardando la televisione, anche se non ne distinguo il bagliore. Sono tentata di suonare il campanello, con qualche scusa. Mi avvicino alla finestra e sento una musica provenire da dentro. Sembra il valzer di Šostakovič, un brano che mi è sempre piaciuto. La prima volta che lo sentii, sui titoli di testa di *Eyes Wide Shut*, era il mio diciottesimo compleanno, me l'aveva segnalato Alma in un cineforum.

«Ma ti deluderà» aveva annunciato. Aveva ragione: non mi era piaciuto, ma mi ero entusiasmata per la colonna sonora.

Ascolto il valzer fino alla fine, canticchiando "Pappappaparaparapapparaparapà". Quando termina, sento il volpino che abbaia e lei che gli dice «*Bascta*».

Decido di suonare.

Alma

La cosa peggiore è la solitudine. Tranne quando Antonia era piccola e Franco e io ci raccontavamo tutte le sue imprese, dal momento in cui Maio iniziò a bucarsi non ho più provato la pienezza di condividere ogni momento, ogni giornata, ogni cosa che accade, non ho più sentito la frenesia di cercare qualcuno solo per parlare, raccontarsi tutto.

Franco ha la sua vita di studi e di letture, Antonia è diventata indipendente molto presto. Non hanno bisogno di me per definire loro stessi. Invece Maio, Michela e io avevamo bisogno l'uno dell'altra per sapere chi eravamo.

L'anno più bello è stato il penultimo, quando eravamo noi tre, sempre insieme. Ai cineforum, alle manifestazioni, in camera di Michela a parlare, per ore. Ci sentivamo forti insieme. Invincibili. Eravamo intelligenti, giovani, perfetti. Avevamo tutto.

Michela l'abbiamo conosciuta a una festa di Laura Trentini, l'unica che invitava a casa sua gente nuova e non solo quelli del suo stretto giro. Il padre di Laura era un medico importante, vivevano in una villa con le statue in giardino subito fuori le Mura, facevano viaggi all'estero e ospitavano amici dei quattro figli. La madre di Laura era francese, forse per questo la loro famiglia era più aperta.

I ferraresi sono diversi dagli altri emiliani, l'ho capito venendo a vivere a Bologna e conoscendo studenti provenienti da tutta la regione: solo i ferraresi sono così. E non ho mai capito se la loro timida alterigia sia insicurezza o diffidenza. A Ferrara tutto è circoscritto, nascosto. Il Castello è circondato dal fossato, il centro è circondato dalle Mura, i giardini sono interni, circondati dalle case, persino le tende delle finestre, color cotto, sembrano pensate per confondersi coi muri e nascondere segreti.

Michela era una compagna di scuola del fratello minore di Laura, uno dei pochissimi maschi che frequentavano le magistrali. La notai io, per come rideva e ballava, come una persona che si sta divertendo davvero. Era raro che io mi divertissi, alle feste.

E allora osservavo.

La indicai a Maio, lui la invitò a ballare un lento e le fece tutto il tempo il solletico «per sentire come ridi».

Poi sparirono e li ritrovai solo prima di andare a casa, seduti sul pavimento della mansarda di Laura. Parlavano, fumavano e ridevano. Appena mi vide, Michela si alzò in piedi e corse ad abbracciarmi: «Tu sei Alma!».

Uscivamo in bicicletta con ogni tempo e a ogni ora. Se uno dei tre aveva un impegno in centro ci davamo appuntamento subito dopo al grifone davanti alla Cattedrale, per commentare e fare il punto. Dovevamo condividere, aggiornarci. Bastava essere noi tre, insieme, e avevamo tutto. Io studiavo più di loro, li raggiungevo a casa di Michela dopo le sei del pomeriggio e trovavo lei col mento arrossato dai baci e lui col collo segnato di blu. Ma nel momento in cui arrivavo io, loro non erano più una coppia e Maio e io un fratello e una sorella: eravamo noi tre. Tre amici inseparabili.

Discutevamo ininterrottamente, per ore: di film, di libri, di politica, di noi stessi. "Noi stessi" era il nostro argomento preferito.

Michela sembrava leggera ma era indistruttibile. I suoi avevano un bar e non erano mai a casa, per questo stavamo da lei. Lavoravano come matti per pagare i debiti. Abitava sopra a una zia a cui era legatissima e spesso mangiava con la sua scombinata famiglia, puntualmente alle prese con qualche problema. Lo zio era invalido, il cugino era in una comunità per tossicodipendenti, ma era una famiglia calda, affettuosa, unita. Io le dicevo che lei era un muro di gomma, una grande incassatrice. Non si offendeva mai.

Non ho più avuto amici.

Non lo so perché.

Me lo sono domandata, e ho concluso che non può che essere colpa mia: sono un essere solitario che soffre la solitudine.

Mi riesce facile solo stare coi miei studenti. Loro non sono autorizzati a pretendere amicizia, e in questo modo finisce che ne do più a loro che a chiunque altro.

Non ho avuto amanti. Avrebbe potuto essere un modo per entrare in intimità col prossimo. Invece, tranne che nei mesi folli che ho vissuto mentre mia madre moriva, non ho avuto altri uomini oltre a Franco.

Quando Vincent mi ha scritto che usciva dal carcere e voleva rivedermi, ho fantasticato che avrei potuto riprendere la relazione con lui e suo fratello e riempirmi la vita di sesso e incontri clandestini. Non è stato per maturità che non l'ho fatto, ma solo per paura. Non di lui, o di loro, soltanto della me di allora.

Antonia

Al suono del campanello, il volpino comincia ad abbaiare e lei a dirgli «*Bascta*». Non si è affacciata ma il portone si è aperto con uno scatto, come stamattina.

La vedo aprire la porta in fondo all'atrio: al posto delle scarpe coi tacchi ha un paio di pantofole, per il resto è ancora vestita. Inappuntabile.

«Sono Antonia» dico, «la figlia di Alma. Posso entrare un momento?»

«Vieni» risponde, e mi gira le spalle diretta in cucina, preceduta dal cane scodinzolante.

Di sera la sua cucina-sala da pranzo è meno asettica, ben illuminata da tre lampade sistemate in punti strategici: accanto alla poltrona, sopra il tavolo e a terra, in un angolo. Il televisore è spento, ma un mobiletto con un bel giradischi, che stamattina non avevo notato, è aperto. I ripiani del giradischi sono occupati da decine di vinili in ordine perfetto.

«Mi piace quel valzer di Šostakovič che ascoltava prima» commento.

«Sei venuta a dirmi questo?» risponde.

Ma ha una luce negli occhi, come se mi prendesse in giro. Sembra più rilassata di stamattina.

«Vuoi un'aranciata?» chiede.

Non bevo aranciata dalle scuole medie ma accetto con entusiasmo. Non me la sognavo nemmeno, un'accoglienza così.

Prende da una credenza due bicchieri alti di vetro verde, li mette su un vassoio e ci versa l'aranciata da una bottiglia gigantesca che tiene nel frigorifero.

«Patatine?»

«Magari...»

Ha cambiato atteggiamento. Sarà il mio vestito nuovo? Ha ripensato al nostro incontro e si è pentita della sua durezza? Oppure le fa piacere un inatteso aperitivo in compagnia?

Estrae da un armadio una grande busta e riempie di patatine una ciotola azzurra che appoggia sul vassoio, accanto ai bicchieri, poi prende da un cassetto due tovaglioli ricamati e me ne porge uno. Il volpino segue ogni suo movimento con la testa.

«Come si chiama?» riprovo a chiedere, indicando il cane col mento.

«Mina» risponde stavolta.

«È molto carina» commento educatamente.

Ho paura che da un momento all'altro torni ai modi di stamattina e le parlo con prudenza. Mi sono fatta l'idea che questa anziana signora ami le maniere contenute, come le sue. Bevo un sorso di aranciata, mangio una manciata di patatine e sorrido. Sorride debolmente anche lei.

Mi decido: «Posso domandarle a quali errori si riferiva parlando di mio nonno?».

Non sembra seccata per la domanda, ma rimane qualche secondo in silenzio, come se stesse cercando le parole. Inclina un po' il bel viso magro, poi dice: «Mi riferivo agli errori che ha commesso prima di...».

Gli errori di mio nonno Giacomo? Io pensavo si riferisse al tradimento di sua moglie. Mi ha disorientata.

Faccio un passo indietro: «Conosceva bene i miei nonni?».

Si è seduta di fronte a me, sulla sedia, e ha accavallato le gambe sottili. Deve essere stata una donna molto bella, di una bellezza diversa da quella che andava di moda ai suoi tempi: alta e asciutta. Una bellezza aristocratica.

«Con tuo nonno andavamo a scuola insieme, abbiamo la stessa età. Tua nonna la salutavo ma non ci siamo mai parlate. E dopo la faccenda di mio fratello, non la salutavo più.»

Sta seduta sulla sedia con la schiena dritta eppure non sembra rigida come stamattina, solo composta ed elegante. Ora potrei chiederle che cosa intende con "la faccenda di suo fratello", ma temo di irritarla o distrarla da quel che mi sta dicendo.

Lo sguardo azzurro non è più ostile.

«Come sta tua madre?» chiede.

Decido che è il momento di dire la verità.

«Non sta mai benissimo, anche se finge di sì. Io l'ho saputo pochi giorni fa, del suicidio del nonno e della scomparsa di Marco: non me lo aveva mai raccontato. Sapevo solo che erano tutti morti. Ora sto capendo tante cose, anche il perché mia madre è sempre così pensierosa. Sono venuta a Ferrara per tentare di capirci qualcosa di più. Posso chiederle il suo nome?» Non ce la faccio più a pensarla come la vecchia col volpino, o la sorella del prefetto, ora che le ho detto la verità.

Mi guarda con gentilezza. Magnanima, sarebbe l'aggettivo giusto. Mi rendo conto che non riesco a smettere di elaborare le cose che vivo come se le stessi scrivendo, nemmeno nei momenti più significativi. Soprattutto nei momenti più significativi. Come se fosse un modo per proteggermi, per raffreddare la realtà. Forse scrivere mi serve proprio a questo, ad allontanare la realtà, a contenerla. Prendere le distanze per raccontare aiuta a non farsi ferire o spaventare da quel che accade. Questa donna un po' mi spaventa.

Ma sembra che ora sia lei ad aver voglia di raccontare, sull'onda dei ricordi.

«Mi chiamo Lia. Mio fratello si chiamava Giordano. Alma, tua madre, era una ragazza brillante, sempre con un libro in mano. A mio figlio Davide piaceva molto, ma lei lo ignorava. Troppo sciocco per lei» dice con un'ombra di sorriso negli occhi.

«Il giudice? Troppo sciocco?»

Ora sorride apertamente.

«Un po' lo era. Tirava di scherma, faceva lo sbandieratore al palio, cose così. Tua madre era un'intellettuale.»

«Eh sì, lo è ancora» commento.

«Anche lui faceva politica, ma era più integrato. Una volta mi raccontò che Alma, durante un'occupazione, tenne un discorso contro il conservatorismo del Pci che fece tremare la scuola.»

«Me la immagino.»

Alma non sopporta gli apparati. Per questo non ha mai fatto carriera in Università e rimarrà sempre un Professore Associato, nonostante tutte le pubblicazioni. Mio padre alla sua età era Professore Ordinario, ma lui è un tipo accomodante. Alma è una rompiscatole.

Me la vedo, a diciassette anni, fiammeggiante, mentre parla di fronte al collettivo e accusa tutti di essere rigidi e ottusi. Non che abbia torto, ma col suo modo di fare non ha ottenuto molto, se non di chiudersi lei per prima nel microcosmo dei suoi studenti e del Dipartimento.

Lia sembra così serena che decido di giocare a carte scoperte.

«Mi direbbe quali sono stati gli errori di mio nonno? Sto cercando di scoprire cosa è successo a Maio... a Marco, voglio dire. Qualunque informazione mi serve.»

«Lo so che lo chiamavano Maio. Abitavano di fronte. Quando Davide era piccolo giocava con Alma e Maio... *Bascta!*» scatta con Mina, che ha cominciato ad abbaiare. Poi riprende, a voce un po' più bassa: «Giacomo ha fatto una scelta che dal mio punto di vista può portare solo frutti cattivi: si è convertito al cattolicesimo per sposare Francesca».

Dopo aver pronunciato questa frase si alza e torna verso la credenza, da dove estrae un sacchetto di croccantini coi quali riempie la ciotola del cane. Sembra in imbarazzo. Anche io lo sono.

Mio nonno era ebreo e si è convertito? Possibile che mia madre non me ne abbia mai parlato? Non può non saperlo, anche se fosse successo prima che lei nascesse. Mi sembra che una volta mi avesse raccontato che i suoi erano molto tiepidi in materia di religione, non atei come lei e Franco, ma quasi. Non ci capisco più niente.

«È una cosa così grave convertirsi? Immagino che lei sia ebrea. Scusi la mia ignoranza, la religione non è il mio forte, io non sono nemmeno battezzata...»

«Sono ebrea, sì. Non molto osservante. Giusto la Pasqua, se viene mio figlio, perché da sola... Senti, Antonia, potrebbe non essere grave convertirsi per sposare in chiesa la donna che ami, se lei ci tiene e tu non sei osservante, ma se ti è successo quello che successe a Giacomo allora sì che è grave.»

«Può dirmi che cosa è successo?»

Lia scuote il capo e il volpino con lei.

«Non posso credere che tu non lo sappia. Erano i tuoi bisnonni.»

«Me lo dica lei, per favore.»

Mina è ammutolita, come se percepisse la tensione che all'improvviso riempie la stanza. Lia Cantoni sospira e si alza, come per celebrare un rito. Mi guarda, e parla lentamente: «I genitori di tuo nonno erano tra le decine di ferraresi che nel '44 furono arrestati, portati a Fossoli e poi smistati nei campi nazisti. Tuo bisnonno Amos scomparve a Mauthausen, tua bisnonna Anna a Ravensbrück, con sua figlia Rachele. Giacomo aveva diciannove anni ed era in campagna, sul Po, così non lo trovarono e si salvò. Non ha certo colpa per questo, anzi. Ma se la tua famiglia viene sterminata, la sua memoria deve essere onorata. Non si può non farlo. Mi dispiace di avertelo dovuto dire io».

Lia prende dal tavolo il vassoio coi bicchieri vuoti e lo appoggia sul piano della cucina. Poi si siede nella sua poltrona, più distante da me.

C'è un gran silenzio, adesso. Guardo a terra, le piastrelle bianche e rosse. Osservo le caviglie sottili di Lia, le sue pantofole di pelle blu. Lia e la sua casa, il suo modo di parlare, ogni suo atteggiamento sono decorosi. Alzo lo sguardo sulle mani macchiate, sulle dita nodose coi begli anelli antichi. Le tiene intrecciate sotto al seno, ora. Potrebbe essere mia nonna. Invece mia nonna è morta a cinquant'anni. I miei bisnonni sono morti in campo di sterminio e io non l'ho mai saputo? Vorrei parlarne con Alma, subito. Tutti questi morti. Nonni, bisnonni, il mio unico zio. E c'era un'altra zia, Rachele, di cui non ho mai sentito parlare prima, la sorella di mio nonno.

Ho bisogno di Leo. Devo andarmene, adesso. Non ero preparata a questo.

Lia Cantoni fissa il pavimento davanti alle mie scarpe.

Alma

Carlotta vive a Bologna col suo ragazzo, è incinta di cinque mesi, poco meno di Antonia, ma ha solo ventitré anni. È una delle mie studentesse preferite, intelligente ma disordinata, divertente, allegra. È venuta a domandarmi la tesi su Boccaccio.

«Anche io ho avuto mia figlia molto giovane» le ho detto.

Chissà perché non ho aggiunto che mia figlia aspetta un bambino come lei.

Carlotta è un anno fuori corso, fa mille cose, tra cui cantare in una band. Mi ha invitata al matrimonio nel suo modo caotico e dettagliato insieme: «Deve assolutamente venire, prof. La cerimonia è a Rimini, in Comune a mezzogiorno, poi andiamo a mangiare in spiaggia, al Bagno di mio babbo, anche se piove. Risotto alle canocchie, grigliata di pesce e sorbetto alla vodka. Niente torta. Poi suoniamo e si balla».

«Va bene. Quando?» le ho chiesto, immaginando una data estiva.

«Domenica prossima.»

Non le ho domandato perché me lo chiedesse solo ora e neanche che bisogno avesse di sposarsi. Mi sono trattenuta. Le ho detto che ci andrò. Ho bisogno di occupare la domenica: il pensiero di Antonia a Ferrara non mi lascia un momento. Durante la giornata il lavoro mi assorbe, ma la sera mi prende l'inquietudine. Non voglio chiamarla. Non voglio turbarla, farle sapere come mi sento. Temo anche di perdere la pazienza, di dire qualcosa che non dovrei.

Cosa ci è andata a fare Antonia a Ferrara?

Non avrei mai immaginato che l'avrebbe fatto quando le ho detto di Maio. Non riesco a pensarla in quelle strade silenziose, nella nebbia. Chi avrà incontrato? Mi chiedo cosa potrebbe dirle Michela di me e del modo in cui sono scomparsa dalla sua vita. Chissà se poi Leo l'ha raggiunta. Potrei mandargli un messaggio. Mi piacerebbe aiutarlo in qualche modo, conquistare la sua fiducia. Ma cosa potrei fare?

«Venga con suo marito» dice Carlotta.

Mi sembra difficile riuscire a portare Franco a un matrimonio di studenti a Rimini, ma ci proverò. Oppure andrò da sola come al solito.

«L'anno prossimo ti laurei, però» rispondo.

«Ma certo» promette. Improvvisamente mi abbraccia.

Sento la sua pancia tonda che spinge sulla mia. Con Antonia non ci abbracciamo spesso, ha preso da suo padre. O forse sono io, che da quando è cresciuta non so più come comportarmi con lei.

Da piccola mi stava sempre in braccio, poi quando siamo andati in America si è trasformata d'un tratto in una ragazzina riservata e contegnosa. Potrei andare con lei al matrimonio di Carlotta, se ci fosse il sole.

Antonia

Quando esco dalla casa di Lia Cantoni sono appena passate le otto e le vie di Ferrara sono già deserte. Ho bisogno di camminare, per tornare in albergo faccio il giro più lungo, passando davanti alla Cattedrale, al Castello e al Teatro Comunale. In piazza Savonarola, davanti a un bar, una comitiva di ragazzi beve birra. Si chiamano a voce alta. «*Sa vot?*» urla con aria aggressiva un sedicenne coi capelli ricci e il giubbotto di piumino a un altro sedicenne biondo col piumino identico. Sembrano ubriachi, e sul punto di picchiarsi, ma il gruppo attorno ride come se non ci fosse nulla da temere.

Mi sono accorta a metà strada, avvertendo un brivido di freddo, di aver dimenticato da Lia il sacchetto coi vestiti, ma non sono tornata indietro.

Il bar dove lavora Isabella è chiuso, entro in albergo e il portiere del turno serale mi porge la chiave numero uno con un cenno del capo. Salgo le scale a piedi, entro in camera, mi tolgo gli stivali e apro il frigobar. Devo bere qualcosa, Ada capirà. Nel frigobar trovo solo due bottiglie di acqua minerale, due birre, due succhi di frutta e due bottiglie mignon di Martini rosso. M'invento un cocktail a base di succo d'ananas e Martini rosso e mi stendo sul divano, nel salotto. I Bonaparte mi guardano impassibili dalle pareti. Bella vita, lassù.

Chiamo Leo, che per fortuna risponde al primo squillo.

«Ti stavo pensando.»

Che bello sentire la sua voce.

«Vieni stasera?»

Dimmi di sì, ti prego.

«Non posso. Sto cercando di gestire la situazione del Pilastro. Hai letto che casino?»

«Ti confesso di no.»

Deve avvertire la delusione nella mia voce, anche se mi sforzo di camuffarla.

«Come stai?» chiede.

Penso che se Leo non può venire è meglio che non gli dica come sto, altrimenti gli dispiacerà non farlo, oppure lo farà anche se non può. Cerco di sembrare più serena di quel che sono e prendo tempo facendo parlare lui: «Cosa sta succedendo, raccontami».

«Tre morti, un regolamento di conti. E la stampa sta montando un caso su Bologna città più pericolosa d'Italia dopo Napoli... è solo una storiaccia di droga, assegni contraffatti e denaro falso, ma è coinvolta brutta gente. Un clan di calabresi in società con criminali di qui. In prefettura sono agitati.»

Mi viene improvvisamente un'idea.

«Sai cos'è Arginone?»

«La via del carcere di Ferrara, perché?»

«Oggi mi hanno detto che un certo Ricky è in Arginone per una storia di soldi falsi, potrebbe esserci un collegamento?»

«Te l'ha detto D'Avalos?»

«No, la commessa di un negozio...»

Sento il verso strozzato che fa Leo con la gola quando trova una cosa divertente.

«Il denaro falso lo stampano a Napoli, ma sono i calabresi a controllare lo smercio. Tre morti significano che qualcuno ha tentato di fregare qualcun altro. E tu? Cosa hai scoperto oggi?»

«Un sacco di cose ma vorrei raccontartele di persona. Se mi fermo ancora qui credi che venerdì sera potrai venire? E stare sabato?»

«Credo di sì. Se qui si calmano.»

«Allora ti racconto quando ci vediamo. Ho comprato un vestito nuovo, sai?»

«Brava, mi piaci frivola...»
«Leo...?»
«Dimmi.»
«Niente, hai mangiato?»
«Non ancora, tu?»
«Patatine, aranciata e un Martini rosso.»
«Un party, Ada si sarà divertita. Ora cosa fai?»
«Telefonate. Chiamo mio padre che oggi mi ha cercata, un miracolo. E mia madre. Non la sento da lunedì, a parte un messaggio.»
«L'ho vista oggi a pranzo.»
«Ancora? Ma non l'avevi incontrata ieri?»
«Mi ha invitato, sono andato.»
«Cosa ti ha detto?»
«Abbiamo parlato in generale, così, storie di famiglia. Ti racconto quando vengo.»
«Non riesco a crederci che hai visto Alma da solo per due giorni di seguito.»
«Stiamo diventando amici.»
«Ne sarei solo contenta, anche se...»
«Cosa?»
«Niente.»
«Dài, parla, lo sai che mi puoi dire qualunque cosa. Ho il grasso di foca che mi protegge.»
«È che... non vorrei che facesse così perché io sono via... che ti usasse per placare la sua ansia e poi smettesse quando torno e tu ci rimanessi male. Alma non ha amici.»
«Amore mio, sono grande e conosco tua madre. Ti pare che rimango male se smette di chiamarmi? Mi hai preso per un adolescente?»
«Ti amo.»
«Anch'io, Toni.»
«Allora buonanotte. Ti mando un messaggio prima di dormire.»
«Va bene. Salutami il professore, se lo senti.»
«Va bene, ciao.»

Alma

Antonia non chiama. Quando tornerà da Ferrara? Leo ha ragione, con lei è inutile imporsi, ma io non sono capace di stare ad aspettare. Non ho pazienza, non l'ho mai avuta.

Mi sfioro il viso e mi torna in mente la Pasqua in cui, mentre con Maio e Michela stavamo per partire per una vacanza in tenda all'Elba – il nostro primo viaggio insieme –, mi venne la varicella e dovetti rimanere a casa.

Partirono solo loro due, con la Vespa bianca di Maio invece che col treno. Non mi telefonarono mai, a quei tempi non si facevano tante interurbane.

Quando una settimana dopo tornarono a casa, scottati dal sole, raffreddati per la pioggia che li aveva inzuppati sull'Appennino e palesemente felici e innamorati, mi trovarono coperta dai segni che mi ero fatta grattandomi le croste. Non avevo avuto la pazienza di lasciarle seccare.

Le ho ancora quelle cicatrici, anche se sono impallidite: una sul mento, una in fronte, due sopra al seno, tre sulla pancia e parecchie sulle gambe. Maio, quando vide i segni, sostenne che doveva assolutamente unirli col pennarello come nel gioco della "Settimana enigmistica" che facevamo da bambini. Ricordo la divertita eccitazione di farmi inseguire da lui che impugnava un pennarello blu mentre Michela rideva, e insieme l'impercettibile fitta di gelosia al sospetto che senza di me si fossero divertiti di più.

Come Michela, Antonia ha un modo tutto suo, lieve e deciso, di far quello che vuole. Quando finì il liceo e invece di iscriversi all'Università cominciò a scrivere gialli, provai a convincerla: che la figlia di due professori, una ragazza coi suoi talenti, rinunciasse ad approfondire gli studi per scrivere romanzi polizieschi mi sembrava un peccato.

Non avevamo litigato, con lei è impossibile, come con Franco. Si somigliano: eludono i conflitti, si sottraggono. La terza volta che cercai di farla ragionare mi comunicò soavemente che stava andando a vivere da sola. Che avrebbe lavorato tre sere la settimana come barista in un circolo gay di Bologna noto per le serate musicali sfrenate, e che il resto del tempo avrebbe scritto.

Si era trovata una casa dall'altra parte della città: due stanze luminose in una villetta Liberty col giardino. Una meraviglia, con un affitto ridicolo.

Sapevo che tornava a casa alle cinque del mattino e non potevo farci niente. Era grande. Lavorava, scriveva, faceva quel che aveva deciso, con naturalezza.

Il suo primo romanzo era ambientato in quel mondo notturno e trasgressivo; dopo che fu pubblicato, cambiò lavoro e si mise a vendere vestiti per un'azienda di Reggio Emilia. Dopo un anno che faceva l'agente di commercio guadagnava più di Franco e me. E dopo un altro anno finì il secondo romanzo, sull'omicidio di un industriale dei tessuti. Quando uscì, ed ebbe più risonanza del primo, si licenziò e cominciò i sopralluoghi per quello successivo, ispirato a un delitto realmente avvenuto a Bologna. Fu lì che incontrò Leo, il commissario Leonardo Capasso.

Ora che l'ho conosciuto meglio comincio a capire Antonia. Leo è intelligente, possiede la concretezza che manca a me e a Franco, ma soprattutto è il contrasto tra la sua calma e la sua imprevedibilità a essere affascinante. Vorrei proprio fare qualcosa per lui, stupirlo. Ci penso da quando è stato qui e mi è venuta un'idea. Vincent mi ha scritto che vive a Bologna e che vorrebbe incontrarmi. Non gli ho mai risposto, ma ora potrei chiamarlo. Lui e suo fratello sono calabresi, potrebbero sapere qualcosa di utile a Leo sui delitti del Pilastro. Da quando mi è venuto in mente non penso ad altro.

Antonia

«Papà, sono Antonia, hai chiamato?»

Nel salotto Bonaparte, diventato la mia casa ferrarese, non c'è nulla di elettronico a parte il mio cellulare, mi sento quasi a disagio a usarlo qui.

Seduta sul divano coi piedi sul tavolino, sostengo lo sguardo di Napoleone e Giuseppina. Il cocktail che ho inventato mi ha rilassata. Mi sono fatta una foto col telefono, da mandare a Leo: col vestito nuovo non sfiguro più qui dentro.

«Come stai?»

«Tutto bene, e tu? Cosa volevi?»

«Volevo sapere come stai, come va a Ferrara. Lo trovi strano?»

«Un po' sì, credo che tu non mi abbia mai telefonato in vita nostra.»

Non ricordo che Franco abbia mai chiamato per chiedermi come stavo. E nemmeno che me l'abbia mai domandato di persona.

«Che esagerata, sembri tua madre. Ti ho telefonato un sacco di volte, anche la settimana scorsa.»

«Veramente ti ho chiamato io per sapere a che ora ci vedevamo, ma non è un problema. Dimmi pure...»

Di solito non mi lamento di mio padre. O con mio padre. Il nostro è un rapporto di affetto, amicizia e rispetto. Mi ha insegnato lui a essere indipendente. Che è giusto esserlo.

«Ossantamadonna, niente, volevo solo sapere come stai a Ferrara, cosa fai, cosa hai scoperto. Ti sei dimenticata di essere la mia Pentesilea?» borbotta, fingendo di arrabbiarsi. Lui non si arrabbia mai.

«Non fece una bella fine la tua Pentesilea. Non posso essere, che so, Bradamante? Non è da lei che discendono gli Este, quindi un po' tutti quelli che contano qui a Ferrara?»

«Megalomane. Cosa c'entri tu con Bradamante... Non mi sembra che abbiamo cercato di impedirti di sposare il tuo Ruggero...» scherza.

«Primo, non l'ho sposato, secondo, non è che tu e la mamma gli abbiate mai fatto grandi feste, al mio Ruggero... se proprio ne vogliamo parlare...»

Non so perché mi viene da fare sul serio. È una serata strana. Questa stanza è strana. Sospesa nel tempo. Il posto dove niente importa e quindi tutto importa.

«Ma sentila... è la giornata delle rivendicazioni? Ti fa quest'effetto l'aria estense? Va bene, sarai la mia Bradamante, allora. Quanto al tuo Ruggero... abbi pazienza... per due come noi è stato un po'... inaspettato imparentarsi con un poliziotto. Da ragazzi li contestavamo. Ma a me Leo piace, credo che tu te ne sia accorta.»

«Più o meno... hai saputo che ora piace anche alla mamma? Si sono già visti due volte, te lo ha detto?»

«Non ci siamo incontrati molto in questi giorni, solo la mattina, e lo sai che io la mattina...»

«Sei muto, sì, lo so. Si sono visti a pranzo sia oggi che ieri.»

«Vedi che socializziamo con Ruggero?»

«Papà...?»

«Dimmi.»

«Mi hanno appena raccontato una cosa alla quale non riesco a credere. Non posso credere né che la mamma non lo sappia, né che lo sappia e non me l'abbia mai detto.»

«Su suo fratello?»

«Su Maio sto scoprendo poco. No, è un'altra cosa, di tanto tempo fa.»

«Dimmi, forza.»

Inspiro. L'unico difetto di questa magnifica stanza è che si sentono le auto passare in strada.

«Tu lo sapevi... che i nonni paterni della mamma... sono morti nei campi nazisti?»

«Che cosa?»

Franco non si scompone mai, ma sembra sbalordito.

«Non lo sapevi?»

«Assolutamente no. Chi te lo ha detto? Neanche Alma lo sa, ne sono certo.»

Mio padre non è mai certo di niente, mi stupisce questa sua sicurezza.

«Me lo ha detto oggi una sua vicina di casa. Una vecchia che abita di fronte a casa loro, che è andata a scuola col nonno Giacomo. Ebrea come lui.»

«Suo padre era ateo, a quel che mi ha detto Alma, festeggiava il Natale per far piacere alla moglie, cose così. Come fai a sapere che quello che ti ha raccontato questa vicina è vero? Se fosse una fantasia, un errore, una bugia...?»

«Non credo. Tu non l'hai conosciuta, è una persona lucida, mi sembra sincera. Io sono convinta che sia vero. Mi stava raccontando che Giacomo si era convertito per sposare la nonna in chiesa. E ha commentato che non è una scelta accettabile, se la tua famiglia è morta in un campo di concentramento.»

Franco tace. Mi dispiace parlargli di questa storia per telefono, ma è l'unico col quale posso farlo oggi. Con la mamma devo affrontare il discorso di persona. Capire perché non me lo ha detto.

«È impossibile che non lo sappia, papà. Se sei la nipote di due persone uccise dai nazisti non puoi non saperlo, in una città come Ferrara. Nemmeno se suo padre non glielo avesse detto. Quanti saranno gli ebrei ferraresi che non sono tornati dai campi? Cinquanta? Cento? Anche se fossero duecento, ti pare che se tuo nonno è morto in campo di sterminio non lo vieni a sapere? C'è la giornata della memoria, ci sono studi, cerimonie...»

«Hai ragione, è molto strano. A meno che...»

«Cosa?»

«Alma era ragazza negli anni Settanta, gli anni della politica.

Era il momento della rivoluzione quello, non della memoria. Ed era giovanissima quando ha lasciato Ferrara per sempre. Secondo me è possibile che non lo abbia mai saputo, se i suoi avevano deciso di non dirglielo.»

«Domani cercherò di documentarmi.»

«Se vai in biblioteca trovi tutto: il numero dei deportati, dei morti. A Ferrara c'è anche un museo ebraico, una volta ci sono stato. E ho letto che da poco hanno aperto il museo nazionale della Shoah, o qualcosa del genere, potresti andare anche lì...»

«Va bene, professore, lo farò. Trovo tutto anche in internet, comunque.»

«Tutto tutto non credo, cara.»

«Magari non tutto, di sicuro più velocemente. Papà...»

«Dimmi, Antonia.»

Non sono abituata a sfogarmi con mio padre, ma non mi sono nemmeno mai trovata in una situazione del genere.

«Perché nella nostra famiglia ci sono state tutte queste morti tragiche? I nonni... ora persino i bisnonni. Mi fa un po'... impressione.»

Tristezza sarebbe la parola giusta. Ma non voglio dire a mio padre che sono triste.

«Lo immagino, non averne mai saputo niente e poi, così, improvvisamente... Posso immaginare che ti senta scombussolata. Ma le morti tragiche sono il tessuto della storia. Pensa all'*Eneide*...»

No, l'*Eneide* no. Non adesso.

«Non voglio pensare all'*Eneide* e nemmeno all'*Orlando Furioso*. Nessuna delle persone che conosco ha una storia familiare del genere. Persino tu sei una specie di...»

«Di cosa?»

«Di espatriato, non so... di profugo. Non ho mai incontrato nessuno della tua famiglia, a parte quei tuoi cugini di Torino...»

«Ti assicuro che sono tutti noiosamente morti di malattia, se ti rassicura. Hai un padre anziano e figlio unico: tanto basta a decimare le parentele e appannare la genealogia.»

«Papà...»

«Dimmi.»

«Davvero a te sembra normale scoprire a trent'anni che hai un nonno suicida, uno zio scomparso e due nonni e una prozia morti in un campo di sterminio?»

«Ho detto che lo trovo normale? Non l'ho detto.»

«Si chiamavano Anna e Amos. E Rachele. Devo cambiare nome ad Ada. Basta con queste *a*.»

«Hai ragione. Chiamala Bradamante...»

«Anche tu!»

«Cosa?»

«Qui ho conosciuto uno che mi ha suggerito di chiamarlo Ariosto, se è un maschio...»

«Simpatico, chi è?»

«Un commissario di Polizia napoletano.»

«Un altro commissario? Sei fissata.»

È riuscito anche stavolta a cambiare discorso e a buttarla sul ridere.

«Come fai a sdrammatizzare sempre tutto?»

«Vivo da trent'anni accanto al dramma personificato, non posso fare altro.»

Eh no, però. Questa non gliela lascio passare.

«A parte che i suoi drammi mi pare li abbia avuti davvero, e poi accanto a uno come te verrebbe da drammatizzare a chiunque, per reazione, scusa se te lo dico. Lo sai che tendo anch'io a minimizzare come te, ma tu esageri...»

«Te l'ho detto, è la giornata delle rivendicazioni. Guarda, me la segno sul calendario...»

«Vedi come fai? O scherzi, o razionalizzi, o dottoreggi. Non hai altre modalità.»

Silenzio. Forse l'ho colpito.

«Di che genere di modalità stiamo parlando, Antonia?»

«Slanci... emotività... empatia... Lo credo che la mamma si sente sola.»

Stavolta rimane in silenzio un po' più a lungo.

Poi riprende col solito tono.

«Faccio quello che posso, Antonia. Cerco di esserci quando serve. Capisco che tu sia ferita e anche impaurita, stasera. Ma a cosa serve che ti dica "Poverina", o che tenti di consolarti? Mi sembra che razionalizzare, o scherzare, sia l'unico modo per farti star meglio... Tu cosa vorresti che facessi? Cosa ti manca?»

«Non lo so, papà. Forse vorrei piangere. Abbracciarti. Adesso cosa facciamo con la mamma? Non posso parlarle al telefono di questa storia. Senza contare che non ci sto capendo nulla... Volevo scoprire se Maio era ancora vivo, o come è morto, e salta fuori questo... E non ti ho nemmeno raccontato il resto!»

«C'è un resto?»

«Sì, e lo troverai melodrammatico.»

«Prova a raccontarmelo.»

«Pare che Maio non fosse figlio di suo padre Giacomo, ma di un amante che la nonna Francesca ebbe molti anni fa. Una relazione finita prima che Maio nascesse. Col prefetto, suo vicino di casa. Il fratello della signora che ho visto oggi.»

Franco tace.

«Non dici niente?»

«Ho paura di come potresti giudicare qualunque mio commento. E sono... senza parole, sì. Ne sei sicura?»

«Vuoi la bibliografia? Tre fonti diverse.»

«Chi sono?»

«La vicina di casa, la zia morta di un'amica della mamma e il commissario napoletano. A lui l'ha detto il vecchio commissario, a cui lo confidò il prefetto in persona.»

«Un prefetto ebreo?»

«Così pare.»

«In che anni?»

«Papà, non lo so! Domani faccio tutto il compitino e te lo mando da correggere, va bene?»

Quando si mette a fare l'interrogazione è irritante.

«Vedi che sbaglio qualunque cosa dico? Ecco perché non ti telefono: al telefono suono più professorale di quanto non sia. Ma capisco che è una situazione eccezionale. E che sei un po' sconvolta. Poverina.»

"Poverina"... è riuscito a farmi ridere, adesso. Non ho mai visto mio padre fuori controllo, nemmeno agitato. Qualunque cosa accada, lui rimane calmo, fa lo spiritoso. È fantastico, se non sei sua figlia, o sua moglie. Soprattutto sua moglie, perché a me mio padre va bene così, a parte stasera. Ma è una sera eccezionale, come dice lui. E il Martini rosso è più alcolico di quanto immaginassi, a stomaco vuoto.

«Secondo te la mamma potrebbe saperlo, delle origini di suo fratello e della sua famiglia?»

«Non credo si sia mai fatta domande sul suo passato remoto. Le bastava il presente. Era abbastanza angosciante quello. Tutte le sue domande, i suoi tormenti, ruotano attorno a quel che successe l'anno della scomparsa di Maio. È stato talmente enorme e veloce, quel che è capitato... è come se per lei quel che è accaduto prima non avesse importanza. Come se non la riguardasse. Ho sempre avuto questa sensazione.»

«Addirittura una sensazione: allora sei umano.»

Mio padre tace qualche secondo. Quando riprende a parlare ha una voce più profonda. Se non lo conoscessi direi che è turbato.

«Antonia, ho fatto un figlio con una mia studentessa tre mesi dopo che l'ho incontrata. Una ragazza sconvolta da eventi tragici. Ti sembra una scelta ragionevole?»

«In effetti no.»

«Puoi immaginare quanto l'amassi?»

Mi emoziona sentirlo parlare così. E mi viene da scherzare, proprio come fa lui, per contenere l'emozione che sto provando.

«In effetti sì. Cioè no, non me lo immagino. Ma lo capisco, ora che me lo dici. Non ci avevo mai pensato. Anche perché non l'ho mai saputo, quello che le era successo. Papà... stiamo parlando di amore, di sentimenti! Ti rendi conto? È scandaloso.»

«Disgraziata, scherzare in un momento di tale intensità... da chi avrai preso...» ridacchia.

È orgoglioso di me, lo sento. Che io abbia capito come prenderlo. Che sia come lui.

«Un'ultima cosa, papà.»

«Dimmi, Antonia.»

«La ami ancora?»

Non avrei mai pensato di potergli chiedere una cosa del genere.

Sento una sirena che si avvicina, la polizia o un'ambulanza.

Ma la sua voce la sovrasta. Chiara, profonda.

«Io la amo sempre.»

Alma

Al mare stavamo in agosto, in una villetta bianca a due piani col barbecue nel giardino invaso dalle pigne e dagli aghi dei pini.

I nostri genitori dicevano che costava poco perché era lontana dai negozi e vicina al laghetto di acqua dolce infestato di zanzare, proprio dietro le dune della spiaggia libera, ma che l'avrebbero scelta anche se fosse stata più cara proprio per la posizione. Molti ferraresi avevano paura di abitare in quella zona remota del Lido, affacciata sulla grande pineta, ma non loro, abituati alla casa sotto l'argine del fiume, ancora più isolata.

Maio e io eravamo liberi di scorrazzare dove volevamo ma finivamo per fare ogni giorno le stesse cose: spiaggia, bagni interminabili, biliardino, ghiaccioli, piste per le biglie tracciate insieme a qualche altro ragazzo. Tornavamo a casa a pranzo, indugiavamo in lunghe sieste leggendo giornalini dietro le persiane accostate, e poi di nuovo al mare fino al tramonto.

Un sabato la mamma preparò insalata di riso, uova sode e pesche ripiene di amaretti e propose di fare un picnic in pineta. Mio padre mise in un cesto due coperte scozzesi, una tovaglia, tre bottiglie d'acqua e un grosso coltello per tagliare il cocomero. A Maio diede il compito di portare il cocomero e a me i piatti e i tovaglioli di carta.

Partimmo da casa in bicicletta, uno dietro l'altro, evitando le buche della strada e le radici degli alberi per non rovesciare i sacchetti e i cestini appesi ai manubri, e ci dirigemmo al sentiero che attraversava la pineta enorme e selvaggia che da casa nostra arrivava fino a Ravenna. Era completamente deserta.

Appena superato il lago lasciammo le biciclette appoggiate a un pino senza legarle e ci incamminammo dentro l'intrico di alberi e arbusti di ginepro e ligustro per scegliere un posto dove fermarci. Si sentivano solo il canto dei fringuelli, il gracidare delle rane nel lago e il profumo dell'estate: un profumo di sole che riscalda la resina dei pini. Scegliere il luogo dove accamparci fu un'impresa impegnativa, fonte di lunghe discussioni tra me e mio padre. A Maio e alla mamma andava bene tutto ma io volevo un posto all'ombra, senza formicai e senza troppi rametti spezzati e pigne da spazzare via, che non fosse lontano dalle dune e dal mare ma nemmeno dal lago.

Dopo mangiato ci stendemmo a riposare, uno con la testa appoggiata alla pancia dell'altro, a formare un quadrato. Nostro padre cominciò a raccontare la trama di un giallo che stava leggendo, la mamma a cercare di indovinare l'assassino e lui a urlare: «Non dirmelo, non dirmelo», tra le nostre risate.

Poi Maio e io li lasciammo a chiacchierare per andarcene a raccogliere pinoli. Il guscio marrone e polveroso ci anneriva le mani e la faccia: molti li mettevamo in un sacchetto e qualcuno lo rompevamo con un sasso e lo mangiavamo subito. Erano deliziosi.

Eravamo tornati nei pressi del lago quando improvvisamente dal sentiero arrivò correndo un ragazzo in costume da bagno e ciabatte di gomma, grassoccio e sudato, più alto di noi, con la pancia che formava due pieghe di ciccia. Con un accento che ci sembrò romano chiese trafelato se avevamo visto l'istrice. Rispondemmo di no e ci mettemmo a seguirlo. Parlava in modo buffo ed era diverso da tutti gli altri ragazzini della spiaggia. Ci disse di essere in vacanza coi genitori e un loro gruppo di amici al campeggio lì vicino. Sapevamo dell'esistenza del campeggio ma non c'eravamo mai stati e non conoscevamo nessuno che lo frequentasse. Il ragazzo si chiamava Valerio e aveva tredici anni come me, uno più di Maio.

Ci disse che al tramonto i ragazzi del campeggio organizzavano una partita di calcio sulla spiaggia libera e ci chiese se volevamo andarci. Maio era entusiasta di giocare a pallone, mi guardò, io dissi che li avremmo raggiunti. Non incontrammo l'istrice, ma Valerio fu contento lo stesso perché gli indicai un airone bianco sulla sponda del lago e una grossa ghiandaia appollaiata sul tronco spezzato di un pino.

Quando tornammo alla radura trovammo i nostri genitori che dormivano abbracciati. Quando si svegliarono non raccontammo l'incontro con Valerio. Non c'era motivo di tenerlo nascosto ma a noi piaceva avere dei segreti.

All'ora stabilita seguii Maio all'appuntamento tra le dune. Anche se era vicino a casa nostra non andavamo mai in quel tratto di spiaggia, non tanto perché dicevano che fosse frequentato da omosessuali e nudisti, piuttosto perché eravamo abituati al nostro solito Bagno col biliardino, la rete da pallavolo, un jukebox di cui Maio andava matto e qualche ragazzino che conoscevamo da sempre.

In spiaggia c'erano una dozzina di persone: un gruppetto di maschi di tutte le età, compresi tre bambini di sette-otto anni e due ragazze. Osservai Maio presentarsi disinvoltamente ai compagni di squadra e assistetti alla partita sdraiata sulla sabbia. Maio correva e i compagni lo incitavano chiamandolo «a Ma'». Segnò tre reti in una partita di moltissimi goal. A un certo punto le due ragazze si avvicinarono e la più grande, che aveva lo stesso accento di Valerio e un seno molto più grosso del mio, chiese se quello carino – indicando Maio – fosse il mio ragazzo. Risposi istintivamente di sì.

Lei guardò l'amica, si sorrisero e rimasero sedute, facendo disegni col dito sulla sabbia. Dopo poco si alzarono e mi salutarono. Alla fine della partita Maio andò a buttarsi in acqua coi compagni di squadra e poi corse a sdraiarsi di pancia sulla sabbia, accanto a me, bagnato com'era. Ansimava, rosso in faccia. Si era divertito, era felice.

«Ti sei annoiata molto?»

Risposi di no e lui si rivoltò sulla schiena, tutto sporco di sabbia.
«Che bocce!» esclamò.

«Il pallone?» risposi, senza capire. Si girò su un fianco, appoggiandosi al gomito e sollevando lo sguardo su di me.

«Sei scema? La tipa che prima parlava con te. Cosa diceva?»

Invece di farmi ridere la sua frase mi turbò. Era la prima volta che dimostrava interesse per una ragazza.

«Ma niente» risposi. «Ho fame, andiamo a casa.»

Antonia

Devo recuperare il sacchetto lasciato da Lia. È mezzogiorno, un orario inopportuno, anche se non l'ho mai vista preparare da mangiare: provo ad andare.

Stamattina, aprendo la finestra, non riuscivo a distinguere la facciata di mattoni della chiesa dei Teatini, tanta era la nebbia, ma ora è apparso un sole velato. Sto imparando che sole e nebbia sono sempre collegati. Come è possibile che a Bologna, a soli sessanta chilometri da qui, ci sia nebbia tanto più raramente? Sarà la vicinanza dei colli?

Via Vignatagliata è deserta anche a quest'ora. Nessuna musica, nessun abbaiare filtra dalla finestra chiusa di Lia. Suono e aspetto, fissando il portone della casa in cui è cresciuta mia madre. Provo a immaginarmela che esce da quella porta, con Maio, per andare a scuola. Da ragazza Alma doveva essere portentosa e insopportabile.

Passa una signora anziana in bicicletta, si gira a guardarmi, sembra che stia per dire qualcosa, poi tira dritto. In questa città vanno in bicicletta a ogni età, oltre che con ogni tempo.

Il portone non si apre. Riprovo a suonare più a lungo. Stavolta Lia non è in casa, oppure non vuole aprire. Decido di andarmene e riprovare più tardi. Non ho fatto piani per oggi, una condizione ideale. Mi piace decidere del mio tempo istante per istante. Improvvisare, seguire le emozioni, gli istinti: capitano sempre cose interessanti quando lo fai. Ora per esempio avrei voglia di scrivere. Da quando ho consegnato al mio sgangherato editore la quarta avventura dell'ispettore Emma Alberici sono nell'interregno tra la storia che ho finito e quella che devo cominciare. Potrei ambientarla a Ferrara, ma adesso mi impegna troppo la storia che sto vivendo. Vivere e scrivere sono alternative, per me. O si vive, o si scrive. Una cosa alla volta.

Mi dirigo verso la piazza e dopo pochi passi, all'incrocio con via Contrari, le vedo: Lia e Mina. Stanno venendo dalla mia parte, dritte ed eleganti. Lia indossa un magnifico cappotto di cammello con un foulard di seta viola attorno al collo, Mina un cappottino rosso carminio che spicca sul pelo bianco. Vado loro incontro, Lia sorride e Mina scodinzola: sembrano contente di vedermi.

«Venivi a riprendere il sacchetto? Te l'avremmo portato noi, ma non sappiamo dove alloggi...» mi dice quando le arrivo di fronte.

Mi fa sorridere che parli al plurale, anche io le penso così, ormai: Lia e Mina.

«Sono qui vicino, in corso Giovecca. Disturbo, a quest'ora? Dovrete pranzare...»

Lia fa un cenno con la mano, come per significare che mangiare è l'ultima delle sue preoccupazioni. Poi propone: «Prendiamo qualcosa in quella pasticceria?» indicando un caffè all'incrocio.

«Volentieri» rispondo.

Ci sediamo a un tavolino all'aperto, sopra a una pedana di legno rialzata dai ciottoli del selciato. Questa via è un poco più larga di via Vignatagliata e più movimentata. Le biciclette circolano in ogni direzione e vedo diversi ciclisti, soprattutto donne, affrettarsi con una specie di corno di pane che spunta dal cestino della bici. Lia nota il mio sguardo e spiega: «Coppie, il pane ferrarese».

Non fa freddo nemmeno oggi, ma sono troppo leggera per questa stagione. Ho infilato una calzamaglia sotto al vestito, ma l'impermeabile, nonostante la pashmina, non mi copre abbastanza. Lia se ne accorge perché dice: «Andiamo dentro, se hai freddo».

«Mi piace stare qui. Prenderò un tè bollente.»

«Anche io», annuisce.

Mina si è seduta tra noi, sotto al tavolo. Lia ha fissato il guinzaglio a una gamba della sedia, precisando: «Anche se non ne avrebbe bisogno».

Un cameriere esce a prendere le ordinazioni. È pelato, coi baffi neri. «La signorina desidera qualcosa?» chiede a Lia con una specie di inchino del capo, indicando Mina. Si conoscono. Certo, Lia vive qui vicino da sempre, sarebbe strano il contrario.

«Una ciotola d'acqua, grazie, Ares.»

Ares? Che razza di nome. Poi Ares si rivolge a me: «La signora?». Da quando sono incinta mi chiamano "signora", non ci sono abituata. «Prendiamo due tè caldi e... ce l'ha il pasticcio di maccheroni dolce?» chiedo.

«Certamente» risponde Ares. «Anche lei, professoressa?»

«Perché no?» risponde Lia.

Professoressa?

«Cosa insegnava?» le chiedo.

«Latino» risponde.

Avrei detto matematica.

«Carino» dico, tanto per dire qualcosa. Mi guarda come se non capisse il significato dell'aggettivo "carino", o forse non ci vede tanto bene. Oggi non porta gli occhiali e il suo sguardo sembra meno limpido.

Ogni volta che la incontro, Lia Cantoni è un poco più gentile. Forse la mia compagnia le fa piacere, o forse sono io che mi sto abituando ai suoi modi asciutti.

Il cameriere dal nome strano ci porta una teiera bianca con due tazze e i pasticcini dolci. Lia comincia a tagliare il suo con coltello e forchetta e io, che fino a ora li avevo mangiati con le mani, la imito, almeno eviterò di scottarmi col ripieno di besciamella fumante come al solito.

«Delizioso» sospiro. «Quando partirò non so come farò, a Bologna non hanno idea di cosa siano. Ada nascerà con la voglia di pasticcio di maccheroni.»

Lia non fa domande. Non chiede chi sia Ada.

Mangiamo in silenzio, beviamo una tazza di tè.

«Posso dargliela?» chiedo indicando un pezzo di pasta frolla avanzata che Mina sta puntando nel mio piattino.

«Eccezionalmente» risponde Lia.

Mina è soddisfatta. Ha un muso simpaticissimo, sembra che sorrida. Decido di chiedere a Lia quello che voglio sapere: male che vada non mi risponderà.

«Lia... senta... come le ho detto, sto cercando di capire qualcosa sulla scomparsa di mio zio Maio. Lei... crede che possa essere legata alla relazione tra mia nonna e suo fratello, in qualche modo?»

Non sembra infastidita dalle mie parole come temevo. Appoggia la tazza sul piattino, si asciuga le labbra con un tovagliolo di carta e risponde: «Relazione? Non ebbero nessuna relazione».

Come? Se me lo ha detto lei. Non posso raccontarle cosa mi ha confidato Luigi, ma ricordo che anche lei vi aveva alluso.

«Mi scusi... mi ha detto lei che questo anello...», e alzo la mano per mostrarle lo zaffiro all'anulare destro, «era di sua madre. Che suo fratello lo aveva regalato a mia nonna. Che non vi salutavate più per via della situazione imbarazzante...»

Lia beve un altro sorso di tè e si china per carezzare la testa di Mina.

«Bravissima» le sussurra, forse perché oggi non abbaia.

Poi mi guarda.

«Mio fratello era innamorato di tua nonna Francesca, ma lei non ha mai... accettato il suo corteggiamento. È rimasta fedele al marito.»

Mina scodinzola. Punta il piattino di Lia, sul quale è rimasto mezzo pasticcino.

«Quando tuo nonno Giacomo sposò Francesca, come ti ho raccontato, fu uno scandalo per la nostra comunità, per via della conversione. Nessuno parlò più con lui. Erano... isolati. Mio fratello e tua nonna si conobbero una notte che mia madre stava male e lui andò a chiederle un farmaco di cui aveva bisogno. Tua nonna fu gentilissima, aprì la farmacia in piena notte, si fece in quattro. Da quella volta ogni tanto parlavano. Mio fratello... a un certo punto... ha perso la testa per lei. Me lo ha raccontato lui. Disse che capiva il marito che si era convertito per sposarla. Che lui avrebbe fatto lo stesso. Che era una donna straordinaria. Abbiamo avuto una discussione. Mia madre era già mancata e lui stava per trasferirsi a Roma... fu per tua nonna che se ne andò. Per non vederla più.»

Ma... come? E allora? La zia di Michela? E soprattutto... Luigi? Mi ha detto che fu il prefetto a dire al capo delle indagini che Maio era figlio suo. Lia intanto continua: «Ci sono state molte chiacchiere in città. Qualcuno sostenne che erano amanti, ma Giordano mi assicurò che era falso. Che lui avrebbe voluto, avrebbe lasciato la moglie per lei, ma Francesca era fedele, nonostante suo marito soffrisse di depressione e fosse... un uomo molto complicato. Credo che un po' innamorata di Giordano fosse anche lei, ma non lo accettò mai. Quando Maio sparì, però...».

Rimane in silenzio qualche secondo.

«Cosa?»

«Lo cercò. Lo so perché chiese a me il numero di telefono di Roma, tre giorni dopo la scomparsa di Maio. Era così... fragile, improvvisamente. Venne una mattina prestissimo. Io avevo saputo di Maio dal giornale. Le diedi il numero di Giordano senza domandarle nulla e lui il giorno dopo arrivò. Si fermò da me una settimana. Credo abbia addirittura lasciato intendere ai colleghi che Maio fosse figlio suo, perché lo cercassero con la maggiore delle motivazioni. Avrebbe fatto qualunque cosa per lei.»

Lia parla senza guardarmi. Fissa Mina, che ricambia lo sguardo, immobile.

Ecco il perché delle chiacchiere: fu Cantoni a lasciar intendere che fossero amanti. Quindi Maio e Alma non hanno due padri diversi.

«Mio fratello non ha mai smesso di amarla» riprende Lia. «Quando Giacomo si sparò, lui si precipitò a Ferrara. Era luglio ed era in vacanza con la famiglia, ma qualcuno lo avvertì e lui arrivò. Dormì da me in quei giorni, era agitatissimo. Cercò di aiutarla nelle cose pratiche, il funerale, la banca. Mi disse che Francesca era la donna della sua vita e che non sopportava l'idea di lasciarla sola, in quella situazione... col figlio scomparso, il marito suicida... Immagino sperasse che col tempo lei... ma Francesca scoprì di essere malata. Giordano veniva a Ferrara ogni settimana per vederla. Credo le abbia dato l'anello l'ultima volta che si sono incontrati in ospedale, prima che morisse. Lo sai, vero, che se ne è andata in due mesi? Sua figlia sembrava un fantasma in quel periodo. Abitava da sola e la vedevo uscire e rientrare a ore assurde con dei brutti ceffi. Penso che Giordano la proteggesse da lontano. Che l'avesse segnalata alla Polizia e ai Carabinieri per evitare che si cacciasse in guai troppo grossi...»

Povera Alma. Chissà come si è sentita sola.

Anche durante questo racconto Mina non abbaia.

Per fortuna Lia continua a parlare e non mi chiede nulla.

«Avrei dovuto essere più gentile con tua nonna. Nessuno lo è stato, l'abbiamo lasciata sola. Ci ho messo del tempo a capirlo. Lei... era stata giudicata in conseguenza della scelta di Giacomo. E poi la faccenda di Giordano non l'aiutò. Eppure lei non aveva colpa, di nessuna delle due cose. Mi spiace non aver aiutato Alma in quei mesi, avrei dovuto farlo. Era una ragazzina sola, avrei dovuto occuparmi di lei, abitavo di fronte ed ero ancora giovane. Giordano me lo chiese, ma io rifiutai.»

Mi guarda con un'espressione indefinibile negli occhi opachi.

Il suo viso è sereno. Sembra superiore a tutto. Lontana da tutto.

«Ma non provo rimorsi, perché non servono a nulla» commenta, facendo un gesto con le mani aperte e stringendo appena le spalle. «Questo no» si rivolge a Mina, con voce più alta, coprendo col tovagliolo di carta il suo avanzo di pasticcino. «I latticini le fanno male» dice, come per spiegare il suo rifiuto, «e qui dentro, oltre alle animelle e al tartufo, ci sono panna, burro, besciamella... per questo è così buono.»

Poi si alza, si china a prendere il guinzaglio con un movimento svelto e si gira verso di me, che sono ancora seduta.

«Ti porto a vedere una cosa qui dietro.»

«Andiamo» rispondo.

Anche se è diventata più gentile, Lia mi fa sentire in soggezione. È talmente educata ed elegante, a suo agio con se stessa. Non mi ha più parlato in dialetto da quando le ho detto che non lo capivo, e mi dispiace: la rendeva più umana.

Vedo che con la mano sinistra tiene per il nastro un minuscolo pacchetto di carta della pasticceria dove lavora Isabella. Sto per chiederle cosa contiene, quando annuncia: «Siamo arrivati».

Abbiamo fatto solo poche decine di metri.

«Dove siamo?» chiedo.

«In via Mazzini, quella che era via dei Sabbioni. La strada principale del Ghetto. Là...», e mi indica un punto verso la Cattedrale «c'era il cancello di entrata e all'incrocio con via Scienze quello d'uscita. Cinque cancelli in tutto.»

Non so cosa dire. Sono ignorante di cose ebraiche.

«Qui ci sono le sinagoghe e il museo, ma sono chiusi da quando c'è stato il terremoto», Lia mostra il portone di una casa di mattoni di cotto. «E... vedi quella lapide?»

Accanto al portone di legno, circondato da un fregio di marmo, ci sono due lapidi di marmo bianco. Sopra una delle due, la più grande, è scolpita una lista di nomi.

Annuisco. La vedo, sì. E temo di intuire cosa siano quei nomi.

«Sono i nomi dei deportati. Hai letto il racconto di Bassani?»

Anche lei. Qui tutti mi parlano di Bassani, dovrò leggerlo per forza.

«Non ancora» rispondo.

«Lo leggerai» dice Lia in tono condiscendente, come per scusarmi. E poi: «Ci sono anche i nomi dei tuoi bisnonni e di tua zia, vedi?».

Guardo la lapide. Una lunga lista di nomi, che parte da Ancona Guglielmo e termina con Zevi Emma, in ordine alfabetico.

Leggo.

A metà della seconda colonna, li vedo.

"Rotstein Giorgio", "Rotstein Wanda" e poi "Sorani Amos", "Sorani Anna", "Sorani Rachele".

«Sa dove sono sepolti?» chiedo.

Lei sospira leggermente. Mi guarda come fossi una bambina con la quale ci vuole pazienza.

«Non sono mai tornati, Antonia.»

Alma

I semi ce li aveva dati già germinati un compagno di scuola che la coltivava sul balcone e durante le vacanze di Pasqua li piantammo in un campo vicino al Po.

Nelle settimane seguenti i nostri genitori si stupirono che la domenica ci fosse tornata la voglia di andare in campagna con loro, ma dovevamo controllare la crescita delle piante, innaffiarle, fertilizzarle con l'olio di *neem*. Fu appassionante vederle crescere da pochi centimetri fin quasi a due metri. Smettemmo di fertilizzare due settimane prima del raccolto, perché non puzzassero di concime, e una domenica di settembre le raccogliemmo. Qualcosa andò storto con l'essiccazione perché molte piante ammuffirono, ma alla fine riuscimmo a ricavarne qualche etto di marijuana che chiudemmo dentro a un sacchetto di plastica avvolto nella stagnola. Lo infilammo in un baule del solaio, in modo che i nostri genitori non sentissero l'odore. Non l'avrebbero riconosciuto, ma il bello dei nostri traffici era il doverli fare di nascosto.

Con Michela discutemmo su dove farci la prima canna di nostra produzione: doveva essere un posto speciale, sarebbe stato un rito.

Fu Maio ad avere l'idea. Eravamo a casa di Michela, in camera sua. La scuola era appena cominciata e lei stava sfogliando i libri nuovi sul tappeto, mentre io leggevo Tagore e Maio, semisdraiato sul letto, cercava di accordare la chitarra.

«Al cimitero ebraico» disse. E poi fece vibrare un suono basso e profondo.

«Cosa?» risposi io.

«Bello!» capì al volo Michela.

Io guardai Maio ammirata.

Il cimitero ebraico tra noi ragazzi passava per uno dei luoghi più suggestivi, inquietanti e misteriosi di Ferrara. In ogni compagnia c'era qualcuno che si vantava di esserci entrato di notte, scavalcando non si sa come il muro alto quasi tre metri e sormontato da cocci di bottiglia. Non c'eravamo mai stati, neanche di giorno, ma sapevamo che era un posto grande e poco sorvegliato dove era facile nascondersi.

Stabilimmo di andarci il pomeriggio del giorno dopo e ci demmo appuntamento davanti all'entrata, in via delle Vigne. Maio aveva messo un po' d'erba dentro a una scatolina di latta col disegno di una rana, Michela avrebbe portato le cartine e io un accendino d'argento. Il rito presupponeva delle regole: tutti dovevamo contribuire. Maio e io non eravamo mai stati in un cimitero, nemmeno alla Certosa lì accanto. Non avevamo parenti a Ferrara, quelli di mia madre erano per metà siciliani e per metà triestini, quelli di mio padre non sapevamo nemmeno dove fossero sepolti. Non ce lo eravamo mai chiesto.

Invece Michela aveva nonni e zii in Certosa, il cimitero dei cattolici, ci disse.

Trovammo il portone chiuso. Un cartello avvertiva che nel periodo invernale il cimitero ebraico chiudeva alle quattro e mezzo del pomeriggio e in quello estivo alle sei. Era un caldissimo pomeriggio di ottobre, ma evidentemente era già in vigore l'orario invernale. Decidemmo di tornare l'indomani subito dopo pranzo. Quella difficoltà ci aveva eccitato, trasportare per la città la scatoletta di latta con l'erba ci era sembrata un'impresa avventurosa.

Il giorno dopo faceva ancora più caldo ed era una bellissima giornata, col cielo azzurro e poche, maestose nuvole bianche.

Aspettando Michela avevamo ammirato l'enorme cancello incorniciato da una volta di granito con una scritta in caratteri ebraici e da colonne con incise due stelle a sei punte. La nostra conoscenza di cose ebraiche si limitava al *Diario* di Anna Frank e alla storia studiata alle medie, tanto bastava perché sapessimo che quella era la stella di David.

Maio mi fece notare che su un candelabro di casa nostra ce n'era una uguale.

«Lo sai che nel *Libro tibetano dei morti* c'è una stella a sei punte con dentro la svastica?» mi disse.

Maio era affascinato dal buddismo in un suo modo approssimativo, da grande fan di John Lennon, e da quando aveva scoperto che Lennon aveva scritto *Tomorrow Never Knows* ispirandosi a quel libro, lo aveva eletto a testo di culto. *Nel dubbio, spegni la mente, rilassati e fatti portare dalla corrente* era una delle sue frasi preferite.

Quando vedemmo spuntare Michela in fondo alla strada, Maio le corse incontro. Legammo la sua bicicletta insieme alle nostre a un palo di ferro davanti all'entrata, un portoncino con un cartello che invitava a suonare per chiamare la custode.

La donna che ci aprì aveva riccioli rossi, grandi occhi azzurri molto truccati e una giacchetta aderente rosso lacca. Ci scrutò per un istante col suo sguardo chiarissimo, ci fece entrare in un vestibolo col pavimento di graniglia e indicò Maio. «Gli uomini devono avere il capo coperto» disse. Maio istintivamente si toccò la testa.

«Metti una di queste e firmate il registro prima di entrare» aggiunse, poi si voltò e sparì. La sua apparizione era durata meno di un minuto ma ci impressionò. Entrammo in una stanzetta dove, sopra una piccola scrivania, era appoggiato un registro, un cestino pieno di copricapo e forcine e una vaschetta per le offerte. Appese al muro c'erano fotografie di alberi nelle quattro stagioni e una poesia scritta a macchina intitolata *Il Sapere*. Maio la lesse ad alta voce, declamandola: *Sanno, sappiamo di non poter tornare a queste stagioni che ci illudono con sempre nuovi fiori nuove foglie. Sanno, sappiamo che il sonno senza sogni sotto la silenziosa neve o il terso verde è il nostro destino meno impietoso.*

«Che allegria» commentò Michela sottovoce. E poi: «Cosa facciamo?» indicando il registro.

Viste le nostre intenzioni, non era il caso di scrivere i nomi veri. Se ci avessero scoperto? Se qualcuno ci avesse visti fumare?

Un cartello nel corridoio avvertiva: "I turisti che desiderano visitare il cimitero israelitico tengano un contegno corretto e rispettoso, quale si confà alla santità del luogo".

Anche senza cartello e senza esperienza di cimiteri capivamo da soli che fumare una canna in quel posto sarebbe apparso un gesto poco rispettoso, benché da parte nostra non ci fossero intenti dissacranti, quanto estetici e spirituali: cercavamo un'ambientazione suggestiva, speciale, e quella lo era. L'aspetto trasgressivo della faccenda aggiungeva emozione all'evento che volevamo celebrare, ma non era il nostro scopo.

«Prima visitiamo, poi firmiamo» dissi io. «Intanto ci pensiamo.»

Aiutammo Maio a fissarsi la kippah in testa con una forcina ed entrammo nel grande giardino deserto. La custode si era dileguata. Superammo un piccolo mausoleo di marmo bianco decorato da aquile di bronzo e ci dirigemmo verso il fondo del parco. Camminavamo a caso, stupiti dalla vastità del luogo e dal suo aspetto antico e selvaggio. In fondo al prato si stagliava un maestoso portale di marmo bianco con una scritta in ebraico e una stella di David. Oltrepassato il portale, si apriva un altro prato ancora più grande e selvaggio del primo, costeggiato ai lati da alberi giganteschi: lecci, pioppi, faggi, castagni. Sembrava un parco abbandonato, non un cimitero, fino a che non vedemmo gruppi di antiche lapidi appoggiate a terra e annerite dal tempo. Molte erano rotte e le iscrizioni semicancellate dai licheni. Attraverso un altro varco entrammo in quella che sembrava una parte ancora più remota, delimitata da antiche mura, oltre le quali si scorgevano i bastioni cittadini che conoscevamo bene.

«È da qui che si entra la notte» osservò Maio.

«Grazie, ma non ci tengo» fece Michela.

Camminavamo piano, cercando di leggere le scritte sulle lapidi malridotte.

«Però questo cimitero è molto più bello del nostro» disse Michela. «Più elegante: niente fiori, né fotografie, solo i nomi.»

«Bel posto» annuì Maio, «bello magico. Non mi dispiacerebbe essere sepolto qui.»

Io e Michela lo fissammo, poi ci guardammo e ci mettemmo a ridere.

«Scegli dove vuoi fare la canna, piuttosto.»

Maio si guardava intorno, spariva dietro ai cespugli, esplorava gli angoli nascosti. Mentre Michela e io leggevamo nomi di bambini su un gruppo di lapidi recenti, si dileguò.

Provammo a chiamarlo senza alzare la voce ma non rispondeva. Alla fine Michela lo trovò dentro a una piccola radura in cui alberi, grossi frammenti di lapidi e cespugli sembravano intrecciati in un groviglio inestricabile. Si era seduto con la schiena contro un tronco massiccio, aveva arrotolato un filtro con il cartoncino e se lo era infilato sopra l'orecchio.

«Vi stavo aspettando.»

«Siamo sicuri di voler fumare qui?» domandò Michela.

«Hai paura di mancare di rispetto ai morti?» la prese in giro Maio.

«Dedichiamola a loro» proposi. «La prima erba coltivata da noi. Come fosse un'offerta.»

Maio incollò le cartine, ci mise la marijuana pura, arrotolò, chiuse e me la passò con un inchino del capo. Poi l'accese con l'accendino d'argento di nostro padre.

Feci tre lunghi tiri e la passai a Michela. Il cimitero sembrava abbandonato, l'unico suono era il cinguettio degli uccelli. Vedemmo una gazza bianca e nera, un paio di merli, diversi pettirossi. Michela fece altri tre tiri e la offrì a Maio. Quell'erba non aveva un odore buonissimo, forse era ancora troppo umida.

La finimmo in silenzio.

Quando ci rialzammo in piedi sentii come un rimbombo nelle orecchie. Mi girava la testa. Ci incamminammo per uno stretto sentiero che costeggiava una parete di vecchi mattoni rossi sulla quale erano murate diverse lapidi bianche. Ci fermavamo davanti a ognuna per un tempo che mi sembrava infinito. Leggevamo i nomi e le scritte non in ebraico e calcolavamo gli anni dei defunti. C'erano persone morte nella Prima guerra mondiale, molti bambini, giovani vedove, ufficiali.

«Qui riposa in pace Arturo Cavalieri, che di soli trentasette anni morte improvvisa rapì all'affetto immenso del fratello e all'amicizia dei buoni» lesse Maio, poi si voltò a guardarmi dicendo: «Bello morire a trentasette anni, prima di diventare vecchi».

Feci una smorfia arricciando il naso e scuotendo la testa, Michela mimò il gesto di strangolarlo.

«Se ci tieni tanto...»

Mi sembrava che il cinguettio degli uccelli fosse diventato più forte, quasi assordante.

Michela rimase in silenzio, guardandoci con un sorriso remoto. Eravamo tornati all'uscita e, anche se non ce lo dicevamo, stavamo tutti sperando di non rivedere la custode. Ci sentivamo stravolti e ci sembrava che il mondo intero dovesse accorgersi di cosa avevamo fatto. Arrivati al vestibolo senza incontrare nessuno ci fermammo davanti al registro, che richiedeva data, firma, città di provenienza e professione. Dal momento che nessuno ci aveva visti fumare misi il mio vero nome, e lo stesso fecero Michela e Maio. Nello spazio in cui bisognava scrivere la professione scrissi "Insegnante" e Maio "Musicista". Michela non mise niente.

Uscimmo chiudendoci il portoncino alle spalle e la luce riflessa sui sassi bianchi della strada ci accecò. La bellezza misteriosa e antica di quel luogo aveva smorzato l'importanza del nostro rito, lo sentivamo tutti ma fu Maio a dirlo: «Questo posto ti stona anche senza bisogno di fumare».

E poi: «Deve essere bello essere ebrei».

Accompagnammo Michela, anche se eravamo più vicini a casa nostra. Lei prese dei biscotti al cioccolato dalla cucina e andammo a mangiarli sul tappeto di camera sua.

Poi ci sdraiammo e restammo a fissare il soffitto. Ogni tanto qualcuno diceva una cosa e gli altri due ridevano a lungo. Passammo così il resto del pomeriggio, fino a che non fu ora di rientrare. Sulla porta Maio diede a Michela un lungo bacio con la lingua. Io, che di solito distoglievo lo sguardo, rimasi a osservarli come se guardassi un film.

Tornammo per un viale fiancheggiato da due file di tigli, pedalando lentamente. Davanti alla nostra porta di casa, prima di entrare, Maio mi puntò addosso l'indice e chiese: «All'affetto immenso del fratello e...?».

«E all'amicizia dei buoni!» risposi subito.

«Brava» si congratulò, aprendo la porta.

Dal rumore dei piatti capimmo che la mamma stava apparecchiando. Appena ci sentì entrare il suo *Aal-maa-Maa-ioo* risuonò, melodioso.

Antonia

Oggi vedrò Leo, finalmente. Mi ha scritto che arriva da Roma col treno delle diciannove e cinquanta e viene in albergo, ma voglio andare a prenderlo in stazione.

Non vedo l'ora che sia qui, ma nello stesso tempo temo che il suo arrivo possa spezzare l'incantesimo: sono gelosa di questa città come di un amore appena nato. È incredibile che io abbia vissuto finora ignorandola.

Così vicina a Bologna, ma sideralmente lontana, diversa da tutti gli altri posti in cui sono stata. Di una bellezza malinconica e composta, solitaria. Piena di segreti che riguardano la mia famiglia. Fino a qualche giorno fa non ne sapevo niente; ora mi sembra che tutto ruoti attorno alle sue strade silenziose, lastricate di ciottoli lucenti.

Ieri però era Bologna sulle prime pagine: i giornali strillano che la città più dotta d'Italia sta diventando una delle più criminali. Leo se ne frega dei giornali, ma stamattina è dovuto andare a Roma, al Ministero.

«Devo incontrare il capo della Polizia alle undici. Riprendo un treno dopo pranzo e riesco ad arrivare per cena» ha detto al telefono.

La giornata di Leo è scandita dalle ore dei pasti, qualunque cosa accada. Da quando lo conosco non l'ho mai visto saltarne uno.

Ho preso l'autobus alle sette e mezzo, di fronte alla chiesa dei Teatini, e ora sono in anticipo: ci ha messo sette minuti a portarmi in stazione, percorrendo un viale che, oltrepassato il Castello, diventa anonimo e moderno, tranne che per un imponente edificio fascista, forse una vecchia scuola. Mi viene in mente che non so dove studiassero Alma e Maio. Facevano il liceo classico, ma non so dove.

Lo chiederò a Michela. Non ci siamo più sentite dopo la passeggiata sulle Mura, voglio chiamarla quando Leo ripartirà. Non ha detto quanto si ferma. Al telefono gli ho raccontato tutto quel che ho scoperto, tranne la storia dei bisnonni. Voglio entrare insieme a lui in casa di mia madre, presentargli Lia Cantoni. Mostrargli la lapide di via Mazzini. Magari incontreremo Michela e suo marito, sarei curiosa di conoscere il padre di Isabella. E forse Leo vorrà chiamare Luigi: come sarà vederli insieme?

La stazione è un edificio basso e allungato degli anni Cinquanta, in mattoni rossi. All'arrivo non mi era sembrato così squallido, anche perché non immaginavo quanta bellezza mi aspettasse in città.

Tra le aiuole spelacchiate e sotto la pensilina di fronte al piazzale si respira la desolazione di tutte le stazioni: l'unico dettaglio allegro è l'enorme parcheggio per le biciclette. Decine, centinaia, allineate in file concentriche sul lato destro della piazza, come se tutti i viaggiatori arrivassero in stazione in bicicletta. L'interno è ancora più squallido: dall'insegna del bar, al disordine della sala partenze e dei pochi negozi, sembra un luogo che ha mutato malamente aspetto senza aver trovato il nuovo ordine.

In coda davanti all'unica biglietteria aperta ci sono due ragazzi di colore. Pochi altri stranieri, forse slavi, stanno bevendo birra sulle sedie di una sala d'aspetto ricavata in un corridoio. La stazione è quasi deserta, come se a quest'ora non partisse più nessuno.

Scendo gli scalini di un corto sottopassaggio e risalgo al binario dove arriva Leo. Mi siedo su una panchina di marmo gelato insieme a due ragazze nigeriane che chiacchierano velocissime in una lingua incomprensibile. Nella loro accesa conversazione distinguo tre volte la parola "Padova". Devono prendere il treno per Padova, quello sul quale viaggia Leo.

Non c'è nebbia stasera, e ho indossato i miei vestiti nuovi: abito chiaro, impermeabile e pashmina. Ho raccolto i capelli come fa Isabella, alti sulla testa. Ero tentata di mettere gli orecchini a forma di teschio ma poi ho tenuto i soliti cerchietti tribali di cocco nero che Leo chiama «i tuoi gioielli da punk». I teschi gialli sarebbero stati troppo anche per lui.

Sono scesa proprio su questa banchina, cinque giorni fa.

Ripenso a quel che ho scoperto da quando sono qui: poco sulla scomparsa di Maio, tanto sulla mia famiglia, su come una storia così lontana abbia fatto di mia madre la persona che è.

Ho capito di non valere molto come investigatrice. Un conto è inventare indagini, immaginare trame e personaggi, scriverle; un altro condurle davvero: non credo di esserci tagliata. Ora so cosa rispondere, quando mi chiedono se la protagonista dei miei gialli, l'ispettore Emma Alberici, sono io: "Lei è molto più brava, io non sarei capace di fare il suo mestiere".

Le ragazze nigeriane si alzano ridendo e caricano in spalla due borse gigantesche, mentre il treno frena con uno stridio assordante. Sono emozionata come se non vedessi Leo da settimane.

«*Ferara stazione di Ferara*» annuncia una voce che non sa pronunciare le doppie.

Si aprono le porte e scendono in fretta gruppi di giovani che probabilmente frequentano l'Università a Bologna, soprattutto ragazze, identiche a quelle che incontro quando vado a trovare i miei: stesse pettinature, stesse scarpe da ginnastica di tela, stessi jeans.

Leo scende per ultimo, lentamente. Ha il completo marrone con la cravatta scozzese che gli ho comprato io. Con una mano porta la valigetta di pelle, sull'altro braccio tiene l'impermeabile. Anche lui ha abbandonato il cappotto.

Ha l'aria stanca.

Appena mi vede si apre in uno dei suoi meravigliosi sorrisi.

Leo ha un viso da busto di marmo, classico, virile. Colori da normanno e tratti da antico romano. Se facesse un po' di addominali sarebbe una magnifica statua, col torace ampio e le gambe tornite che ha ereditato dal padre. Ho visto le sue foto, era un bell'uomo, coi capelli ramati come quelli di Leo. È morto da dieci anni ma la madre di Leo ne parla spesso, allegramente: era un medico, appassionato di storia, dipingeva, cucinava il pesce, giocava a scacchi, soffriva di cuore. So più cose di lui che di mio nonno.

Anche Leo è bello. Di una bellezza antica che chi si ferma alla pancetta, agli occhiali o alla chierica al centro del capo non coglie.

Rimango immobile, in piedi, ad aspettarlo. Quando mi arriva davanti, appoggia la valigetta sulla panchina, mi prende le spalle con le mani, mi allontana e dice: «Ti fa bene Ferrara».

Ci abbracciamo e mi accarezza la pancia. «Come sta la ragazzina?» chiede.

«Benissimo credo, la sto un po' trascurando.»

Con Leo mi piace fingere di essere più disinvolta di quello che sono: lui lo sa e sta al gioco. A sua volta recita la parte del sentimentale uomo del Sud che asseconda la giovane nordica indipendente. In realtà sappiamo bene entrambi chi siamo, e quanto contiamo l'uno per l'altra.

Scendiamo le scale del sottopassaggio tenendoci per mano. Fuori dalla stazione, Leo si guarda intorno.

«Non dire niente: Ferrara non è così» lo blocco.

«Già perso la testa?» risponde.

«Sì, completamente. Ti va di andare subito a cena o preferisci passare in albergo?»

«Che domande fai? Cena, subito.»

Saliamo sull'unico taxi e do l'indirizzo del ristorante di cui mi ha parlato Luigi, quello dove preparano il pasticcio di maccheroni: «Corso Ercole d'Este, in fondo».

Sul sedile posteriore dell'auto ci sediamo vicinissimi: io gli appoggio la testa sulla spalla e lui mi stringe il palmo della mano. Avverto dal suo respiro la stanchezza e la tensione degli ultimi giorni.

Quando passiamo davanti al Castello illuminato prima di svoltare in corso Ercole d'Este fa una smorfia di apprezzamento piegando gli angoli della bocca, come se quel che vede fosse opera mia: «Notevole» annuisce.

Il ristorante è in fondo alla strada ed è l'unico esercizio della via;

a indicarlo ci sono solo una fioca luce gialla e una piccola insegna di ferro battuto.

Entriamo, e un distinto signore in giacca di tweed e cravatta di maglia ci prende i cappotti strizzando gli occhi e sorridendo appena, come se fossimo clienti abituali, coi quali non c'è bisogno di perdere tempo in convenevoli. Ci guida fino a una veranda che ha l'aria di essere immutata da decenni.

Ci sediamo e finalmente Leo allenta la cravatta e mi bacia sulle labbra. Ma si rialza subito: «Vado a lavarmi le mani» dice, «da stamattina frequento solo treni e ministeri».

Cascasse il mondo, Leo si lava sempre le mani prima di mettersi a tavola. «Mio padre diceva: "Nella vita fate quel che vi pare, ma lavatevi sempre le mani prima di mangiare"», è una sua frase ricorrente.

Mentre è in bagno, mi guardo intorno. Nonostante sia venerdì sera c'è solo un altro tavolo occupato, da una coppia. La ragazza è bella, il suo compagno no. E non sembra nemmeno simpatico. Controlla qualcosa sul telefono con aria annoiata mentre lei gli parla a bassa voce, in tono dolce e accorato.

Leo torna e siede di fianco a me, e intanto io mi chiedo che impressione facciamo noi due agli altri: una ragazza incinta e un uomo maturo con i capelli rossi. Io sembro più giovane di quel che sono e Leo più anziano: è capitato parecchie volte che ci prendessero per padre e figlia, nonostante abbiamo solo dieci anni di differenza.

Il maître in tweed ci porge il menu ma io lo allontano. Ho già deciso: «Pasticcio di maccheroni per due».

«Benissimo» annuisce. «Vino? Posso proporre un fortana rosso del Bosco Eliceo? Leggermente mosso e prodotto in questa zona.»

«Perfetto» risponde Leo.

Dopo che l'uomo si è allontanato facendo un cenno al cameriere, Leo si toglie gli occhiali e li pulisce a lungo col tovagliolo. Mi accarezza una mano, tira un lungo sospiro.

«Tanto stanco?» chiedo.

«Un po'. E devo dirti una cosa.»

«Dimmi.»

Si infila gli occhiali e si guarda intorno. Poi curva la testa verso di me e dice, fissandomi con gli occhi che brillano dietro le lenti: «Ci ho pensato tutto il giorno e credo di aver capito».

Cosa avrà capito? Chi c'è dietro i delitti del Pilastro?

«Hai capito cosa sta succedendo a Bologna?» chiedo.

«No, macché Bologna. Credo di aver capito cosa è successo a Maio.»

Alma

Il bar dove Vincent mi ha dato appuntamento ricorda quello di via Carlo Mayr dove l'ho incontrato più di trent'anni fa. Ha lo stesso odore di alcolici scadenti e fumo stantio, anche se adesso, a differenza di allora, non si può fumare. Quando l'ho chiamato non ho riconosciuto la voce, lui invece ha capito subito chi ero e mi ha dato l'indirizzo di una via di Bologna dove non sono mai stata.

Nel periodo in cui mia madre era in ospedale non facevo la spesa. A lei dicevo di sì, che cucinavo, e mangiavo la frutta e la verdura, invece in casa non avevo niente, neanche il latte. Facevo colazione con un cappuccino al bar, e se mangiavo, quando mangiavo, prendevo un panino da qualche parte.
Vincent l'ho conosciuto così.
Una sera – non avevo mandato giù niente in tutto il giorno – ero uscita in bicicletta, alle undici, sotto una pioggia sottile. Avevo fatto il giro dei soliti posti in cerca di un cibo qualunque, ma erano tutti chiusi. Ferrara è un luogo desolato, certe sere.
Ero arrivata, guidata dalla luce, fino a un bar di quelli dove le persone perbene non entrerebbero mai. Avevo legato la bici fuori, ero entrata a testa bassa e domandato un toast e una Coca. Il barista mi aveva servito senza dire una parola. C'erano solo uomini che giocavano a carte o stavano seduti a fumare e a bere.
Quando avevo chiesto il conto, il barista aveva indicato un ragazzo appoggiato al banco e aveva detto: «Paga lui. Tutto quello che prendi, ha detto. Per sempre».

Era più grande di me, dimostrava almeno venticinque anni. Aveva le basette e i capelli scuri e lisci lunghi sul collo. Un bel ragazzo con la pelle ambrata e un giubbotto di pelle marrone.

«Grazie» gli ho detto, sollevando la Coca come per brindare. Poi mi sono allacciata la giacca, per uscire.

«Ti accompagno, circola brutta gente da queste parti.» E ha sorriso mostrando denti bianchissimi, perfetti.

Abbiamo fatto l'amore sul divano. Poi in bagno, sotto la doccia. Poi nel mio letto. Alle tre di notte Vincent – per strada mi aveva detto di essere calabrese e chiamarsi Vincenzo, «ma tutti mi chiamano Vincent» – aveva preparato la pastasciutta cuocendo un sugo di pomodoro buonissimo, con una scatola di pelati che non sapevo nemmeno di avere. Poi avevamo dormito fino a tardi.

Appena era uscito di casa, alle tre del pomeriggio, ero andata in ospedale.

«Oggi stai meglio» aveva notato la mamma, «cos'hai mangiato?»

Lei non stava meglio, anzi, sempre peggio.

Vincent tornò quella sera con una bottiglia di whisky e mi insegnò a berlo. Iniziò a venire tutte le sere. Mi spiegò come preparare il sugo di pomodoro con la cipolla per fare una buona pastasciutta. Facevamo l'amore, mangiavamo la pasta e guardavamo la televisione.

Era bravo con me.

Mi accarezzava la schiena, i capelli, le gambe.

«Sei così bella» diceva, «e sei mia.»

Io avevo fatto l'amore solo poche volte, l'anno prima, con un mio compagno di classe. Roberto era intelligente e gentile, con la pelle sottile, quasi trasparente. Sapevo di piacergli e avevo deciso che ero stanca di essere vergine. Ma la terza volta dissi di no, che forse era meglio lasciar perdere, e lui convenne educatamente che sì, era meglio lasciar perdere. Mi aveva regalato *Viaggio al termine della notte* di Céline, un libro che non mi era piaciuto per niente.

Maio c'era ancora, ma la sua dipendenza dalla droga lo aveva già reso indipendente da me. Non ci parlavamo più. Un giorno, prima

di uscire, si era affacciato in camera mia e aveva detto, sgranando gli occhi: «Puoi pretendere di meglio di Roberto Triglia, sai?».
E aveva fatto il gesto di aprire e chiudere la bocca, come i pesci.

Non pensavo si fosse accorto di Roberto – di cognome si chiamava Traglia – e di me, credevo fosse totalmente preso dai suoi traffici, appostamenti e ricerche di denaro. La sua battuta mi aveva fatto piacere, ma non avevo voluto dimostrarglielo e avevo finto indifferenza. Ero ancora troppo arrabbiata per il suo tradimento.

Non sapevo cosa facesse Vincent per vivere, fino a che una sera mi aveva mostrato una pistola e mi aveva chiesto se poteva lasciarla da me solo per un giorno. Non avevo mai visto una pistola prima di allora, ma mi faceva ancora paura il ricordo del fucile di mio padre. Gli avevo detto no, che preferivo di no. Avevamo litigato e se ne era andato.

Vincent era il mio antidolorifico, il mio amico, il mio amante, l'unica persona che mi aiutasse a sopportare il dolore per mia madre e tutto il resto. Avevo un bisogno fisico di lui, della sua presenza. Senza stavo male.

Dopo un'ora ero andata a cercarlo al suo bar, e lo avevo trovato che giocava a carte con altri due.

«Questo è Paolino e questo è mio fratello Gigi» me li aveva presentati.

Poi, in un orecchio: «Se non vuoi tenere la pistola almeno stai con Gigi, stasera. Dimostramelo, che sei mia».

Avevo accettato. Suo fratello era più grande di lui e ancora più bello, somigliava a un attore che piaceva un sacco a Maio e me e si chiamava Tony Musante.

Andammo a casa mia. Gigi era sbrigativo e mi piacque sentirmi una puttana. La puttana di Vincent e Gigi, un bel gioco.

Vincent lo arrestarono tre giorni dopo.

Ero andata a seguire una lezione a Bologna – dopo la maturità mi ero iscritta a Lettere –, e poi direttamente in ospedale. Ero tornata tardi e avevo trovato Gigi davanti alla porta di casa che fumava una sigaretta.

«Vincent è al gabbio ma va tutto bene, esce presto e ti saluta. Ora ci penso io a te» aveva annunciato.

Gigi beveva champagne al posto del whisky, e io con lui. A differenza del whisky lo champagne mi piacque subito, non dovetti imparare a berlo.

Lo portava già freddo, non so da dove, e appena arrivava ne bevevamo un bicchiere nei calici di cristallo di mia madre, prima di fare l'amore. Spesso andavamo a cena fuori in un ristorante costoso dove non ero mai stata e non sapevo nemmeno esistesse, poco fuori città.

Ogni tanto mi dava da tenere dei soldi, o degli assegni. Io li mettevo dentro al baule del solaio, in una busta, e non li guardavo mai. Mi accompagnava a casa prima di andare a fare una rapina a Bologna, a Rimini o a Padova. Lui e Vincent organizzavano rapine e altri traffici, alla fine lo avevo capito, ma mi sono divertita con loro: mi piacevano le emozioni forti, evitano di pensare.

Un pomeriggio arrivai in ospedale da Bologna e quando entrai nel reparto di mia madre vidi venirmi incontro uno dei suoi medici con la caposala, un'infermiera veneta di nome Fernanda che non mi stava simpatica. Camminavano troppo in fretta e lo capii. Era morta quel mattino, da sola. Mi sono sentita la persona più disgraziata e più cattiva del mondo.

Al funerale c'era tanta gente: clienti della farmacia, conoscenti, vicini di casa, ma io non riconoscevo nessuno. Un amico di Roma della mamma, si chiamava Giordano, mi era sempre stato accanto. Mi muovevo come un robot, salutavo le persone senza vederle. Piangevo senza rendermene conto e senza singhiozzare, come cera che si scioglie. Ogni tanto qualcuno mi dava un fazzoletto, io lo guardavo come se non capissi cosa fosse.

Prima di lasciarmi, Giordano mi aveva detto che se volevo andare a studiare a Roma mi avrebbe aiutata a iscrivermi all'Università e a trovar casa.

Avevo risposto: «Grazie, sono già iscritta a Bologna, mi trasferisco lì».

Non ci avevo mai pensato prima, ma dirlo mi convinse che era quel che dovevo fare. Quella sera, dopo il funerale, tornai a casa da sola. Mi avevano invitata in tanti, anche Roberto e il mio ex professore di Italiano, ma avevo detto a tutti di aver accettato un altro invito. Ero stata tentata per un momento di seguire Michela, che era venuta al funerale con sua zia e mi aveva offerto di dormire da loro, poi avevo detto di no anche a lei.

Quella sera Gigi aveva suonato il campanello, ma io avevo tenuto le luci spente, senza muovermi. Avevo singhiozzato tutta la notte nel letto di mia madre.

Al mattino avevo preso una borsa coi libri dell'esame che stavo preparando, pochi vestiti, i soldi, avevo chiuso con tre giri di chiave ed ero andata in stazione in bicicletta. Avevo legato la bici e avevo messo un sacchetto di plastica sopra il sellino per ripararlo dalla pioggia.

A Bologna ho dormito una settimana all'ostello, poi ho affittato una camera in un appartamento con tre studenti pugliesi, due ragazzi e una ragazza. A dicembre ho conosciuto Franco e sono andata a vivere con lui.

Non sono più tornata a Ferrara per un anno.

Quando sono arrivata in stazione, la bicicletta non c'era più. L'avevano rubata. Non ne ho mai più ricomprata una.

È stato Franco a ridimensionare il mio senso di colpa per i Vincent, come li chiamavo. Nel ricordo, Vincent e Gigi erano diventati una persona sola.

Gliene parlai in una di quelle prime notti da innamorati, quando non si dorme e ci si racconta tutto. Pochissime, tra noi.

Lui aveva riso, arrotolandosi le punte dei miei capelli attorno alle dita, aveva detto che Eros e Thanatos sono buoni compagni e che tanto più la morte è vicina, tanto più si apprezza la fiamma del peccato, pulsione di vita. Mi aveva raccontato di un suo compagno di classe di Torino, diventato anatomopatologo, «il più grande scopatore mai esistito». È così che ho iniziato ad amarlo.

C'è un odore davvero sgradevole in questo bar. Se Vincent non arriva entro dieci minuti me ne vado.

Antonia

«Prima mangiamo» dico.

Mentre Leo annunciava di aver capito cosa è successo a Maio sono arrivati i nostri piatti, col pasticcio fumante e profumato di tartufo.

Ho avuto l'impulso di interromperlo. Non riesco a credere che Leo possa davvero aver scoperto qualcosa oppure ho paura di sapere? O voglio solo godermi fino in fondo il vero pasticcio di maccheroni?

Mi torna in mente quel che ha detto Michela a proposito di Alma: "Io sono superficiale. Non ero intelligente come lei". Mi chiedo se mia madre sarebbe capace di mangiare, in questo momento. Forse anche io sono superficiale, ma come fa Leo ad aver capito cosa è successo a Maio se nemmeno io, che sono qui da cinque giorni, ne ho idea? L'ipotesi più plausibile l'ha fatta Luigi: quella notte Maio era nell'auto parcheggiata sull'argine del Po con i due ragazzi di Massafiscaglia, poi è caduto o si è buttato nel fiume. Quando gliene ho parlato, Leo non ha commentato. Che abbia fatto altre indagini? Cosa può aver scoperto da Bologna, con tutti i problemi che ha avuto in questi giorni?

Sarò superficiale, ma la frase di Leo mi ha turbata e non riesco a godermi il pasticcio: ne ho mangiato metà e non sono più riuscita a continuare. Troppa besciamella. O troppa emozione.

Sento il cuore che batte e mi accarezzo la pancia. Forse ho paura che Leo possa aver trovato le prove della morte di Maio: sarebbe da lui un colpo di scena del genere. Fino a che Luigi lo suppone non mi sembra un fatto irrimediabile, ma Leo è il più bravo di tutti. Se dice che ha capito una cosa, è difficile che si sbagli.

Non sembra stupito che io non voglia sapere subito cosa ha scoperto. Ha divorato la sua fetta di pasticcio e ora sta guardando la mia metà abbandonata nel piatto, quando gli squilla il telefono.

Il tipo con l'aria antipatica si gira verso di noi. Starà pensando quanto siamo cafoni a lasciare acceso il cellulare al ristorante, non può immaginare che Leo è il commissario di Polizia di una città in stato di emergenza criminale. Se lo chiamano a quest'ora, di sicuro è per lavoro.

Infatti è Innocenzi.

Sento Leo che dice: «Quando?», e poi: «Mandami a prendere a Ferrara in corso Ercole d'Este, al ristorante in fondo alla strada, c'è solo quello. A tra poco».

Poi rimette il telefono in tasca, mi guarda e dice: «Un altro morto. Devo rientrare subito».

Cerco di non mostrare la mia delusione, non ci riesco.

«Non hai visto niente di Ferrara. Che peccato», non posso fare a meno di sospirare.

«Ho visto te. Sei bellissima vestita da imperatrice» risponde sfiorandomi il mento.

Lui invece ha le borse sotto gli occhi, gonfie come quando dorme poco, e una macchia sulla cravatta. E ha mangiato voracemente: quando Leo è stressato lo capisco dal fatto che mangia troppo.

«Sei preoccupato?»

«Ne abbiamo viste di peggio, ma il ragazzo appena ammazzato aveva vent'anni ed era di Bologna, incensurato. È rimasto ferito anche un passante. Ora si agiteranno tutti quanti.»

Mette la mano sulla mia, abbandonata di fianco al piatto. «Mi dispiace non restare con te, stasera» dice.

Dispiace moltissimo anche a me. Ora devo sapere di Maio prima che se ne vada. Sento salire l'inquietudine che non abbia il tempo di farlo, che mi lasci così.

«Dimmi di Maio allora. Cos'hai capito? Abbiamo poco tempo.»

Non è la prima volta che Leo deve andarsene all'improvviso, ma non è mai successo in un momento del genere. Anche perché non ci sono mai stati momenti del genere tra noi.

«Abbiamo...» si guarda l'orologio al polso, «più di mezz'ora. Posso ordinare quel dolce rosso e nero? Zuppa inglese, vero?» dice Leo indicando il carrello dei dolci.

Lo fa apposta perché prima ho preferito mangiare il pasticcio invece di farmi raccontare subito di Maio? Ogni tanto noto in Leo un lato orgoglioso del quale immancabilmente mi stupisco.

«Ordina la zuppa inglese. E dimmi cos'hai capito, ti prego.»

Leo fa un cenno al maître e gli mostra il dolce che ha adocchiato sul carrello. Si toglie gli occhiali e strizza gli occhi. Lo vedo appoggiarsi allo schienale, come fa quando allunga le gambe sotto al tavolo. Poi però si raddrizza, rimette gli occhiali, mi fissa. Ha il suo sguardo da poliziotto.

«In treno ho ripensato a quel che mi hai raccontato. Ho fatto un po' di ricerche in rete, nei rari tratti in cui funzionava il collegamento.»

«E quindi?» chiedo. Sono impaziente. Stiamo perdendo tempo, sembra che lo faccia apposta.

Sorride.

Improvvisamente non sembra più stanco ma divertito, lucido e all'erta, mentre io sono sempre più inquieta. Questo posto, che mi sembrava confortevole e intimo, ora mi appare pieno di ombre. Se ne sono andati tutti, e non sono nemmeno le nove di sera.

È sparito persino il maître con la giacca di tweed.

«Mi hai detto che Maio era condizionato dal carattere di tua madre» comincia.

«Più o meno, sì, è quel che mi ha raccontato Michela.»

«Conoscendo tua madre, tendo a crederci» commenta.

«Ma...» sto per obiettare, poi lo lascio parlare: «Ok, vai avanti...»

«Sai quanto mi piaccia tua madre» dice, accarezzandomi la mano con la sinistra, mentre con la destra impugna il cucchiaio in attesa della zuppa inglese. «È così intelligente» continua. «Ma ha un carattere dominante, carismatico. Non per niente i suoi studenti l'adorano. Con te si è trattenuta, ma Alma è un po'... manipolatrice. Tuo padre è uno dei pochi che sanno resisterle perché fa resistenza passiva. Per questo stanno ancora insieme dopo trent'anni...»

«Non mi hai mai detto niente del genere da quando ci conosciamo...» comincio. Non mi aspettavo questa disamina del carattere di Alma.

«Non ce ne sono stati l'occasione né il motivo. Sei abbastanza indipendente da lei. Non mi fraintendere, tua madre merita l'attenzione che riceve, da tutti. Ha una grande personalità. E un passato... chiunque altro sarebbe stato spazzato via, distrutto. Lei invece è una combattente. Ha trovato il modo di nutrirsi dei suoi sensi di colpa, di trarne forza. È una persona che lotta ogni giorno coi suoi demoni. E non perde mai.»

Sono impressionata dalla sensibilità di Leo. Nemmeno io avrei saputo descrivere Alma così bene.

«Ma cosa c'entra questo con la scomparsa di Maio?»

Il cameriere ha portato due porzioni di zuppa inglese e Leo, dopo aver finito la sua in tre bocconi, ha iniziato la mia, che non riesco nemmeno ad assaggiare.

«Tua madre, quando sono stato a pranzo da lei, mi ha mostrato una fotografia. Un'istantanea del loro ultimo Natale, scattata poco prima che Maio scomparisse: l'hai mai vista?»

«Non ho mai visto una foto di Maio. Non ho avuto il coraggio di chiederglielo.»

Quante cose sono successe in soli cinque giorni. Persino Alma che fa vedere a Leo una foto che io nemmeno sapevo esistesse. Non sono gelosa, ma stupita. Anche se conosco la capacità di Leo di far parlare le persone.

«Nella foto suo padre abbraccia lei e la madre davanti all'albero di Natale. Tua nonna era una bella donna, ma ha un'aria sofferente. Alma ha lo stesso sguardo profondo di adesso. Sembrerebbe una classica foto di Natale, se non fosse per Maio. In quella foto sembra... un folletto. È completamente estraneo alla scena ma nello stesso tempo ne è il protagonista: ha una sciarpa bianca arrotolata intorno alla testa come fosse un turbante e finge di suonare un clarinetto, sai, come gli incantatori indiani di serpenti? Ha un'espressione bizzarra, divertente. Come se non fosse dentro la fotografia ma lì con te che guardi, a prendere in giro la sacralità stucchevole del Natale. Ti colpisce, soprattutto se pensi che è l'ultima immagine di un ragazzo che poi è scomparso nel nulla. Tutta la retorica del momento, il Natale, l'albero, le decorazioni, va a farsi benedire di fronte a quella posa... che probabilmente aveva improvvisato. Doveva essere creativo e fantasioso, come ti ha detto la sua ragazza.»

«E allora?»

Come può Leo aver capito cosa è successo a Maio da una fotografia?

«Ci arrivo. Vuoi un goccio di vino?»

Un goccio di vino ci vuole, stasera.

«Mezzo bicchiere, grazie.»

«Brava, anche io» dice, riempiendosi il bicchiere fino all'orlo.

«Alma ti ha raccontato cosa avevano fatto il pomeriggio quando... la sera poi si sono bucati, vero?»

«Sì, erano andati al cinema a vedere un film di Antonioni.»

«Bravissima. E ti ricordi che film ha visto Maio il giorno che è scomparso?»

«Leo, sì, te l'ho detto io, *Il presagio*, un film horror, ma cosa c'entra questo?»

Mi sembra di sentire in lontananza una sirena. Sarà l'auto che viene a prenderlo. E lui non mi ha ancora detto niente. Sono sempre più inquieta.

«Lo sai di cosa parla *Il presagio*, Toni?»

Leo mi stringe la mano, guardandomi negli occhi.

«No, non lo so.»

«Di uno scambio di identità. Un bambino nato morto viene sostituito con un altro la cui madre è morta di parto» dice con foga.

«Ah. E quindi?»

«E sai di cosa parlava il film di Antonioni che hanno visto Alma e Maio quel giorno?»

«Non me lo ricordo, volevo rivederlo ma non l'ho ancora fatto.»

«Di un giornalista che trova il cadavere di un uomo che gli somiglia, inscena una finta morte e assume l'identità del defunto. Un altro scambio di identità.»

Comincio a capire dove vuole arrivare Leo. E ho il cuore in gola.

«Tu credi che Maio... abbia cambiato identità?» sussurro.

Leo sospira. Guarda l'orologio.

«Ho sentito il rumore della macchina. Sono arrivati.»

«Leo, rispondi, credi che Maio abbia cambiato identità?»

Si alza e prende valigetta e impermeabile nel momento in cui entra un agente in borghese che ho già visto altre volte ma non conosco per nome. Leo gli fa un cenno per dire che lo raggiunge subito, poi si rivolge a me: «Vieni, che ti accompagno in albergo».

«Leo, rispondimi per favore!»

Mi alzo in piedi anch'io.

Anche se quella di Leo è solo una deduzione, sento che ha ragione. Che può aver capito come sono andate le cose. Sono sicura che ha ragione, lo sento sotto la pelle, nello stomaco. Come si sentono le cose vere, con quell'intensità definitiva.

La verità arriva con una forza misteriosa, ancora prima di averne le prove la riconosci. Ha una voce.

Ma voglio ascoltarlo da lui.

E lui lo dice, senza sorridere stavolta: «Sì, Toni. Io credo che Maio sia vivo».

Seduta con Leo sul sedile posteriore dell'auto di servizio, non ho più voglia di mostrargli il Palazzo dei Diamanti o lo scorcio della piazza che si vede dal Castello. Abbiamo solo pochi minuti. L'ho aspettato tanto e già se ne va.

«Tu cosa faresti adesso?» chiedo.

Sento che ha ragione a proposito di Maio, ma sarà difficile dimostrarlo.

Mi tiene con forza la mano: «Parlerei con le persone che li hanno conosciuti».

Siamo arrivati. Leo viene ad aprirmi la portiera, mi fa scendere, mi bacia sulle labbra.

«Volevo dormire con te, stasera.»

«Anche io volevo dormire con te.»

Ci abbracciamo stretti e un po' goffi, con le pance che spingono una contro l'altra, accanto allo sportello aperto dell'auto.

Vedo le luci sulla torre del Castello. Si è alzato un vento leggero: è la prima volta, da quando sono qui. La città senza vento, mi era sembrata Ferrara, dove tutto è immobile.

«Ti chiamo.»

Mi dà un ultimo bacio sulle labbra e una carezza sul viso. Poi entra in macchina accanto all'autista, ma subito apre il finestrino e si sporge a chiamarmi. Mi avvicino e lo vedo frugarsi nelle tasche. Ne estrae un mazzo di chiavi e me lo dà.

«Sono le chiavi della casa di Alma. Spero di poter tornare domani per entrarci insieme.»

Rimango sul marciapiede mentre l'auto se ne va. Le guardo: tre chiavi consumate in un portachiavi a catenella agganciato a una vecchia moneta d'argento. Le chiavi di Alma. Le stringo nel pugno, poi le infilo in tasca.

Sono solo le nove e mezzo e non ho voglia di tornare in camera. Per la prima volta, mi duole la parte bassa della schiena, come alle donne incinte, ma non ho intenzione di andarmi a distendere coi piedi in alto. Non ancora.

È una serata strana, non soltanto per il vento e perché è tanto diversa da come l'avevo immaginata. Sono di nuovo sola, alle prese col mistero di Maio e di Ferrara, ma ora mi sembra più accessibile, più vicino. Sento che l'intuizione di Leo racconta quel che ho sempre saputo dal primo momento: Maio è vivo.

Prendo una strada a caso, verso il centro, per camminare.

In piazza Savonarola c'è la solita comitiva di giovani che parlano a voce alta e bevono birra. Ne berrei mezza anch'io, se fossi in compagnia. Mi viene in mente che Isabella, la figlia di Michela, mi ha dato il suo numero di cellulare. Mi chiedo cosa sappia di Maio. Le mamme parlano del loro primo amore alle figlie grandi? Alma con me non l'ha mai fatto, ma Michela è diversa. Ti racconterò del mio fidanzato messicano, Ada?

Il primo ragazzo che ho baciato è stato uno studente molto più grande di me, quando eravamo in America. Ai miei non mentivo, ma non raccontavo niente. Ero una ragazzina segreta, omertosa. Justo studiava Storia e aveva vent'anni. Andavamo al molo a guardare le maree e ci baciavamo nel freddo pungente. Alma non si è mai accorta di lui: lei vede solo quel che vuole vedere.

Non sono sicura che Michela mi abbia raccontato tutto. Più ci rifletto, più mi pare strano che non mi abbia domandato di Alma: se erano così amiche, avrebbe dovuto essere molto più interessata a lei. Invece me ne ha chiesto solo una volta, quando ci siamo incontrate, un generico "Come sta?". Con la sua disponibilità nei miei confronti sembra quasi voglia tenerla a distanza, come se il nostro rapporto spontaneamente amichevole escludesse di fatto la sua antica amica. Ma quando ha detto che ho fatto bene a venire qui, che i nodi del passato vanno sciolti, ho avuto l'impressione che volesse comunicarmi qualcosa. O che mi nascondesse qualcosa. C'era una nota stonata in quella frase, non da lei. Non la lei luminosa e diretta che avevo conosciuto fino a quel momento.

E ora che ci penso è stata Michela, raccontandomi la storia della presunta infedeltà di mia nonna, a distrarmi da Maio, appena arrivata a Ferrara.

Eccomi davanti alla Cattedrale. Ci sono gruppi di giovani sparsi per tutta la piazza, ma il grifone è libero. Mi ci appoggio con la schiena per estrarre il cellulare dalla borsa e chiamare Isabella.

«Puoi bere?»

Isabella mi guida a un tavolo quadrato vicino alla libreria.

Mi chiedono tutti se posso bere.

«Un bicchiere di vino o una birra ai pasti.»

«Allora mangiamo qualcosa.»

Mi aspettava al bancone del bar con un cappotto dello stesso punto di rosso dello smalto che ha sulle unghie. Deve essere un personaggio noto, a Ferrara, Isabella l'attrice.

«Ma ho già mangiato. Quasi. Mezza fetta di pasticcio di maccheroni. E ho bevuto mezzo bicchiere di vino.»

«Allora ordiniamo un'altra mezza fetta e mezzo bicchiere, così sei a posto. Sei incinta, devi mangiare.»

«Non faccio altro. Ma va bene. Mangi anche tu?»

«Qualcosa sì. Se non mi chiamavi tu saltavo la cena. Ivo, ci mandi una fetta di pasticcio divisa in due e un quartino di bianco buono? Ce l'hai quel prosecco non filtrato?»

Isabella gorgheggia l'ordinazione al gestore dell'osteria dove mi ha dato appuntamento: una grande cantina calda, a volte basse, piena di libri, bottiglie, divani, vicina a dove abitavano Alma e Maio. Per arrivarci sono passata davanti a casa loro. Dalla finestra di Lia filtrava luce ma non usciva nessun suono, niente musica, niente *"Bascta"*. Ho rivolto a lei e a Mina un saluto silenzioso mentre correvo all'appuntamento sotto la pioggia. Il vento ha portato il temporale e i ciclisti mi frusciavano accanto attrezzati con impermeabili, reggendo ombrelli.

Sotto il cappotto Isabella porta un semplice golfino nero con dei fuseaux aderenti, come quelli che metto io, ma infilati dentro stivali neri dal tacco alto e sottile. È longilinea, pallida, una bellezza irregolare che non si dimentica.

«Abiti vicino?» domando.

«Qui sopra. Con Ricky, il mio fidanzato. Ma adesso lui non c'è.»

Già, Ricky, quello dei soldi falsi. Non c'è perché è in carcere, ma se lei non me lo dice devo fingere di non saperlo. Devo stare attenta: la mia priorità ora è farla parlare di Michela e Maio. Come si comporterebbe Emma Alberici?

«Da quanto tempo non abiti più coi tuoi?» chiedo.

«Sei anni. Ho studiato Arte Drammatica a Roma. Sono tornata qui per Ricky, lui studia Legge.»

Spero che Isabella non noti il mio sguardo stupito. Non mi aspettavo che Ricky fosse uno studente universitario. Di Legge, poi. Invece se n'è accorta, ma pensa che il motivo del mio stupore sia un altro.

«Ha solo un anno meno di me. Ci siamo conosciuti in treno proprio mentre veniva a iscriversi a Ferrara, tre anni fa. Qui c'è una buona Facoltà di Legge, a Roma combinava poco.»

«E tu stai bene qui?» le chiedo.

«Ora che lui non c'è, no. Sono stata via troppi anni, le mie ex compagne di scuola fanno vite completamente diverse dalla mia. Ma come base, tra un lavoro e l'altro, Ferrara va bene. Un amico di mio padre mi fa lavorare al caffè sul corso quando non ho ingaggi. Non si guadagna molto col teatro.»

Resisto alla tentazione di chiederle dove sia Ricky. Come poteva, da studente, regalarle vestiti per migliaia di euro? Ma non è quello che mi interessa, adesso devo capire se Michela mi ha mentito su Maio.

«Tua madre sarà contenta che sei tornata.»

«No. Lei non è quel tipo di madre. Anzi. Dice che ho fatto una cazzata.»

Riconosco il linguaggio di Michela, ma fingo di sorprendermi: «E che tipo di madre è?».

«Be', l'hai conosciuta. È una che sa organizzarsi. Non ha mai rinunciato ai suoi viaggi di aggiornamento, ai convegni in giro per l'Europa. È molto brava nel suo lavoro, collabora con professori importanti. Non avrebbe potuto farlo, con tre figli, se avesse abitato in una città meno tranquilla: qui ci sono i miei nonni a portata di mano, mio padre che alle sei del pomeriggio è a casa. Mia sorella è ancora piccola, fa la seconda media. Mio fratello quest'anno ha la maturità. Ma mia madre quando deve partire parte.»

«Avresti voluto che fosse più presente?»

«Avrei voluto e vorrei, visto che è tanto brava a farsi gli affari suoi, che li lasciasse fare anche a me.»

Poi stringe le labbra. La innervosisce parlare di sua madre. Devo incalzarla. Le verso il vino. Invece del quartino richiesto da Isabella, Ivo ci ha portato una bottiglia di spumante rosé: «Offro io» ha detto, accarezzandola con lo sguardo.

«Che gentile è stato» commento.

«Siamo vicini di casa. Nemmeno lui è di Ferrara, anche se abita qui da sempre. Non pensare che i ferraresi veri, quelli iscritti alla Marfisa, siano così.»

«Ricordami cos'è la Marfisa?» chiedo.

«Il circolo del tennis di corso Giovecca. Ci giocavano anche Bassani e Antonioni.»

«Ah, e loro erano ferraresi veri?»

«Per niente, si sentivano degli esclusi. Sono fuggiti a Roma.»

«Ma qualcuno si sente ferrarese qui? Continuo a incontrare gente che li critica.»

Tranne Lia Cantoni penso, ma non lo dico.

«Quelli con te non ci parlerebbero, ecco perché non li incontri.»

«Perché?»

«Capelli troppo lunghi, orecchini tribali, sola, incinta. Per carità. Li destabilizzeresti, hanno il terrore del diverso.»

«Tua madre non mi ha dato questa impressione, anzi, è stata molto aperta con me.»

«Mia madre non è ferrarese, non te l'ha detto? I miei nonni avevano un bar di là dal Po. Veneti e poveri, pieni di debiti. Lei era il genietto di famiglia e ha studiato, ha sposato il medico, si è sistemata.»

«Brava, quindi» insisto.

«Bravissima, per carità.»

Isabella sta per esplodere e decido di giocare a carte scoperte. Sento che fatica a mentire, come me.

«Secondo te perché Michela mi ha detto che Maio è morto? Non hanno mai trovato il corpo. Io credo che sia vivo, invece. E che sia in contatto con lei» dico improvvisamente.

Isabella alza la testa di scatto dal piatto che stava cincischiando con la forchetta. La guardo negli occhi. Li abbassa di scatto.

«Non posso dirti niente» sussurra.

Dopo un momento si corregge: «Non so niente».

Ma mi ha già detto tutto.

Alma

Nel sogno non sono io, sono Michela, e mi guardo da fuori.
Quando la mamma chiama, corriamo da lei.
È come se li vedessi dall'alto.
Li osservo salire tutti insieme in solaio: mia madre, mio padre e noi due figli.
Maio e Michela dimostrano una decina d'anni, mentre i miei genitori sono alti e devono chinare la testa per varcare la porta del solaio. Quando entrano si guardano intorno. C'è poca luce.
Maio indica il baule rosso, quello dove la mamma teneva i giochi di quando eravamo piccoli: è spalancato, e dall'alto vedo che è vuoto.
Maio e Michela lo indicano, come se stessero cercando qualcosa.
Mio padre ha un braccio sulla spalla di mia madre, mia madre tiene Michela per mano e Michela stringe il gomito di Maio. Mi sento sola, esclusa dal loro contatto.
Io vedo loro ma loro non vedono me.
So che sono tutti in pericolo, che sta per succedergli qualcosa di cruento, terribile.
Un'aggressione. Un'esplosione.
Un omicidio.
Ho paura.
Vorrei urlare, ma la voce non esce, e loro non possono sentirmi.
Il solaio è umido e buio e io so che è pieno di ragni, anche se non li vedo.

Mio padre si sporge sul baule rosso, fa un gesto come per mostrare qualcosa, gli altri si avvicinano per guardare.

In quel momento Michela e Maio cominciano a rimpicciolirsi, sempre di più, molto rapidamente, finché si trasformano in grossi ragni, si arrampicano sulle pareti del baule e ci entrano.

I miei genitori li osservano con affetto, tenendosi per mano.

Quando sono dentro, mio padre chiude il baule e guarda mia madre sorridendo.

Anche lei sorride, e lo fissa con approvazione.

Sento un fortissimo dolore alla schiena.

So che moriranno tutti.

Adesso.

Antonia

«Ciao, Antonia. Non preoccuparti, niente di grave, Alma ha avuto un incidente al Pilastro un'ora fa. Siamo al Sant'Orsola, meglio che torni appena riesci.»

La voce di mio padre è calda, ferma. La mia invece è un grido strozzato: «Al Pilastro? Ma cosa stai dicendo?».

Ho risposto al telefono mentre attraversavo la piazza della Cattedrale e alcuni ragazzi si girano a guardarmi. Se al telefono non ci fosse mio padre penserei a uno scherzo. Ho appena lasciato Leo con la notizia del passante investito al Pilastro. Ora anche Alma?

Stavo tornando in albergo dopo che Isabella si era congedata precipitosamente, confermando i miei sospetti su Michela. Pensavo a come affrontarla quando è suonato il telefono.

«Stai calma, va tutto bene.»

«Non va bene niente, papà. Arrivo.»

Franco al telefono non ha detto altro. Ho chiamato Leo, che stava già venendo a prendermi: è assurdo, ma pare che il passante investito dopo la sparatoria sia mia madre. Non posso credere che sia vero, ma non mi farebbero uno scherzo così.

Durante il viaggio in auto fino al Sant'Orsola ci siamo tenuti per mano, senza parlare. Ogni tanto ci guardavamo in faccia, increduli, e poi tornavamo a fissare la strada buia, le luci delle auto che superavamo a una a una. Come in un sogno.

Franco è seduto in un corridoio dalle pareti nocciola. Non era vero che non è niente di grave, la stanno operando. Leo e Franco si danno la mano, Leo gli stringe una spalla. Mio padre è pallido. Non mi era sembrato così magro quando ci siamo incontrati al Diana, pochi giorni fa. Una vita fa.

Siamo tutti e tre senza parole.

Da quel che si è capito, Alma stava passando vicino al bar dove hanno ammazzato il ventenne, un bar frequentato da malavitosi, e il killer mentre fuggiva in motocicletta l'ha investita. Al Pilastro. In periferia. Per quel che ne so, Alma non c'era mai stata in vita sua.

Quello che sta accadendo non ha senso.

Leo e Franco sono preoccupati per lei e per me, ma io sto bene, anche se sono esterrefatta.

Sento Ada che si muove, come un forte battito d'ali.

È grande come una piccola bambola ormai. Trenta centimetri, testa-coccige. Ho visto la figura su un libro che dava consigli alle mamme in attesa: dormi con le gambe alzate e le ginocchia leggermente flesse, assumi alimenti ricchi di fibre, bevi molto. Riposati almeno un'ora al giorno.

Quello che sta accadendo non ha senso.

È uscita dalla sala operatoria poco prima dell'una, l'ho scorta da lontano. Ho visto il ciuffo di capelli neri, le mani bianche. Era intubata. Immobile.

Ci hanno assicurato che non è in pericolo di vita.

Leo parla al telefono sottovoce, ogni tanto viene a stringermi una spalla, le mani, a darmi un bacio sulle labbra, o sulla testa.

Stanno interrogando quelli che erano al bar. Lo so che lui non dovrebbe essere qui, adesso, ma al Commissariato. Gli ho ripetuto molte volte di andarsene, che sto bene.

Ora propongo io di andar via, se no qui non si muove nessuno. E secondo il medico, una donna bionda molto truccata, rimarrà sedata un bel po'. Fino a domani sera, almeno.

«Sua madre è una donna molto fortunata» ha commentato. È la prima volta che sento questa frase in vita mia.

Porto mio padre a casa, dormo da lui. Tanto Leo stanotte non torna. Ci accompagna con la volante fin sotto al portone. Non parliamo ma stiamo pensando entrambi a cosa scriverebbero i giornali se scoprissero che la passante investita dopo la sparatoria del Pilastro è la suocera del commissario Capasso. Per fortuna non siamo sposati, forse non lo scopriranno. Leo scende insieme a noi, mi bacia, abbraccia Franco. Sorride dei punk che stazionano giorno e notte coi cani vicino a casa dei miei.

Franco no, lui stasera non sorride.

Saliamo lentamente le scale. Appena apriamo la porta, Rossa ci corre incontro, Franco va in bagno con l'impermeabile ancora addosso, le versa i croccantini nella ciotola e le apre il rubinetto dell'acqua. Alma le ha dato l'abitudine di bere l'acqua fresca dal rubinetto e Rossa non beve in nessun altro modo. Quando abitavo qui non mi rendevo conto fino in fondo di quanto fosse piccola questa casa, e buia, soffocata dai libri in disordine. Mi ci sentivo stretta senza capire il perché. Ci sono cresciuta, era casa mia, ma non vedevo l'ora di lasciarla.

Franco va in cucina, riempie una pentola d'acqua. Accende il fornello.

«Cosa fai?» chiedo, togliendomi stivali e impermeabile. Il pavimento è gelato. Fa freddo, ho ancora addosso il vestito col quale sono uscita a cena con Leo, non sono ripassata in albergo, ho lasciato tutto a Ferrara.

«Non so se preparare una pasta, un tè, o una borsa dell'acqua calda. Tua madre è l'unica persona al mondo che sa farmi perdere la testa.»

Sta meglio. Riesce a scherzare. Tornare a casa sua lo ha rimesso in sesto.

«Ce l'hai un maglione pesante e delle calze di lana?» chiedo. «Sto gelando.»

«Miei o della mamma?» domanda.

«Vado a vedere io.»

Entro in camera di Alma. È in disordine, come sempre. Da quando sono andata a vivere da sola, lei e Franco dormono in stanze separate. Quella di Alma è invasa da libri impilati su ogni superficie: comodini, scrivania, mensole. Il letto matrimoniale è stato rifatto ma i cuscini sono appoggiati alla testata uno sopra all'altro, come se si fosse stesa a leggere, prima di uscire. Prima di andare al Pilastro Dio sa a far cosa.

Su una poltroncina ci sono maglioni buttati a caso, magliette, calzettoni, i suoi abiti da casa. Proprio quel che cercavo. Mi tolgo il vestito e me li infilo: calzettoni, pantaloni, maglione. I pantaloni sono lunghi e il maglione mi fascia la pancia, però sono caldi e comodi. Ci dormo, vestita così, stanotte.

Sono le due passate. Vado a lavarmi le mani e raggiungo Franco in cucina. Ha preparato una camomilla. Ci sono due tazze sul tavolo, e una scatola di biscotti inglesi.

«Vuoi il latte?» chiede. «Un bel latte caldo col miele?»

Quando ero piccola me lo preparava la mamma, prima che andassi a letto. Mangiavo sempre poco a tavola e poi mi veniva fame al momento di dormire.

Franco diceva: «Non si mangia a quest'ora». E Alma: «Sì, ma non si può dormire affamati, le faccio solo un latte caldo».

Il latte caldo era una scusa per inzupparci i biscotti, lo sapevamo tutte e due, anzi, tutti e tre.

«Magari, sì» rispondo.

Sono sfinita, scombussolata e incredula, ma non mi sono mai sentita tanto padrona di me stessa. Mangiamo in silenzio tutti i biscotti della scatola, io inzuppati nel latte, lui nella camomilla.

Poi ci abbracciamo.

«Andiamo a letto, papà.»

«Sì, sarà meglio.»

Niente citazioni dall'*Eneide*, stasera. Non ho mai visto mio padre così.

Lo guardo chiudersi in quella che era la mia camera, seguito da Rossa, mentre io mi infilo nel letto di mia madre. Le lenzuola hanno il suo profumo, un profumo francese alla tuberosa, una delle sue poche civetterie.

Non penso a nulla tranne che a Ada. Ho voglia che questa storia finisca per occuparmi solo di lei. Oggi sono entrata nella ventiquattresima settimana. «Peserai ottocento grammi, ormai. Diventi grande» la saluto, prima di cadere in un sonno esausto.

Ci metto qualche secondo a capire dove sono, quando mi sveglio.

C'è un gran silenzio, a parte il ticchettio soffocato di un orologio invisibile. Non solo in questa casa usano ancora gli orologi a molla, ma li tengono nascosti nei cassetti.

Tasto il comodino per cercare il mio telefono e trovo quello di Alma: era uscita senza, si vede che non pensava di star fuori a lungo, oppure lo aveva dimenticato. È spento, non conosco il suo PIN, altrimenti cercherei di capire dove stava andando, se qualcuno l'aveva chiamata prima che uscisse.

Sul mio telefono trovo due messaggi. Uno è delle sette di stamattina, di Leo: "Arrestato il killer, pesce piccolo. Vado a dormire tre ore. Ho chiamato l'ospedale, tutto bene ma la tengono sedata fino a stasera tardi o domani. Ti amo". L'altro è di Luigi e dice solo: "Ho saputo se hai bisogno sono qui".

Come diavolo ha saputo?

Ma certo, è un poliziotto. Sa tutto.

Mi alzo. Mi scappa fortissimo la pipì. Ada è sveglia e scalcia. Mio padre in cucina, in giacca e cravatta, è pronto per uscire. Sul tavolo c'è la sua moka con accanto una tazzina.

«Buongiorno, dove vai?»

«Al Sant'Orsola. Ho fatto il caffè. Come stai?»

«Mi ha detto Leo che la mamma non si sveglierà prima di stasera tardi.»

«Preferisco andarci lo stesso, mi porto un libro, posso lasciarti qui da sola?»

«Tanto devo andare a riprendere le mie cose a Ferrara: ho piantato tutto là. Torno prima di cena.»

«Come ci vai?»

«In treno. Ci vuole meno di un'ora, ma se vuoi resto con te.»

«A far la guardia alla salma? Non serve, cara, è tutta la vita che mi smazzo tua madre da solo.»

«Vedo che stai meglio.»

Sembra tornato in sé, anche se non l'avevo mai sentito dire "smazzo" prima d'ora.

«Ho trovato un messaggio di Leo, hanno arrestato l'uomo che ha sparato. Cosa ci faceva Alma davanti a quel bar, papà?»

«Forse andava a trovare uno studente, un'amica... non ne ho la minima idea.»

«Aspetta un momento a uscire, devo fare la pipì, prendiamo un caffè insieme, hai dell'acqua fuori dal frigo?»

«Solo del rubinetto. Vai, ti aspetto.»

Quando torno Franco si è seduto al tavolo di cucina, ha versato i caffè e due bicchieri d'acqua e sta leggendo la cronaca di Bologna sul quotidiano.

«Cosa dicono?»

«Solo il nome, e: "Investita una professoressa di cinquantun anni che si trovava a passare davanti al luogo in cui è stato freddato il giovane incensurato di San Lazzaro. È in prognosi riservata".»

«Lo sai che non può essere un caso, papà.»

«Perché no?»

«Ma dài. Leo è il responsabile dell'indagine più importante degli ultimi dieci anni, tutti i giornali parlano dei tre delitti del Pilastro, un quartiere dove Alma non conosce nessuno e dove non è mai stata, e lei si trova a passare casualmente proprio davanti al posto dove stanno ammazzando il quarto?»

«Non riesco a immaginare nessun'altra spiegazione. Tu cosa pensi?»

«Sono disorientata, ma non può essere un caso.»
«Ce lo dirà lei quando starà meglio.»
«Che schifo questo caffè.»
«Di solito lo fa tua madre... Antonia, io andrei. Sono più tranquillo se la vedo.»
«Chiamami appena ti dicono qualcosa. A proposito, sai il PIN del suo telefonino?»
«No.»
«Era uscita senza.»
«Lo fa, ogni tanto. E anch'io.»
«Ora vedi di portarlo.»
«Antonia?»
«Dimmi?»
«Stai bene?»
«Benissimo.»
«Lo vedo. In questo sei come lei.»
«In che senso?»
«Tua madre si angoscia per i problemi esistenziali, ma quando c'è un'emergenza concreta diventa un'amazzone.»
«Veramente, da ragazza...»
Mi interrompe: «Un'altra persona sarebbe impazzita, con quel che è capitato a lei, invece ti ha cresciuta benissimo, nonostante i suoi traumi. Poi lo sai, no, che le amazzoni si mutilavano il seno per combattere... una vena autolesionistica ce l'avevano anche loro. Ora vado».
«Una cosa...»
«Cosa?»
«Sai cos'ho pensato? Secondo me non è che Alma non si voglia bene, è che non sa dimostrarselo.»
Franco sorride, si allaccia l'impermeabile e va verso la porta, poi si gira a guardarmi.
«Ciao, Bradamante.»

Se parto col Regionale veloce arrivo a Ferrara a mezzogiorno e ho il tempo di preparare le mie cose e rientrare prima di sera. Non so quando potrò ritornarci, è meglio che parli subito con Michela. Franco ha ragione, oggi mi sento una guerriera. Se Michela sa qualcosa, oggi me lo dirà.

Mi rimetto il vestito chiaro con gli stivali e apro l'armadio di Alma. Ci sono solo pantaloni neri, camicette, il suo piumino blu, un giubbotto di camoscio che non ha mai messo ma che sta appeso in questo armadio da sempre e un cappotto di cammello nuovo. Metterò il cappotto, sembra bello caldo. È largo e lungo, come piace a me, e sta bene con la mia pashmina.

Mi metto in tasca le chiavi di via Vignatagliata che avevo lasciato nell'impermeabile. Bradamante è pronta. Ada guizza come un pesce rosso. Se Maio è vivo, lo troverò. Devo farlo.

Telefono a Michela dal taxi. Risponde dopo quattro squilli: «Sono Antonia, ti disturbo?».

«Sto mescolando una crema, aspetta che cambio mano. Come stai?»

«Bene, ma dovrei vederti oggi perché poi parto. E non so quando torno. Un caffè dopo pranzo ce la fai?»

La sento esitare, ma solo un istante. «Oggi mangiamo tardi, la piccola torna da scuola alle due. Alle tre andrebbe bene?»

«Benissimo. Al mio albergo?»

«Per le tre arrivo. Ti saluto che attacca.»

Arriverò a Ferrara a mezzogiorno. Mezz'ora per preparare le mie cose e pagare il conto... poi cosa faccio fino alle tre? Potrei chiamare Luigi. Potrei parlargli dei miei sospetti su Maio, o forse no. Cosa dirà di mia madre?

Lo chiamo. Anzi, gli scrivo. "Arrivo a mezzogiorno col treno regionale, ho un impegno alle tre, poi riparto, se vuoi ci salutiamo."

Ecco. Mandato.

Risponde subito.

"Ti vengo a prendere in stazione."

In fondo ci speravo.

Il Regionale veloce al sabato è quasi vuoto, non come lunedì scorso. Posso appoggiare gli stivali sopra il sedile di fronte, se ci metto un giornale non oseranno sgridare una donna incinta.

Vedo sfilare dal finestrino la pianura padana coi casolari lontani che spuntano dalla nebbia, i filari di pioppi, i campi gelati. Oggi non sembra che stia arrivando la primavera. La nebbia è leggera ma densa, bassa, lattiginosa come il cielo bianco. Una sola fermata: San Pietro in Casale. Non l'avevo notata l'altra volta. Come era diversa la persona che lunedì mattina prendeva questo treno, a quest'ora, diretta in un posto di cui non ricordava che la tomba dei Nanetti: ora mi sembra di tornare a casa.

Sono preoccupata per Alma, ma sento, ora più che mai, che le devo soprattutto una cosa: scoprire cos'è successo a suo fratello.

A Ferrara vorrei salutare Lia. E Isabella. Perché questa sensazione d'incipiente addio? Devo capire ancora tante cose. Leo mi ha chiamata mentre stavo per arrivare. Non si è stupito che fossi in viaggio per Ferrara. Ha usato le stesse parole dei miei pensieri, «un lavoro da finire».

Mi ha detto che sta per far partire una serie di arresti, il pesce piccolo ha parlato. Spera non ci saranno altri morti perché «quattro in sei giorni possono bastare».

Non gli ho chiesto cosa ci faceva secondo lui Alma al Pilastro, tanto so che non pensa ad altro.

Una cosa alla volta. Lo scopriremo quando si sveglierà.

Non ho più fretta di saperlo ormai, provo una sensazione nuova, come se stessi arrivando al capolinea di una storia.

Ventiquattresima settimana, pesi otto etti e io sei chili di più: stamattina nello specchio di Alma mi sembrava che la pancia si fosse espansa in larghezza. È ora che mi occupi di Ada.

Luigi non è al binario.

Esco dalla stazione mentre inizia a piovere e vedo la macchina rossa di sua moglie, quella con cui siamo andati al mare. È lui. Sta leggendo un libro.

Quando gli busso al finestrino per un momento mi guarda come se non mi riconoscesse. Non ci siamo più incontrati da quando ho sostituito i pantaloni e il cappotto grigio col mio vestito da imperatrice. Il cappotto di cammello di Alma è sontuoso. Caldo, leggero, sembra di avere una nuvola addosso.

«Sali» fa segno, senza scendere dalla macchina.

Anche se piove, la stazione è invasa dalle biciclette, come ieri. Era solo ieri sera, quando sono venuta qui a prendere Leo.

Mi apre la portiera e mi fissa per un lungo istante. Il suo sguardo smuove qualcosa che non voglio sentire.

«Come sta tua madre?» chiede senza smettere di guardarmi.

«Ci hanno detto bene. Ancora sedata, ma non in pericolo.»

«Quanto tempo hai?»

«Cosa stavi leggendo?» cambio discorso.

«Uno scrittore ferrarese, l'ho trovato in biblioteca. Gianfranco Rossi.»

«Come si intitola?»

«*Gli amici del buio*.»

«Bello?»

«Bellissimo.»

«Di cosa parla?»

«Racconti, ambientati a Ferrara.»

«Non l'ho mai sentito.»

«Non sei la sola. È morto nel Duemila, il giorno prima di Bassani, ma di lui non si è accorto nessuno.»

Prendo in mano il libro, un piccolo libro rosso, di un editore che non conosco.

«Anche io pubblico con un editore così, che non conosce nessuno» gli dico.

Mette in moto. C'è un tergicristallo difettoso che fa un rumore ritmico. Apro a caso e un titolo mi colpisce: *Un posto, non uno qualunque.*

Leggo a voce alta: "Un posto di vero silenzio, di alberi, erba, animali; un posto da dove non essere costretto a fuggire; un posto in cui vivere significasse essere se stesso, liberamente, istintivamente, selvaggiamente, con una gioia infinita tale da deformarsi, a poco a poco, nel piacere di solitaria, inespressa malinconia".

«Che bello» commento.

Luigi ha preso una strada di case basse. Sta piovendo forte.

«Ho tempo, dove andiamo?»

«Dove vorresti andare?» risponde.

Non lo so. Non so dove vorrei andare con Luigi. In un posto, non uno qualunque. Volevo vedere tante cose a Ferrara, ma ormai è tardi. «Andiamo dove possiamo parlare» dico.

Usciamo dalla città. Riconosco la strada di quando mi ha portata sul Po, dove avevano trovato la Golf dei due ragazzi di Massafiscaglia, quella dentro alla quale Luigi pensa ci fosse anche Maio.

Quando arriviamo al ponte però non si ferma nello spiazzo tra le canne di bambù, ma attraversa il Po. Come è largo e minaccioso. Pieno di gorghi, mulinelli, rami. Limaccioso e torbido, fa paura. Stavolta lo vedo, il treno che passa sul ponte accanto facendo tremare anche il nostro. Oggi non c'è nebbia. La pioggia pulisce tutto.

Oltrepassato il ponte, Luigi gira a sinistra e imbocca un sentiero che porta a una chiatta sul fiume. Un ristorante, o un bar. O un capanno di pesca, non capisco.

C'è solo una macchina.

Scendiamo e corriamo all'entrata sotto la pioggia, schizzandoci di fango. È un ristorante grande, deserto, poco invitante.

«C'è un terrazzo fuori, d'estate è bello mangiare in riva al fiume, anche se le zanzare poi mangiano te» dice Luigi.

«Allora siamo fortunati che non sia estate.»

Ci sediamo a un tavolo vicino alla vetrata sul fiume. Da vicino fa ancora più paura.

Non c'è nessuno e fa freddo.

«Stanno ritirando le barche, se continua a piovere così forte c'è rischio di piena» osserva Luigi.

E poi: «Stamattina sono tornato da Porta, il viceispettore. Mi sono fatto raccontare ancora di quel periodo. Mi ha detto delle cose su tua madre».

«Cosa?»

«Sei sicura di volerle sapere?»

«Certo.»

«Quando tua nonna stava in ospedale lei era rimasta da sola e si era messa a frequentare un giro di delinquenti di un bar malfamato in via Carlo Mayr. Pare si fosse fidanzata con due fratelli.»

«Due?»

«Così ha detto Porta. In Questura avevano la consegna da Cantoni di proteggerla, di tenerla d'occhio. I fratelli erano due calabresi che facevano rapine.»

«Forse voleva indagare su Maio.»

«Forse. Ma era molto presa, pare, soprattutto da uno, che fu arrestato proprio in quelle settimane, e allora lei si mise con l'altro. Dice Porta che era gente pericolosa. I due fratelli abitavano insieme in una casa dove giravano armi e droga.»

Non so cosa pensare. Come poteva essere Alma a diciotto anni, con un fratello appena scomparso, un padre morto suicida e la madre che stava morendo in ospedale? Non riesco a immaginarmelo, come potesse sentirsi.

«La chiamarono al Commissariato, le parlarono, cercarono di farle capire che poteva mettersi nei guai. Secondo Porta lei faceva tutto quello che il tizio in galera le chiedeva, compreso stare con suo fratello, e forse anche qualcos'altro.»

«Cosa?»

«Non so, ma quando frequenti quei giri è inevitabile esserne coinvolti. Se vivi in una famiglia di vegetariani, mangi la verdura.»

«Non è detto. Non Alma.»

Arriva un uomo stempiato e rosso in faccia, con gli stivali alti da pescatore, e si appoggia al nostro tavolo.

«Buongiorno, commissario» dice a Luigi. «*Vist' che zurnadina?*»

«Buongiorno, Otello, ce li fa due caffè?»

«*Be' mo com', subit'*» dice Otello, e si dirige al bancone.

«Qui il sabato sera cucinano l'anguilla» mi informa Luigi.

«Non vedo l'ora di non assaggiarla» scherzo.

«D'estate si sta bene» insiste lui.

«Sì, sì» annuisco. Non ci sarà un'estate per noi due, lo sappiamo entrambi.

«Credi che la storia dei calabresi possa avere a che fare con quello che le è successo ieri sera?» dico per fugare altri pensieri.

«Non è improbabile.» Poi: «Cosa pensi di fare ora per Maio?».

Non voglio raccontargli i miei sospetti, non ancora.

«Tu cosa fai qui a Ferrara, veramente?» gli chiedo.

Me lo sto domandando da un po', cosa ci fa uno come lui a Ferrara.

«Ti mandano sempre a fare un po' di Nord, in Polizia. E a Rossana questo ospedale piaceva, ma non resteremo qui per sempre.»

«Dove vorresti andare?»

«Non lo so. Non ha importanza. I criminali sono ovunque.»

«Ci sono tanti poliziotti come te?» gli chiedo.

«Belli come me?», un guizzo malizioso gli si accende negli occhi.

«Intellettuali come te. Non ne avevo mai conosciuti.»

«Non basta leggere quattro libri per essere intellettuali, comunque no, non ce ne sono molti. Leo legge?»

«Gialli. Biografie. Saggi. Mai romanzi. Dice che la vita è meglio.»

«Nessuno è perfetto» sorride Luigi. Alza la mano come se volesse toccarmi il viso, ma poi si blocca, la ritira, se la mette in tasca.

«Ho da finire un lavoro» gli dico. «Mi riporti in albergo?»

«Non vuoi bere il caffè?»

«Farà schifo, a giudicare dal locale.»

«Sì, fa schifo, ma dobbiamo berlo, se no Otello si offende.»

«Siete amici?» chiedo.

«Ci aiuta a ripescare i cadaveri che si incastrano nella chiusa qui vicino. Vuoi mangiare qualcosa?» chiede.

«Meglio di no, guarda.»

Il pescatore di cadaveri porta i caffè, Luigi mette nella mia tazzina due cucchiaini di zucchero e mescola, sorridendo e fissandomi negli occhi, prima di spingerla verso di me: «Bevi».

Non fa nemmeno tanto schifo, questo caffè.

Guardo Luigi.

Mi guarda.

Non c'è bisogno di dire niente.

Ho messo il computer nello zaino e ho salutato a uno a uno gli inquilini del salotto Bonaparte. Non sono solo Napoleone e Giuseppina, me ne accorgo ora, ci sono almeno altri due personaggi. Avrei voluto presentarli a Leo. Ho in tasca le chiavi di Vignatagliata ma non me la sento di andarci adesso. Ora la cosa più importante è convincere Michela a dirmi tutta la verità.

Vado ad aspettarla nella hall. Ho deciso di lasciarle credere che Alma sta molto male: probabilmente ha letto il giornale, e se non l'ha fatto glielo mostrerò io. Le dirò che, se sa qualcosa di Maio, è questo il momento di dirmelo.

Non mi piace mentire, ma è una giornata eccezionale. E poi non mentirò, reciterò la parte di Emma Alberici, ispettore, detective, il mio alter ego. O forse sono io il suo alter ego umano e sgangherato. Anche se lei è più brava di me, oggi ce la posso fare, devo farcela. Ho un lavoro da finire, mi è rimasto poco tempo.

Michela entra nella hall alle tre in punto, con una chiave in mano.

«Vuoi legare la bicicletta in cortile?» le chiedo.

«Brava» risponde, e viene a darmi un bacio sulla guancia. È la prima volta che lo fa. Oggi ha un eskimo verde, foderato di pelo bianco, simile a quello che probabilmente lei e Alma portavano ai tempi della scuola, ho visto che sono tornati di moda. Da dietro, sembra una ragazzina.

Ha smesso di piovere.

«Vuoi vedere la tomba di Lucrezia Borgia?» propone.

No, non voglio vederla, voglio solo parlare con lei. Ma la assecondo.

Ci avviamo lungo corso Giovecca, nella direzione opposta al Castello, poi Michela volta per una strada che non ho mai percorso.

Ha l'aria stanca.

«È nel monastero del Corpus Domini, dove stanno le Clarisse. Vedrai che bel posto.»

Non voglio andare al monastero delle Clarisse, ho bisogno di parlarle subito. Stiamo passando davanti al cancello di un giardino circondato da alte mura di mattoni rossi.

«Quello cos'è?»

«Il parco Pareschi, vuoi vederlo?»

«Sì.»

Le panchine sono bagnate. Il parco è piccolo, protetto, suggestivo. Gli alberi sono molto alti, sembrano avere centinaia di anni. Grandi magnolie con le foglie grasse e lucide, ippocastani, querce, olmi, larici, abeti: c'è ogni specie di albero qua dentro. Sotto una tettoia di tegole di cotto, di fronte a uno spiazzo con un'altalena e una giostra di ferro, c'è una panchina che sembra asciutta.

«Ci possiamo sedere un momento?» le chiedo.

Michela mi guarda la pancia: «Sì, certo».

Dopo un breve silenzio, in cui sembra incerta se parlare o no, dice: «Ho letto di Alma, mi dispiace molto».

Io non replico.

«Come sta?» chiede.

È rimasta in piedi di fronte a me. Non sorride più.

Il parco è silenzioso. I giochi dei bambini sono fradici di pioggia. Non c'è nessuno qui, a parte noi. Chissà perché sono così alte le mura di questo giardino. Michela ha le mani in tasca, sposta le foglie bagnate con la punta del piede.

«Sta molto male» mento. «Ci hanno detto che potrebbe non farcela.»

Non pensavo fosse così facile. È come recitare. Sento crescere l'angoscia, come se quello che ho appena sostenuto fosse vero. Mi trema la voce.

Michela si accovaccia di fronte a me, in equilibrio sui tacchi, mi prende le mani.

«Mi dispiace tanto.» Le sue piccole mani gialle sono gelate. La guardo negli occhi.

«Hai capito perché sono venuta qui oggi?» continuo. «Lo so che Maio è vivo. Dimmi dov'è, come posso contattarlo. Domani potrebbe essere tardi.»

Si alza in piedi lentamente, aiutandosi con i palmi sulle ginocchia. Sospira. Abbassa il mento. È incredibile come sia facile mentire se si ha un lavoro da fare.

Michela si siede accanto a me, fruga nella borsa, prende il tabacco e le cartine e si prepara velocemente una sigaretta. L'accende. Soffia il fumo dalla parte opposta alla mia. Mi fissa in un punto in mezzo agli occhi, senza guardarmi davvero.

«È morto dieci anni fa.»

«Sai perché in questa strada non ci sono porte, tranne quella del monastero?» sussurra Michela.

Siamo sedute una di fianco all'altra nell'ultimo banco di legno di una piccola chiesa.

Mentre Michela confessava che Maio è morto soltanto dieci anni fa ha ricominciato a piovere forte. Siamo fuggite dal giardino. Mi ha guidato correndo in una strana via acciottolata costeggiata da mura di vecchi mattoni rossi. Siamo entrate in un portoncino e ci siamo ritrovate dentro a una chiesa. Ecco perché la via mi sembrava strana: non ha porte, né case, solo altissime mura.

Michela parla sottovoce: «In questa strada nel Medioevo si tenevano i duelli. Allora santa Caterina Vegri, che viveva nel monastero, fece aprire una porta sul retro della chiesa perché la gente non venisse più ad ammazzarsi qui. Non l'avrebbero fatto davanti alla porta di una chiesa. Nella stanza accanto c'è il coro delle Clarisse ed è sepolta Lucrezia Borgia».

«Michela, ti prego, devo tornare a Bologna da Alma. Devi dirmi tutto. Com'è possibile che sia morto solo dieci anni fa? E prima? Lo hai visto? Dove era sparito?» la incalzo.

«Mi telefonò a casa, una sera. Stavo guardando la tivù, da sola. I miei genitori avevano un bar, non tornavano mai prima di mezzanotte. Era passato un anno da quando era scomparso. Riconobbi subito la voce, anche se si sentiva male: mi disse di non spaventarmi, che era vivo e abitava a Madrid.»

Il pallore di Michela ora tende al color cenere. Parla senza guardarmi in faccia, fissando l'altare. Parla pianissimo, in tono monocorde, e mi viene spontaneo risponderle con lo stesso mormorio. Sembra che stiamo pregando.

«E tu cosa gli hai detto?» le chiedo.

«Ho avuto l'impulso di buttare giù il ricevitore, come se dall'altra parte ci fosse un fantasma. Ero convinta che fosse morto. Ma lui proprio in quel momento ha detto: "Non sono un fantasma, Michi, sono davvero io". Ho iniziato a piangere. Siamo stati al telefono poco, chiamava da casa di non so chi. Mi chiese dei suoi e dovetti dirgli che erano morti e che Alma era andata via. Non sembrò stupito. Mi supplicò di non dire a nessuno che era vivo, promise che mi avrebbe richiamato la sera dopo. Lo fece. Stavolta si sentiva meglio, disse che mi avrebbe scritto e spiegato tutto e che avrebbe chiamato ancora. Era molto importante non far sapere che era vivo perché non poteva assolutamente tornare. Se fosse tornato avrebbe ripreso a bucarsi. Disse che si fidava solo di me.»

«E tu sei riuscita a non dirlo a nessuno per tutti questi anni?» sussurro.

«Sì... anche se Isabella, non so come, qualche anno fa deve averlo capito. Forse ha letto una delle nostre lettere. Non mi ha mai chiesto nulla, ma una volta ha fatto allusioni che ho finto di non capire. Io so tenerlo, un segreto. O almeno, lo credevo.»

Michela mi osserva con espressione preoccupata, come se avesse paura di quello che potrei fare. Mi rendo conto che deve esserle costato infrangere il suo patto con Maio.

«Come hai potuto non dirlo ad Alma? Era sua sorella. Era rimasta sola.»

«Maio ha chiesto di non farlo.»

«Vi siete mai incontrati?»

«Una volta sola, a Madrid. Ma ci scrivevamo.»

«E come stava?»

«Bene. Lavorava con un esperto di effetti speciali spagnolo che si era trasferito a Hollywood, ogni tanto lo raggiungeva a Los Angeles. Negli ultimi anni aveva una compagna, Flor, che viveva a Fuerteventura e stava spesso da lei. Mi ha avvertita Flor quando è morto.»

«Ma Alma? Non gli interessava? E come aveva fatto a sparire?»

Mi accorgo che ho alzato la voce. Michela si volta a guardarmi.

«Non ne abbiamo quasi mai parlato» risponde sussurrando e facendomi segno con la mano di abbassare la voce.

«Non ne avete mai parlato? Ma non eravate tre grandi amici? Non gli interessava sua sorella? E a te?» insisto, con lo stesso tono.

Michela sembra spazientirsi: «Antonia, Maio non era come gli altri. Lui era... diverso da tutti. Era libero. Abbassa la voce, se no arriva la suora. Potremmo dirle che vogliamo vedere la tomba di Lucrezia Borgia».

«Non posso, Michela, devo tornare subito a Bologna da Alma. Mi devi dire come è morto e come ha fatto a sparire, adesso.»

«È morto d'infarto, l'ho saputo mesi dopo da Flor, non sapevano fosse malato di cuore.»

«E tu come fai a essere sicura che sia vero? Che non sia un'altra bugia?»

«Non aveva motivo per farmi credere di essere morto vent'anni dopo essere ricomparso. Sapeva che non lo avrei mai tradito.»

«Come ha fatto a sparire quella notte?»

«Non ne abbiamo mai parlato, ma lo scrisse in una lettera. Se vuoi te la faccio leggere, l'ho conservata.»

«Quando? Io devo correre da Alma adesso.»

«Torno a casa, la scansiono e te la mando via mail. Più di questo non posso fare, Antonia!»

Mi alzo e la guardo negli occhi. Lei ricambia lo sguardo con fermezza.

«Mandamela appena puoi» le dico, posandole una mano sulla spalla e stringendola. Sento le sue ossa, sporgenti, elastiche, sottili. Ossa da uccello.

Devo correre a casa. Alma potrebbe svegliarsi da un momento all'altro. Come farò a raccontarle di Maio?

Ha smesso di piovere ma la strada è sempre deserta e silenziosa. Penso agli uomini che si sfidavano a duello tra queste mura settecento anni fa. A santa Caterina che decide di aprire una porta sul retro della chiesa. A Maio, che telefona da Madrid e scopre che la sua famiglia non esiste più.

Non ci si sfida a duello davanti a una chiesa. Non si abbandona una sorella rimasta orfana.

Se mi affretto, riesco a prendere il treno per Bologna delle cinque.

Sono seduta da un'ora nel corridoio dalle pareti nocciola aspettando che di là dal vetro mia madre si svegli.

Ho controllato dieci volte la posta sul telefono per vedere se Michela mi ha mandato la lettera di Maio. Non l'ha ancora fatto, ma ho riletto l'ultima mail che ho scritto a Leo. Gli raccontavo quel che mi aveva rivelato Lia Cantoni. Ripenso a come mi aveva sconcertata la frase sugli errori che si pagano quando credevo alludesse al tradimento di mia nonna: quando Lia mi aveva spiegato che non c'era stato nessun tradimento e che si riferiva alla conversione di Giacomo, non mi ero resa conto di tutto quel che significava. Questa storia riguarda anche me.

Il mistero di Maio e il suo epilogo non mi convincono. E se fosse un'altra bugia? Se fosse ancora vivo? Se avesse inscenato una nuova scomparsa per non rischiare che la sua unica testimone – Michela – prima o poi lo potesse tradire? Invece le conseguenze che la vicenda dei miei nonni ha avuto sulla famiglia di mia madre ora mi sembrano evidenti. Devo riparlare con Lia. È quasi ora di cena ma da quando ho scoperto quanto poco importi a Lia del cibo non mi preoccupo di disturbarla. Infatti risponde al primo squillo.

Sento una musica di pianoforte in sottofondo, non distinguo cosa sia. Al telefono Lia sembra molto più giovane. E informatissima.

«Antonia? Grazie di avermi chiamata. Come sta Alma? Ho letto sul "Carlino" che è stata investita» chiede col suo accento pieno di *esse* ed *elle* dilatate.

«Sono in ospedale e sto aspettando che si svegli, è ancora sedata, ma l'operazione è andata bene, è fuori pericolo.»

Sono uscita sulle scale antincendio per non disturbare nessuno e annuso l'odore dei pini bagnati che sale dal giardino. Anche a Bologna ha piovuto tutto il giorno, non c'è nebbia, si sente la primavera in arrivo dal profumo nell'aria. Un giovane infermiere con un piumino rosso infilato sul camice bianco e cuffie wireless in testa sta fumando una sigaretta appoggiato alla ringhiera. Mi fa un cenno di saluto con la mano e continua a fumare e ad ascoltare la musica muovendo la testa.

«Meno male. Ero preoccupata per lei e per te» sta dicendo Lia.

«Per me?» rispondo con tono incerto.

«Aspetti un bambino, non ti fanno bene gli spaventi.»

Allora se n'era accorta. Non mi aveva detto niente.

«Credevi non l'avessi notato?» ridacchia. «Non commentavo perché non mi prendessi per una di quelle vecchie ficcanaso...»

«Di lei posso pensare tutto tranne che sia una ficcanaso, caso mai il contrario» mi viene da risponderle.

Da quando Alma è stata investita sono diventata ancora più simile alla mia Emma Alberici. Emma è diretta e concreta. Una che non ha paura di niente e i problemi non si limita a osservarli e a raccontarli, ma li affronta e li risolve. Ho sempre desiderato essere come lei.

«Qual è il contrario di ficcanaso?» chiede Lia. Non capisco se è seria o mi prende in giro.

«Riservata. Volevo farle sapere che adesso ho capito fino in fondo cosa voleva dire con quella frase sugli errori che si pagano. Pensa che mio nonno si sia ucciso per... anzi, me lo dica lei. Me lo spieghi ancora.»

Ascolto Lia schiarirsi la voce e sibilare un «*Bascta*» a Mina, anche se io non l'ho sentita abbaiare.

«Nemmeno io lo avevo compreso del tutto fino a che non me lo hai domandato tu. Per tanti anni ho pensato che Giacomo avesse compiuto una scelta sbagliata, ma non avevo mai riflettuto sul fatto che sia stato lui il primo a pagarne le conseguenze. Tutti i sopravvissuti ai lager si sentivano in colpa, figurati lui che al lager non c'era neanche arrivato, che era stato risparmiato per un caso, come doveva sentirsi. Doveva stare così male da aver pensato di risparmiare ai suoi figli quell'eredità. Lo abbiamo giudicato tutti... superficialmente» dice Lia.

Sono impressionata. Quanti anni ha questa donna? Quasi novanta? Ed è ancora capace di mettersi in discussione. Mi era sembrata completamente diversa quando l'avevo conosciuta.

«Nessuno di noi si è chiesto perché tuo nonno fosse tanto depresso. Eppure non era difficile capirlo, con quel che gli era capitato. Non ne era mai uscito, anche se si era sposato e aveva avuto dei figli» continua.

E poi aggiunge: «Tanti sopravvissuti si sono suicidati, pensa a Primo Levi. I veri reduci non sono i sopravvissuti dai campi, ma i loro figli. I sopravvissuti sono... dei morti viventi. Noi lo sappiamo, anche quando non lo diciamo. Giacomo era peggio di un sopravvissuto. Era un uomo in bilico sull'orlo di un burrone, e quando Maio è scomparso è caduto giù».

Le parole di Lia confermano quello che avevo intuito: nessuno doveva aver capito, tranne sua moglie, quello che Giacomo aveva passato.

Mentre la ascolto vedo che l'infermiere col piumino rosso si è tolto le cuffie e mi osserva come se stesse aspettando la fine della telefonata.

Lo guardo con aria interrogativa e lui alza un dito e fa un cenno con la mano, come per dire "Devo parlarle, ma faccia con calma", poi si gira e spegne la sigaretta sul bordo della ringhiera. Lo vedo mettere la cicca in un fazzoletto di carta e infilarselo in tasca.

«Vengo a trovarla dopo che... o magari anche prima, con Alma» inizio a congedarmi da Lia. Non riesco a dire "Dopo che avrò partorito". Non lo so perché.

«Mi farebbe molto piacere» si accalora. «Salutamela quando si sveglia. Dille... Ma no, niente. Salutala e basta. Ciao, Antonia. Grazie di avermi chiamata» ripete. Sento Mina che abbaia.

«Grazie a lei, Lia.»

Quando si accorge che ho finito la telefonata, l'infermiere si gira. È giovane, ha i capelli ricci e neri, il naso e il mento pronunciati e un accento del Sud.

«Lei è la figlia della professoressa, vero?» chiede soddisfatto e allegro.

«Sono la figlia della signora investita ieri sera, sì.»

«Immaginavo, anzi lo so. Insomma, volevo sapesse che i fiori li abbiamo portati tutti alla Madonna della cappella grande, ma gli altri regali li abbiamo noi in sala infermieri» dice con l'aria contenta di chi sta dando una bella notizia.

Dalla mia espressione perplessa si rende conto che non capisco di cosa stia parlando e spiega: «Stamattina sono venuti tanti studenti per sua madre. Gli abbiamo detto che non può ricevere visite e hanno lasciato tutto per quando si sveglia, peccato che i fiori appassiranno, ma c'è anche un vaso di limoni, quello resiste, il caldo gli fa bene».

«Ah, grazie, non avevo capito... grazie.»

«Si figuri.» Sembra davvero compiaciuto. «Mai visti tanti ragazzi per qualcuno in Rianimazione. Deve essere una professoressa brava, sua madre. C'è anche un elefante di peluche, la ragazza ha detto che è un'elefantessa come lei.»«Mia madre?»

«L'ha detto la ragazza che l'ha portato, un'elefantessa, ma era gentile. Si chiamava... qualcosa come Carlotta, o Camilla. Era come lei!» s'illumina. «Aspettava un bambino anche lei. E poi hanno portato dei confetti, un cestino pieno, che c'è stato un matrimonio, se ho capito bene, o ci sarà. Li abbiamo messi via per voi.»

«Grazie, ma li tenga lei, per favore.»

«Almeno uno lo deve assaggiare, sono gialli! Mai visti dei confetti gialli... La aspetto, la sala è in fondo al corridoio a sinistra, venga anche con suo nonno...»

Mio nonno, che sarebbe mio padre, si affaccia in quel momento alla porta della scala antincendio: «Alma si sta svegliando».

Alma

Sapevamo che nostro padre era fragile, ma non abbiamo mai dubitato del suo amore, fino a quella sera.

Ci eravamo seduti a tavola appena rientrati, alle otto: la mamma aveva preparato i cappelletti in brodo e Maio lo sorbiva fingendo di succhiarlo dal cucchiaio. Sapevamo che il brodo si beve senza far rumore e lo scherzo di Maio, che di solito divertiva mio padre, stavolta sembrava lasciarlo indifferente.

Anche la mamma era taciturna, forse era stanca o forse le nostre percezioni dilatate dalla marijuana ci facevano sentire il silenzio come inconsueto e insostenibile.

Credo sia stato per riempire quel silenzio immaginario che Maio iniziò a parlare.

«Oggi con Michela siamo andati al cimitero di via delle Vigne, un posto pazzesco, come mai non ci avete mai portati quando eravamo piccoli?» cominciò a raccontare di punto in bianco, lanciando alla mamma lo sguardo di chi pensa sarà lodato per un'iniziativa encomiabile.

La mamma, invece di sorridere e canzonarlo dolcemente, come faceva quando Maio si vantava di un'impresa che riteneva meritoria, lanciò un'occhiata a mio padre, il quale alzò di scatto la testa dal piatto lasciando cadere il cucchiaio nel brodo, che schizzò sulla tovaglia bianca ricamata a ranuncoli gialli.

«Cosa avete fatto?» sibilò.

Pensammo che qualcuno ci avesse visti fumare al cimitero e gli avesse raccontato tutto.

Ci guardammo.

Eravamo ancora sotto l'effetto del fumo e ci batteva il cuore come quando sta succedendo qualcosa di pauroso.

«C'è qualcosa di male ad andare al cimitero israelitico?» rispose Maio, stupito e ferito, guardando la mamma.

Nostro padre aveva smesso di mangiare e lo fissava con uno sguardo indecifrabile e remoto, come se avesse preso un pugno e fosse rimasto stordito. Ci convincemmo che qualcuno ci avesse visti e denunciati, e capii che Maio aveva deciso di bluffare e contrattaccare.

Ripeté, con voce risentita: «C'è qualcosa di male? Siamo una famiglia antisemita e non lo sapevamo?».

«Ho detto che c'è qualcosa di male?» gridò mio padre, strisciando la sedia all'indietro e alzandosi in piedi con una violenza che ci atterrì.

Successe tutto in pochi secondi e ci sconvolse. Anche la mamma si alzò e gli mise una mano sul braccio: «Giacomo... non...», mentre lui urlava più forte, battendo un pugno sul tavolo e facendo sobbalzare piatti e bicchieri: «Ho detto forse che c'è qualcosa di male? Eh? Eh? Ho detto che c'è qualcosa di male?».

Non mi trattenni più. Maio era rimasto seduto, spaventato e incredulo. Sapevo che come me stava immaginando ogni possibile disastro: avevano scoperto la coltivazione sul Po, la scorta nel baule del solaio, la profanazione del pomeriggio... eppure quella reazione ci sembrava comunque esagerata. Non avremmo ammesso nulla, per niente al mondo. Non era giusto essere trattati così, nostro padre era impazzito. Lo stavamo pensando entrambi e io lo dissi. In piedi, tenendo le mani sul bordo del tavolo, mentre lacrime rabbiose e incontenibili mi sgorgavano dagli occhi, gridai: «Papà, ma sei impazzito?».

A quelle parole Maio sollevò il mento e disse con aria di sfida, a bassa voce: «Sai che novità...».

Mio padre allora aprì il braccio destro e lo colpì in volto con uno schiaffo. Mia madre si gettò di lato, mettendosi col suo corpo davanti a quello di Maio, giungendo le mani verso mio padre in gesto di preghiera, al che lui afferrò la zuppiera, la nostra vecchia e bella zuppiera ovale di porcellana bianca coi profili d'oro consumato, e la scaraventò a terra. Si ruppe in quattro pezzi, mentre il brodo bollente si disperdeva sul pavimento di cotto, fino al tappeto. Lo osservai entrare negli interstizi delle piastrelle, guardai i cappelletti che sembravano lumache, il coperchio scheggiato, mia madre sconvolta, Maio coi segni rossi delle dita in faccia. Non poteva stare accadendo veramente, noi non eravamo una famiglia violenta, non lo eravamo mai stati, non potevamo esserlo diventati all'improvviso. Se stava succedendo non poteva essere che colpa nostra.

Per un istante restammo immobili, come nel fermo immagine di una pellicola: la mamma abbracciata a Maio, mio padre in piedi coi pugni serrati, io che fissavo il pavimento.

L'immagine dopo era mossa e confusa. Nostro padre fece due passi verso Maio, disse in tono strozzato: «Perdonami», e corse di sopra. La mamma, di fianco a Maio, gli carezzava la testa come fosse un bambino, io andai in cucina a prendere un secchio e uno straccio per raccogliere i cocci e asciugare il pavimento.

Non ne riparlammo mai.

Il mattino dopo, quando ci alzammo per andare a scuola, pensammo di aver ingigantito tutto per via del fumo e che quella scenata non fosse stata brutale come ci era sembrata. Ma rimanemmo con la sensazione, sempre più flebile man mano che il tempo passava e il ricordo si sfilacciava, di aver fatto qualcosa di brutto e al contempo di aver provocato una reazione spropositata e ingiusta.

Quella sera nostro padre non venne a cena e la mamma disse che era rimasto in campagna per un'incombenza agricola. Aveva preparato la pizza alla marinara ed ebbi l'impressione che ci scrutasse. Lui ricomparve il giorno dopo, più affettuoso del solito. Era tornato dalla campagna carico d'uva, mele, fiori di campo e uova fresche, raccontò che erano nati i gattini della gatta tricolore ed erano uno bianco, uno rosso e uno nero: «Uno spettacolo. Volevo portarti il rosso, Alma, che ti piacciono tanto. Lo vorresti un gattino rosso?».

«Ma no, lasciamolo coi suoi fratelli, papà» risposi con gli occhi bassi.

Maio scomparve esattamente un anno e tre mesi dopo.

Antonia

Si sta bene a casa dei miei di notte, c'è un silenzio avvolgente. Da ragazza ne sono fuggita in cerca di luce e spazi vuoti appena ho potuto. Troppi libri accatastati e carte, riviste, troppi oggetti ovunque.

Le due piccole camere da letto si affacciano sullo stretto corridoio una di fronte all'altra, e anche se loro cercavano di non essere invadenti, convivere con l'energia tenebrosa di Alma in uno spazio tanto angusto certe volte mi toglieva il fiato.

Da nessuna finestra si vede bene il cielo tranne che dalla cucina. Stanotte c'è addirittura la luna, una piccola falce di luna spuntata dopo la pioggia, e anche due stelle. La lampada che illumina il tavolo appoggiato al muro spande un cono di luce calda. Si sta meglio di notte che di giorno, qui.

Hanno ancora la cucina a gas di quando ero piccola, smaltata di bianco, a quattro fuochi, col bollitore appoggiato sul fornello più grande per il tè di Alma e la moka su quello piccolo per il caffè di Franco. Rossa ci ha accolti con la coda alzata e fremente, ora si sta strofinando contro le gambe del tavolo accanto ai miei piedi. Non miagola mai questa gatta, non ricordo la sua voce.

Stasera è salito anche Leo a bere il latte coi biscotti. Ho deciso di dormire qui ancora per stanotte: Franco sta bene, ma mi sono accorta di avere un padre anziano e ho bisogno di stargli vicino, forse più di quanto ne senta il bisogno lui.

Per me Franco ha i capelli e la barba bianca da sempre: è da quando ho memoria del suo viso che dimostra settant'anni, ma in questi giorni mi sembra imbiancato. Si scalda le mani con la tazza come se avesse freddo, seduto sulla sedia di legno dove per vent'anni l'ho visto ogni mattina, muto e impettito, sfogliare i giornali bevendo il suo lunghissimo caffè. La mole imponente di Leo, accasciato a capotavola, occupa il centro della stanza, una mole troppo ingombrante per questa piccola cucina. Ha finito la scatola di frollini alla panna inzuppandoli nel latte caldo e ora spinge indietro la sedia e guarda l'orologio. Mi dirà che torna al Commissariato: so quanto gli piace lavorare di notte.

Invece chiede a Franco: «Quando Antonia era piccola, cosa le avete detto di Maio?».

Perché non lo domanda a me? Non capisco cosa c'entri, adesso, ma sono curiosa della risposta di mio padre. Alma mi aveva lasciato credere che suo fratello fosse morto di leucemia.

«Antonia aveva visto un film in cui un ragazzino moriva di cancro e credo immaginasse che suo zio fosse morto nello stesso modo. Alma non le ha mai mentito» risponde Franco, «ha solo omesso alcune cose per proteggerla.»

Cerco di ricordare il film che avrei visto ma non mi viene in mente né il film, né Alma che mi racconta di suo fratello. Mentre ricordo bene gli imbarazzi e le tensioni quando qualcuno le chiedeva dei suoi genitori: ero piccola ma sapevo, ho sempre saputo, che quei discorsi la facevano soffrire. Quando accadeva stavo male per lei. I bambini non sopportano il dolore dei genitori: devo ricordarmelo quando Ada nascerà.

«E tu non le hai mai chiesto dei suoi nonni? Non lo sapevi che Sorani è un cognome ebreo?» continua Leo.

È mezzanotte ormai, siamo stanchi, ma Leo ha un modo di parlare tranquillo che non fa sembrare la conversazione quel che è: un interrogatorio, per quanto familiare.

Mio padre non è infastidito dalle sue domande, anzi, pare incuriosito quanto me.

«Io sono discreto, Leo» gli risponde con un piccolo sorriso. «O forse molto noioso» aggiunge, accavallando le gambe. «Lasciavo che mi raccontasse quel che voleva, quando voleva. Io c'ero se aveva bisogno, e per il resto non ho fatto domande. Tu come lo sai che è un cognome ebreo?»

«Si chiamava così anche un mio compagno delle scuole medie, i suoi genitori erano molto osservanti. Eravamo amici, sono stato al suo Bar mitzvah. Non erano di Lecce, suo padre era veneziano, lavorava in banca» dice Leo, «e mi spiegò perché il mio amico Davide non mangiava il capocollo e la salsiccia.»

A differenza di Franco, Leo è curioso. Gli interessano tutti, nessuno lo annoia, mentre Franco e Alma sono selettivi, per non dire misantropi, tranne che nel lavoro.

Intervengo per spiegare meglio a entrambi quel che mi ha raccontato Lia di Giacomo e della sua famiglia deportata. Franco e Leo mi ascoltano con attenzione, ma mentre Leo ha lo sguardo acceso di quando sta ricostruendo un rompicapo, Franco sembra sopraffatto. So che sta cercando di tenere separate le mie informazioni dalle emozioni che prova, se le prova: lui ha bisogno di essere lucido in ogni circostanza.

«Devo ritirarmi» dice Franco, alzandosi silenziosamente. «Scusatemi.»

«Devo andare anche io adesso» annuncia Leo strisciando la sedia sul pavimento e cercando con lo sguardo il suo impermeabile. «Avremo tempo per riparlarne.»

«Andiamo tutti», sbadiglio.

Mi accorgo che mio padre è sfinito, e lo sono anch'io.

Quando Alma poche ore fa si è svegliata, per dieci interminabili minuti non ha detto una parola. Si guardava intorno con la fronte aggrottata senza muovere la testa, spostando solamente gli occhi. Sembrava paralizzata. Poi finalmente ha chiesto con una voce sconosciuta, roca e bassa, se stava morendo.

Franco ha risposto dolcemente: «Non credo parleresti con quella voce da uomo se stessi morendo».

Lei allora si è girata verso di me, mi ha guardata come per dire

"Anche in punto di morte fa lo spiritoso" e non ha commentato, però gli ha stretto la mano e ha accennato uno stanco sorriso. Era tornata, era lei.

Franco si è chinato e le ha sussurrato: «Non hai niente di grave, va tutto bene. Sei stata investita da una motocicletta, ti ricordi?».

Ha annuito.

«Cosa ci facevi al Pilastro, mamma?»

Non ho potuto fare a meno di chiederglielo.

«Sono stanca» ha detto con quella voce agghiacciante, e ha chiuso gli occhi.

Dopo poco si è riaddormentata e Franco e io siamo rimasti a osservarla. Era pallida ma aveva le mani tiepide e il respiro regolare. A un certo punto ha cominciato a russare piano.

A Leo il medico ha detto che deve stare qualche giorno in osservazione ma che l'operazione è riuscita perfettamente.

«Tornerà a casa entro domenica prossima, vedrete» ha detto Leo riaccompagnandoci a casa.

Sdraiata nel letto di Alma, respiro il suo profumo di tuberosa. Sono stanchissima e stasera Ada si muove e scalcia. Sento la pancia indurirsi. Lo so che negli ultimi giorni ho mangiato male e non ho bevuto né riposato abbastanza. Lunedì ho la visita e non voglio che la ginecologa mi sgridi perché mi sono stancata. Aveva raccomandato di evitare i cibi grassi e salati, chissà cosa direbbe del pasticcio di maccheroni.

A Leo l'ho taciuto, ma prima che partissi la Marchetti mi aveva avvertito che potrei dover prendere un farmaco per prevenire le contrazioni. Un miorilassante uterino. Da domani devo dedicarmi alla mia pancia.

Berrò molta acqua, mangerò frutta e verdura e starò almeno un'ora al giorno con le gambe sollevate.

Prima di spegnere la luce sul comodino ingombro di libri impilati, controllo un'ultima volta le mail sul telefono e trovo la lettera di Maio.

È scritta a macchina su due fogli pieni di parole cancellate con delle file di X e riscritte di seguito.

Non ci sono date.

Cara Michi,
 ricordi il verso di Tomorrow Never Knows di John Lennon, quello che ti cantavo sempre? È quel che mi è successo: ho spento la mente e mi sono fatto portare dalla corrente.
 Mi ero svegliato dentro la nebbia accanto a due ragazzi appena ~~conisciuto~~ conosciuti: Sandro e Renato. Ci eravamo fatti in macchina, vicino al Po, e anche se la mia roba era poca era stato un bellissimo flash.
 L'ultima cosa che ricordo di loro è la voce di Sandro: diceva di sentire il rumore del treno sul ponte vicino al nostro. Poi mi ero addormentato e quando ~~mo sono cosvi~~ mi sono risvegliato li ho visti che dormivano.
 Era buio, non sapevo che ora fosse, ho toccato Renato e gli è caduta la testa in avanti, mi sono voltato e ho ~~suoss~~ scosso Sandro, l'ho chiamato, ma era immobile

e pesante. Ho capito che erano morti e ho pensato che avrebbero dato la colpa a me. Ho avuto paura.

Sono uscito dalla macchina e mi sono incamminato sulla strada, non c'era nessuno, solo nebbia, ma ho sentito il rumore del treno che passava sull'altro ponte, come aveva detto Sandro.

Facevamo un gioco con Alma, su quel ponte, prima di conoscerti. Una sfida a chi scappava per ultimo dai binari prima che arrivasse il treno. L'aveva letta in non so che libro di bande di ragazzi e aveva voluto provare. Era divertente. Poi aveva detto che basta, non dovevamo più farlo, era pericoloso.

Mi sono incamminato sul ponte grande e ho guardato sotto. Non si vedeva il fiume, solo un buco nero che attirava giù. E il rumore, come un risucchio freddo.

Ho pensato che se scavalcavo e mi lasciavo andare sarebbe finita subito ma sono rimasto appoggiato al parapetto. Aveva ragione Alma, ero un coglione.

Poi ho visto una luce, improvvisamente, vicina, e sentito un rombo di motore. Stava arrivando un camion: se mi buttavo sotto il guidatore non mi avrebbe visto. Ora che Alma aveva detto al babbo che mi facevo non potevo tornare a casa, non volevo andare in carcere o in comunità, te lo vedi Maio rinchiuso, Michi?

Ho pensato a mia madre quando ci chiamava: Almaa-Maioo. Sembrava un canto.

Ho pensato ad Alma che diceva: Da cosa stai scappando?

Poi ho pensato a te, quando ridi.

Ho alzato le mani, fatto un passo verso il camion. Non mi ha investito, anzi, si è fermato.

Il guidatore si ~~èxspotto~~ è sporto sul sedile, ha aperto lo sportello, mi ha osservato inclinando la testa come se volesse capire cos'ero, se un uomo, un ragazzo o un animale.

Poi ha detto: «Come».

Come.

Vieni.

In tedesco, o in inglese, non so. ~~xmxxjaxean~~ Ma ho capito. Vieni.

Sono salito.

~~xxpxtximuaxx~~ Continuava a guardarmi. Era giovane, con tanti capelli scuri.

Ho chiuso lo sportello e non ha chiesto nulla, né dove vai, né chi sei. Si è girato ed è ripartito.

Ora mi chiamo Osman, Osman Kaya, e sono turco: rinato sul camion di mio fratello Asil Kaya. Abito a Madrid, ma ho vissuto due mesi a Berlino con ~~xksfamxggx~~ la famiglia di Asil.

Asil mi ha raccontato che non doveva passare dal ponte quella notte, ma era uscito dall'autostrada per la nebbia e ha incontrato me. Mi ha fatto sdraiare nella branda dietro e abbiamo attraversato due frontiere senza che nessuno mi vedesse.

Asil dice che era destino che ci incontrassimo, che io ero malato e lui mi ha curato, che ~~xxxx fxaxxedx~~ tra fratelli si fa così.

Quando mi sono alzato dal letto, a ~~kxexbex~~ Kreuzberg, dopo tre giorni di dolori per l'astinenza, sua moglie Eren mi ha cucinato un dolma di verdure e riso. Era buonissimo.

Un po' a gesti e un po' in inglese mi ha spiegato che era stato Osman a farmi incontrare Asil.

Osman era morto il 24 novembre di quattro anni

prima nel terremoto di Caldiran. Erano ~~scomparsi~~
~~tutti~~ scomparsi tutti nel suo villaggio.

Osman avrebbe avuto quasi diciassette anni, come me. Asil mi ha dato il suo passaporto e ha detto che ero io, suo fratello, che ero tornato. Ho dovuto cambiare solo la foto, è stato facile: a Kreuzberg fanno di tutto.

Asil mi ha regalato una ~~bota~~ vita, ha detto che lo ha fatto per Osman. È lui, oggi, mio fratello.

Io non mi sento in colpa, Michi. Loro sarebbero morti lo stesso. Mia madre era malata, mio padre è sempre stato male. Io so accettare quel ~~xxhxxxxxixxx~~ che arriva, e a me è arrivato Asil: il passato non conta.

Avrei potuto morire di overdose con Renato e Sandro, annegato nel Po o investito dal camion, invece sono vivo, libero dall'eroina, da Ferrara, da tutto.

Anche da Alma.

Non dirle che sono vivo.

Penserebbe di nuovo che l'ho tradita e ~~sarexxx~~ starebbe peggio. Trovava sempre un motivo per stare male e sentirsi al centro del mondo, lo sai. Sempre, anche quando a star male ero io. Credeva che tutto ~~dipendess~~ dipendesse da lei. Una sola cosa non sopportava: di non essere amata. Se sapesse che sono vivo e non l'ho cercata penserebbe che non le volevo bene e sai che non è vero: io non posso tornare, tu che mi vuoi bene davvero lo sai. Marco Sorani è morto.

Lo siento mucho, dicono qui. Mi spiace tanto.

Ti vorrò bene sempre, Michi.

O.

Mi accarezza il ginocchio da sopra il lenzuolo e per fortuna sorride. Fare un figlio con un poliziotto ha i suoi vantaggi, Leo ha visto ben di peggio che una perdita di sangue.

«Devo solo stare qualche settimana a letto.»

Mi prende in giro: «Ieri mattina non facevi tanto la bulla quando sono arrivato».

Non è stata colpa della lettera di Maio, né della stanchezza, né di quello che ho mangiato: le cause della placenta previa non sono note e quelli che vengono considerati fattori di rischio non hanno niente a che vedere con me. Non ho avuto precedenti parti cesarei né gravidanze numerose. Non ho un'età avanzata.

Ora so tutto sulla placenta previa, compreso che è poco frequente e capita a una donna su duecento, ma quando mi sono svegliata nel letto di mia madre e ho trovato il sangue ho temuto per Ada.

Ho chiamato mio padre: «Papàà». Poi ho urlato: «Francoo».

Non ha risposto.

Ho telefonato a Leo. C'era la segreteria sia sul cellulare sia a casa. Ho pensato che fosse andato a dormire tardi.

«Da tre ore» ha ammesso poi.

Erano le otto del mattino. È stata una fortuna che non abbia risposto al telefono neanche la Marchetti, lei sicuramente mi avrebbe ordinato di chiamare un'ambulanza, io invece ho cercato un taxi e ho fatto bene: mezz'ora dopo l'ecografa del pronto soccorso aveva già stabilito che Ada stava bene, senza drammi né sirene.

Non voglio minimizzare, come sostiene Leo, ieri mattina ho avuto paura, ero e sono agitata. Mi sento in colpa, ma soltanto un poco. Secondo Franco, che è arrivato prima di Leo, non dovrei sentirmici per niente. È stata colpa della placenta, non mia.

La placenta previa ricopre completamente l'apertura cervicale. «S'immagini un pollo sigillato dentro a un sacchetto di quelli da freezer» ha detto l'ecografa.

Ho lasciato sulla segreteria di Franco e di Leo il messaggio più tranquillizzante che potevo: «Sono al Sant'Orsola, non da Alma ma due piani sopra, in Ostetricia. Ho avuto una perdita ma Ada sta bene, e anch'io. Lo so, questa famiglia è un macello».

La prima volta che sono andata a casa di Leo, dove adesso viviamo insieme, ho notato che, per fortuna, non aveva nulla in comune con quella dei miei genitori tranne una cosa: la segreteria telefonica sull'apparecchio di casa.

«Non ce l'ha più nessuno, è da anziani» avevo commentato indicandola.

«La lascio per mia madre, così quando chiama da Lecce e non mi trova parla un po' da sola e si diverte» aveva risposto Leo.

Quando ho conosciuto sua madre ho capito cosa intendeva.

I miei genitori affermano di tenerla per filtrare le chiamate di lavoro, in realtà a loro serve come strumento di difesa nei confronti del mondo. Ieri mattina la segreteria di casa è stata utile a tutti. Leo ha sentito il messaggio appena si è svegliato, anche se aveva il cellulare scarico. E se Franco, che era uscito senza telefono per comprare i giornali e i biscotti, fosse tornato e avesse trovato il sangue nel letto, chissà quanto si sarebbe spaventato, alla faccia della sua razionalità.

«Ma quando ho sentito la battuta sul macello ho capito che non c'era da preoccuparsi» ha detto.

Sapesse quanto poco ero in vena di battute.

Troppo tardi per criticare mio padre e il suo metodo, tanto vale usarlo quando fa comodo. Ogni tanto accade. Se quarantotto ore dopo che hanno operato tua madre finisci nello stesso ospedale, due piani sopra, sdrammatizzare con una battuta è utile, almeno agli altri.

Io non lo so come sto, non ci voglio pensare. Certe volte è meglio non saperlo, come stiamo.

Ho capito che Ada sta bene, che dovrò restare a letto e che forse bisognerà anticipare la data del parto e fare un cesareo.

Per oggi basta.

Conta solo il presente, scriveva Maio. Oggi è vero. Oggi conta solo Ada.

Alma

L'ultima estate nostro padre ci regalò una di quelle vecchie, piccole barche che i pescatori usano nelle valli del Po. L'aveva trovata rovesciata e sfondata in un canneto e l'aveva fatta aggiustare per noi due.

La tenevamo in secco su un lembo di sabbia, sul fiume, e prima del tramonto, quando l'afa diminuiva e l'aria diventava respirabile, scendevamo dall'argine per una scaletta di gradini marci, tra le canne di bambù e le macchie di salice bianco, calzati di stivali da pescatore per difenderci dalle zanzare, più che dal fango, e la facevamo scivolare nell'acqua. Maio remava e io rimanevo a osservarlo, oppure ci lasciavamo trasportare dalla corrente, sdraiati con una mano fuori a sfiorare il fiume. C'era un solo spazio per il rematore, scomodo e stretto, ma avevamo sistemato sul fondo un materassino da mare su cui io stavo seduta o sdraiata. Portavamo con noi un secchio con dentro una bottiglia d'acqua e le sigarette.

Restavamo in barca fino a quando veniva buio. A volte parlavamo o cantavamo, ma più spesso restavamo in silenzio, indicandoci a vicenda gli uccelli: gabbiani corallini, spatole, aironi bianchi o cenerini. La strada sull'argine era deserta come il fiume, ci passava solo qualche cane solitario e una volta tre uomini a cavallo, che ci avevano salutato alzando il braccio.

Attraverso i canali interni cercavamo prati e boschi allagati e stagni di acqua dolce ricoperti di ninfea bianca. Una delle nostre mete preferite era una foresta allagata di frassini, pioppi bianchi e ontani neri: un mosaico d'erba, acqua e rami.

Ascoltavamo il suono del remo nell'acqua, il ronzio degli insetti e i versi degli uccelli. Respiravamo un profumo che non ho mai più risentito: l'odore del fiume che si avvicina alla foce, dove l'acqua dolce si mescola a quella salmastra.

Mano a mano che il sole calava, i colori dell'acqua e degli alberi diventavano prima brillanti e poi scuri.

In quei giorni non abbiamo mai parlato di quel che era successo con Benetti. Ogni tanto ci dicevamo che non vedevamo l'ora di lasciare quel mortorio sul fiume e raggiungere gli amici al mare, ma non lo pensavamo veramente, in realtà godevamo di ogni istante di quella vacanza lenta e conosciuta nel posto che più avevamo amato da bambini.

Da piccoli avevamo un gioco che preferivamo a tutti: sognavamo di prendere una zattera e fuggire sul Po come aveva fatto Huckleberry Finn sul Mississippi. Ne avevamo costruita una di assi di legno sbilenche e la tenevamo in quel lembo di sabbia sull'argine, la nostra spiaggia. Non provammo mai a metterla in acqua: ci salivamo sopra e fingevamo di viaggiare, pescare e difenderci dai briganti. Io ero Huck e Maio Jim, lo schiavo nero suo amico.

Non ce lo siamo mai detti, ma quell'ultima estate, quando cominciammo a navigare dopo anni trascorsi a sognare di farlo, fu Maio a diventare Huckleberry, non io. Era lui che decideva le rotte, remava nei canali interni, guidava le esplorazioni nei prati e nei boschi allagati. Io mi lasciavo portare.

L'ultimo giorno di luglio, la sera prima di partire per il mare, decidemmo di arrivare fino alle valli con le colonie dei fenicotteri: ci eravamo andati coi nostri genitori da bambini, in macchina, mai per via fluviale.

Ci arrivammo al tramonto, quando il rosso del cielo si specchiava nell'acqua. Tirammo in secco la barca e ci arrampicammo sull'argine per guardare meglio le decine di fenicotteri rosa che si allargavano sull'acqua della valle come una gigantesca macchia di sangue.

Rimanemmo a osservarli, indicandoci quelli che per un effetto ottico sembrava proprio avessero una zampa sola, fino a quando alcuni di loro, dopo una breve corsa sul pelo dell'acqua, spiccarono il volo, i lunghi colli tesi in avanti e le zampe all'indietro, come lance volanti.

Seguimmo con lo sguardo quel volo a V, sollevando il mento fino a che non scomparvero tutti, prima di tornare alla barca e al nostro approdo.

«Cosa avete fatto?» ci aveva chiesto nostro padre quella sera, quando arrivammo a cena in ritardo, sudati, grattandoci le punture di zanzara.

«Siamo stati felici» aveva detto Maio dietro alle sue spalle, alzando gli occhi in uno sguardo che avrebbe voluto essere sarcastico e mostrando i canini in una smorfia da vampiro.

«Bravi i miei figli, sono proprio contento» aveva risposto mio padre, e mia madre aveva sorriso.

UN ANNO DOPO

Alma

Ho cominciato togliendo i libri dai ripiani bassi, poi ho spostato quelli accatastati sul pavimento, buttato vecchie riviste e spolverato le librerie. Non lo facevo da anni, forse non l'avevo mai fatto, ma da quando Giuseppe ha cominciato a gattonare e a stracciare tutte le pagine che trovava alla sua altezza ho dovuto occuparmene.

Gli piace il rumore della carta che si lacera.

Straap. Straap. A ogni strappo ride.

A volte di pomeriggio Antonia me lo porta e va a scrivere alla biblioteca di Lettere vicina a casa nostra. Ha ripreso da tre mesi, dice che è «dentro una storia» ma fa la misteriosa, non ne sappiamo niente. «Non è ambientata a Ferrara» ci ha tenuto a precisare.

Con qualunque tempo, dopo la merenda, Giuseppe e io usciamo. Andiamo ai Giardini Margherita, ci fermiamo sotto a un ginkgo biloba, stacco una foglia e gliela do: lui la impugna per il gambo e l'osserva a lungo aggrottando la fronte e spalancando gli occhi. Le foglie di acero o betulla non lo interessano come il ginkgo biloba, ho provato.

Se piove, andiamo a sederci in un bar. Gli piace stare in braccio a me e guardarsi intorno come una comare. Siccome ha i capelli rossi, tutti gli dicono qualcosa: lo salutano, gli prendono la manina, gli sorridono. Lui è socievole, si diverte, contraccambia i sorrisi. Sorride molto a tutti, anche ai noiosi, agli sgraziati, ai brutti.

Un pomeriggio siamo entrati in un locale frequentato da giocatori di biliardo e mi è tornato in mente il posto dove andavamo con Maio le mattine d'inverno in cui saltavamo la scuola: uno squallido bar di periferia dove eravamo sicuri di non incontrare conoscenti dei nostri genitori.

Occupavamo il tavolo vicino alla vetrina con libri, quaderni e giacconi e aspettavamo che arrivasse Michela. La vedevamo sbucare dalla nebbia con la sua bicicletta dipinta di azzurro e fermarsi davanti a un palo per legarla con due giri di catena.

Maio correva fuori ad aiutarla, in maglione, nonostante facesse così freddo che le dita si congelavano anche dentro ai guanti peruviani che portavamo tutti e tre. Michela era piccola di statura, per baciare Maio si alzava sulle punte dei piedi e intanto mi faceva "ciao" con la mano dietro alla sua spalla. Dall'altra parte della vetrina io rispondevo al saluto alzando il pugno chiuso in segno di vittoria. Ce l'avevamo fatta: un'altra mattina rubata alla scuola, col tempo dilatato dentro a ore umide e nebbiose in cui non potevamo muoverci da quello che ci sembrava un luogo clandestino e nostro, un rifugio, una terra dove non valevano le regole degli adulti ma solo la nostra voglia di stare insieme.

Dopo esserci scaldati con un cappuccino, Michela e io studiavamo, oppure ci mostravamo le frasi sottolineate sulle pagine dei romanzi che stavamo leggendo, mentre Maio giocava a flipper o attaccava discorso con gli anziani che stazionavano nel bar. Poi veniva a sedersi con noi e iniziavamo a parlare e a fumare sigarette. Erano discussioni infinite, accalorate, esaltanti, accompagnate da risate, sguardi, piccole spinte che erano carezze.

Non parlavamo di cosa avremmo fatto da grandi ma solo di noi, di chi eravamo, di quel che ci eravamo promessi. La cosa più importante era esistere gli uni per gli altri e passare più tempo possibile insieme. Era così che volevamo vivere per sempre: noi tre da soli e il mondo fuori dalla vetrina.

Mi è tornato in bocca quel gusto di cappuccino misto all'odore delle sigarette e della nebbia e ho provato un'emozione fisica improvvisa, come quando qualcosa – un'immagine, un tono di voce, il dettaglio di un corpo – ti fa venir voglia di fare l'amore.

Non bevo più cappuccini da allora. Non fumo più.

«Tanto non si può più fumare nei bar, capito tu?» ho detto a Giuseppe scuotendogli l'indice sotto al naso da destra a sinistra e da sinistra a destra. Lui lo ha seguito con lo sguardo e ha sghignazzato.

La sera in cui Antonia mi ha chiesto se pensavo di poterli perdonare ho risposto subito di sì, poi ho capito che si riferiva ai miei genitori, non a Michela e Maio. Non mi sono corretta. Mi dispiacerebbe che Antonia sapesse di avere una madre tanto infantile da litigare ancora coi genitori morti da trent'anni, ma non è semplice perdonare un padre che si uccide, nemmeno quando scopri da dove viene la sua ferita. E neanche una madre che sapeva tutto e non ha fatto niente tranne che morire.

Era dolcissima, mia madre. Tanto dolce che non posso ancora pensarla.

Franco insiste a chiamarlo Giuseppe Giacomo, il suo nome completo. Lui lo guarda compiaciuto con la bocca socchiusa. Quando torniamo a casa e lo sistemo nel seggiolino accanto alla poltrona, la gatta Rossa si stende ai suoi piedi. Stanno così bene insieme che Antonia a Natale ha mandato agli amici una mail di auguri con la loro foto.

Mi ha chiesto se volevo anch'io una foto da spedire, poi subito si è corretta: «Ah, scusa, tu non hai amici».

Da quando è nato Giuseppe mi tratta con meno riguardi, non ho ancora capito se siamo più vicine o più lontane. Mi sembra contenta, anche se è più silenziosa e sbrigativa. Probabilmente è solo indaffarata e stanca. Giuseppe è nato in anticipo e non ha potuto allattarlo al seno. Ha trascorso i suoi primi mesi di vita intenta a pesarlo, cambiarlo, sterilizzare il biberon, preparargli il latte in polvere, scaldarlo, dargli il biberon ogni tre ore, notte e giorno. I riti forzati che a me salvarono la vita.

Giuseppe è il nome del padre di Leo, ma l'idea di chiamarlo così è stata di Antonia.

Franco e io aspettavamo fuori dalla sala operatoria, Leo è arrivato col fagotto in braccio e ha detto: «Vostra figlia vuole chiamarlo Giuseppe, io non c'entro».

Ci siamo avvicinati: due occhi tondi e liquidi ci fissavano dall'iperuranio. Mi sono ricordata di Antonia appena nata, senza capelli, rossa in faccia, gli occhi chiusi.

«Se lo chiamassimo Giuseppe Giacomo, Giacomo come mio padre?» ho proposto.

Non posso ancora perdonarlo ma posso trasmettere un pezzetto dell'identità che mi ha tolto. Il suo nome. Il nome del patriarca d'Israele.

Quando mi sono risvegliata dopo l'incidente non capivo cosa fosse successo. Poi mi è tornato tutto in mente: dove ero andata e perché. Franco mi stringeva la mano e mi è sembrato che avesse gli occhi lucidi.

Ho pensato che stavo morendo, e invece avrei preferito vivere, per vedere il bambino di Toni, per lei, ma anche per me. Per gli occhi di Franco.

Come quando ci siamo parlati la prima volta, in un bar sotto ai portici di via Zamboni, accanto all'Università.

«Lei frequenta il mio corso, vero? Mi trova noioso?» aveva chiesto.

E mi aveva guardato con quegli occhi.

Antonia

Pippo, Peppo, Pippi: Leo lo chiama in tutti i modi, tranne Giuseppe. Io invece lo chiamo col suo nome. Un piccolo Buddha coi capelli rossi ha bisogno di un nome autorevole.

Sta dormendo nel suo lettino arancione: non prevedevo avrebbe avuto quel colore di capelli quando l'ho scelto. Suo padre ha i capelli ramati, Giuseppe invece è proprio pel di carota. Ed è bello. Tondo e soave. So già che si sveglierà stiracchiandosi e sorridendo, mai che sia di cattivo umore.

«Dagli tempo» dice Leo. «Vedrai quando andrà a scuola.»

La mattina che mi hanno ricoverata al Sant'Orsola, Alma era stata appena trasferita dalla Rianimazione al reparto. Ci è rimasta una settimana, mentre io sono uscita subito, con la promessa che mi sarei messa immediatamente a letto. Non ci siamo viste, sarebbe stato un ben ridicolo incontro: madre e figlia ricoverate nello stesso ospedale a due piani di distanza, una investita da una motocicletta e l'altra con la placenta difettosa. Le ho telefonato appena mi sono sistemata a letto: Franco era riuscito a farla ridere con l'immagine del pollo chiuso nel sacchetto da freezer.

«Toni, non mi diventare una Sorani anche tu. Gli Zampa non somatizzano, ricordati» ha scherzato. Ha ragione Franco quando dice che la mamma di fronte ai problemi concreti è forte.

Il mio letto è una bella navicella. Ci sono stata un mese sulla navicella, ho avuto modo di rileggere Stevenson, ma soprattutto di pensare.

Quello che è successo al Pilastro Alma lo ha raccontato a Leo. È assurdo ma io le credo, e anche Leo. Lui lo capisce se una persona sta mentendo. Voleva incontrare Vincent, il suo amante delinquente dei tempi di Ferrara. Sapeva il suo numero e che abitava a Bologna, perché le aveva scritto dal carcere.

Non lo aveva mai cercato fino a quel giorno, quando le è venuta l'idea di aiutare Leo nelle indagini sul racket dei calabresi. Un'idea tra il generoso e il megalomane, proprio da Alma, per questo le credo.

Vincent le aveva dato appuntamento in quel bar ma non si era presentato e dopo un po' lei era uscita per ritornare a casa. In quel momento c'era stata la sparatoria e il killer era fuggito sulla moto che l'ha investita.

Leo ha ricostruito che Vincent c'era, dentro al bar. Alma non lo aveva riconosciuto, tanto era cambiato. Quando le ho mostrato la fotografia di un uomo dal viso gonfio e rubizzo che mi aveva dato Leo, Alma ha distolto lo sguardo: «Non può essere lui». E poi, a bassa voce: «Forse, gli occhi...».

Vincent non c'entrava con la sparatoria. Era seduto a un tavolo, da solo, la osservava di nascosto. Il killer ha detto di aver atteso che «quella donna uscisse per ammazzare il tizio che dovevo ammazzare». Era così scemo e drogato che, dopo aver aspettato mezz'ora che Alma se ne andasse, scappando l'ha investita con la moto.

Vincent era fuori dal carcere per caso, Leo ha detto che negli ultimi trent'anni è stato più dentro che fuori. Non sappiamo perché non si sia fatto riconoscere da Alma: forse non ha avuto il coraggio di mostrarsi tanto malridotto, o più probabilmente non ha voluto immischiarsi. Leo è convinto sia andata così.

«Secondo me voleva dei soldi, ma quando ha capito cosa stava per succedere ha temuto di beccarsi altri vent'anni.»

Alma sembra vergognarsi di aver cercato Vincent, io evito di nominarlo.

Abbiamo parlato poco di quel che ho scoperto a Ferrara.

I primi tre mesi ho pensato solo a Giuseppe.

Ora ho ricominciato a scrivere.

Una ragazza si uccide. È bella, intelligente, ha tutto: suo padre non crede al suicidio e si mette a indagare su chi può averla assassinata. L'ispettore Emma Alberici scopre che invece la ragazza si è ammazzata davvero, forse per noia, ma decide di non dirlo al padre per non farlo soffrire di più.

"Somiglia a un romanzo di Martin Amis che ho letto qualche anno fa" mi ha scritto Luigi quando gli ho raccontato la trama.

Rispondevo alla mail nella quale si congratulava per la nascita di Giuseppe e mi comunicava che a fine anno si sarebbero trasferiti a Palermo.

"Rossana è contenta e io anche. Un po' di sole e un sacco di lavoro. Ne ho abbastanza del torpore di Ferrara. Ti farà piacere sapere che Riccardo, il fidanzato di Isabella, è stato completamente scagionato e andranno a vivere a Roma."

Luigi non scrive come parla, a differenza di Leo ha uno stile formale. Leo non legge romanzi ma scrive come piace a me: nello stesso modo in cui parla. La mail di Luigi si chiudeva con una poesia di Giorgio Bassani che non avevo mai letto.

"Ho pensato a come sarebbe potuta finire la tua indagine se Maio fosse stato il personaggio di uno dei tuoi libri. Li ho letti tutti e mi sono piaciuti, anche se di solito non leggo polizieschi. Ma i tuoi non sono gialli: li definirei thriller esistenziali. Secondo me tu avresti voluto che finisse come in questa poesia di Giorgio Bassani:"

> *Davvero cari non saprei dirvelo*
> *attraverso quali*
> *strade così di lontano*
> *io sia riuscito dopo talmente*
> *tanto tempo a tornare.*
> *Vi dirò soltanto che mi lasciai*
> *pilotare nel buio*
> *da qualcheduno che m'aveva*
> *preso in silenzio per la*
> *mano.*

Luigi non sa quanto ha ragione. La poesia è bellissima, e in un romanzo Maio avrebbe dovuto inesorabilmente tornare. Ma lui non sa cosa ho scoperto: ho deciso insieme a Leo di non dirglielo. Ho deciso tutto con Leo, tranne che per Alma. Lui non era d'accordo con me.

Dopo che è nato Giuseppe, ho scritto sia a Lia sia a Michela: "È nato Giuseppe Giacomo. Stiamo bene. Verremo a trovarvi quando farà meno caldo".

Poi non siamo andati.

Forse quando camminerà lo porterò al cimitero, dai Nanetti.

Alma non ci vuole venire: gliel'ho proposto ma ha detto che preferisce di no. Avevo fantasticato di vedere insieme a lei la casa di via Vignatagliata, ma ho capito che non tornerà mai tra quei fantasmi. E ora non voglio farlo neanch'io.

Lia mi ha mandato una cartolina con il Castello Estense e una scritta "Felicitazioni" tutta svolazzante.

Michela invece ha telefonato.

Ho apprezzato che l'abbia fatto, si capiva dalla voce esitante quanto temeva che io avessi detto tutto ad Alma.

L'ho rassicurata.

Le ho detto subito che avevo capito la sua scelta e che anche io avevo deciso di non dire ad Alma che Maio era morto solo dieci anni fa.

«Sono rimasta un mese a letto prima che nascesse Giuseppe e ho avuto tempo di riflettere. Ho capito che certe volte ci vuole più coraggio a non dire la verità che a dirla» le ho spiegato, «anzi, veramente l'ho capito grazie a te. Se Alma scoprisse che da trent'anni si sente in colpa per una tragedia che non è accaduta sarebbe tutto ancora più insensato.»

Potevo sentire il respiro di Michela.

«Il fatto è che non si può decidere per gli altri» ha detto. «Nei libri puoi farlo, ma nella vita no. Era una cosa loro, questa, di Alma e Maio.»

Mentre parlava pensavo che non era vero, che quella storia era anche mia, e sua, ma non ho detto niente e ci siamo salutate in fretta.

Se tornerò a Ferrara non la cercherò, non fa piacere essere costretti a ricordare. I segreti ti rendono più forte ma anche più solo. Fanno soffrire soprattutto chi li porta.

Guardo Giuseppe che apre e chiude una mano, segno che si sta svegliando.

Ringraziamenti

Devo ringraziare molte persone, con particolare gratitudine Gian Mario Anselmi, Francesco Bianconi, Vasco Brondi, Severino Cesari (a cui il libro è dedicato, insieme ad Antonella Lattanzi), Renata Colorni, Elena Faccani, Antonio Franchini, Giulia Ichino, Antonella Lattanzi, Nicola Manzoni, Yahis Martari, Raul Montanari, Gianluca Neri, Monica Pavani, Marilena Rossi, Roberto Roversi, Roberto Saviano, Giovanni Tesio, Susanna Tosatti e Alessandra Vaccari.

Grazie anche agli amici librai Aldo, Augusta, Elia e Fabio, che ho tormentato coi miei test sulla copertina.

Amici e parenti, non vi ringrazio uno a uno, tanto lo sapete quanto mi servano le vostre critiche: ma quelle di Emilia, Ludovico e Luca sono imbattibili.

Arnoldo Mondadori Editore S.p.A.

Questo volume è stato stampato
presso ELCOGRAF S.p.A.
Stabilimento - Cles (TN)

Stampato in Italia - Printed in Italy